JN236897

アカデミー出版社からすでに刊行されている天馬龍行氏による超訳シリーズ

「結婚不成立」
「新十戒」
「異常気象売ります」
「リベンジは頭脳で」
「億万ドルの舞台」
「逃げる男」
「よく見る夢」
「空が落ちる」
「顔」
「女　医」
「陰謀の日」
「神の吹かす風」
「星の輝き」
「天使の自立」

「私は別人」
「明け方の夢」
「血　族」
「真夜中は別の顔」
「時間の砂」
「明日があるなら」
（以上シドニィ・シェルダン）

「落　雷」
「長い家路」
「最後の特派員」
「つばさ」
「五日間のパリ」

「贈りもの」
「無言の名誉」
「敵　意」
「二つの約束」
「幸せの記憶」
「アクシデント」
（以上ダニエル・スティール）

「奇跡を信じて」
（以上ニコラス・スパークス）

「呼び出し」

「裏稼業」
（以上ジョン・グリシャム）

「何ものも恐れるな」
「生存者」
「インテンシティ」
（以上ディーン・クーンツ）

SIDNEY SHELDON

# MASTER OF THE GAME

我が獅子心兄
リチャードに捧ぐ

# 新超訳 ゲームの達人（上）

作・シドニィ・シェルダン
超訳・天馬龍行

〝従って、胸に大いなる情熱ひとつあれば、アーロンの蛇のごとく、他の者をすべてのみ込む〟

……アレクサンダー・ポープ

『人間論』第二之書

〝ダイヤモンドは衝撃に対して強く、かえって打ち下ろす鉄のハンマーを二つに割り、鉄床さえ壊してしまう。自然界の力の両極「鉄と火」をものともしないこの硬い塊も、雄羊の血をもってすれば破壊できる。しかし、血は新鮮で温かくなければならず、それに浸して、さらに幾度も打撃を加えるを要す〟

……大プリニウス

# プロローグ

## ケイト、一九八二年

少数の金持ちが排他的に暮らすアイルズボロ島。米国東海岸、メイン州のペノブスコット湾に浮かぶこの島で、この日、希代の傑女、ケイト・ブラックウェル九十歳の誕生パーティーが催されていた。場所は、海に面して建つ彼女の壮麗な別荘、シーダー・ヒル・ハウス。この物語の舞台のひとつになる場所である。

招待されているのは、各界から厳選された百名の男女とケイトの家族のみ。

ブラックタイで正装した紳士に、きらびやかな夜会服に身を包んだ淑女たち。屋外に並べられたテーブルで夕食のごちそうが振る舞われたあと、客たちは席に着いたまま、ヒロインのスピーチが始まるのを待っていた。執事やメイドたちがテーブルのあいだを黙々と行き来して、バカラのグラスやリモージュの皿に慣れた手つきでおかわりを足して行く。テラスでは音楽が演奏され、よく手入れされた大庭園を飾るランタンやリボンや風船が祝賀会気分を盛り上げている。

間もなく、大統領からの祝電が読み上げられた。つづいて、連邦最高裁判事が乾杯の音頭をとると、メイン州知事が立ち上がり、ケイト・ブラックウェルを賛美するスピーチを始めた。

「……ケイト・ブラックウェルさんは米国史上、最も傑出した女性のひとりであります。彼女の国境を越えた数かぎりない慈善活動はいまや伝説になっています。ブラックウェル財団の寄付は、これまで五十か国以上もの人々の健康や生活水準の向上に貢献してきました。故ウィンストン・チャーチルの言葉を借ります、〝これほど多くの人々が、たったひとりの人間に、これほど世話になったことはありませんでした〟。わたしは、ケイト・ブラックウェルさんと知り合う恩恵に浴することができて……」

〈何を言ってるのよ、バカバカしい！〉

州知事の演説はケイトの耳に空々しく響いた。

〈わたしのことを知る人なんてもういません。州知事の話を聞いていると、まるでわたしが聖人か何かに聞こえるじゃない。わたしの本当の姿を知ったらここにいる人たちは仰天するでしょう。わたしの母にわたしを産ませた父なる人は、他人の財産をかすめとった海賊のような男だった。わたしは一歳にもならないうちに誘拐される憂き目にも遭っているのよ。ここに集まっているみんなに、わたしの体に残る銃弾の跡を見せてあげたい。みんなはなんて言うかしら！〉

目を血走らせて銃口を向ける男の姿がケイトの脳裏をよぎる。かつて自分を殺そうとしたその男もこの会場の祝賀客のなかに混じっている。ケイトがその男に目をやると、男はこちらを見てにやりと笑った。

男の背後には身を隠すようにして座る女の姿があった。ケイトの視線は男から離れて、その女のところで止まった。顔をベールですっぽり覆っているその女は、ケイトの視線に気づくと、恥ずかしそうにうつむいた。ベールの奥には身の毛もよだつような顔があるはずだ。裁きを受ける前は絶世の美女だったのに。

遠くで雷が鳴っていた。州知事の演説が終わるのを待って今夜の主役、ケイト・ブラックウェルは立ち上がり、食事を終えた客たちを見回した。スリムで小柄な彼女だが、豪華な衣装のおかげで実際よりは大きく見えた。口を開いたときの彼女の声は力強く、言葉ははっきりしていた。

「……お集まりのみなさまの誰よりもわたしは長く生きてきました。最近の言い方を使えば

〝どうっつうことはない〟かもしれません。でも、ここまで長生きできてわたしは幸せです。なぜなら、生きていたからこそ、こうしてみなさまにお会いできるのですから。今夜はみなさまに全米のみならず、世界の各地からお集まりいただきました。地球の反対側から来られた方もおいでです。ですから、みなさま、お疲れだと思います。そんなみなさまにわたしと同じスタミナを期待するのは無理だとわかっています」

客たちはどっと笑った。拍手をする者もいた。

「このような記念すべき夜にしてくれたことをみなさまに感謝します。お疲れのみなさま、部屋の用意ができていますから、どうぞそのままお引き取りください。まだ元気の残っている方々はダンスホールで汗を流されたらいかがでしょう」

雷の音がさっきよりも近くで聞こえた。

「どうやらメイン名物の嵐がやって来そうです。雨に打たれる前に屋根の下に移動しましょう」

スピーチから二時間たった今、食事もダンスも終わり、客たちは帰路につくか、それぞれの部屋へ引き揚げていった。残っているのはケイトひとりと幽霊たちだけになった。書斎に腰を下ろし、過去に思いをはせていると、ケイトは急に悲しくなった。

〈もうわたしのことを親しくケイトと呼んでくれる人はひとりもいない。みんな逝ってしまっ

た〉

ひとり逝き、二人逝きしてケイトの世界はすっかり縮んでしまった。

〝記憶の木の葉は暗闇のなかで悲しげな葉音をたてる〟

〈あの一節は、ロングフェローの詩だったかしら?〉

彼女も遠からず暗闇に入っていく身だ。だが、まだそれはできない。

〈一番大切なことをやり残している〉

ケイトは目を閉じて幽霊のひとりに呼びかけた。

〈もうちょっとの辛抱よ、デビッド。すぐに行くから待っててね〉

「おばあちゃま……」

突然呼ばれてケイトは目を開いた。いつのまにか家族全員が書斎に集まっていた。ケイトは家族のひとりひとりに目を移していった。その瞳は無慈悲なカメラのように何も見逃すまいとひとりの顔を眺め回してから次の顔へ移っていった。

〈わたしの家族……〉

ケイトの胸中は複雑だった。

〈わたしの血を永遠たらしめてくれる子どもたち。お化けになった殺人者。精神障害者。ブラックウェル家の残骸たち。希望に燃えて苦しみに耐えたあの年月の結末がこれなの?〉

横に来ていた孫娘がケイトの顔をのぞきこんだ。

「おばあちゃま、大丈夫？」

「ちょっと疲れました。少し寝たほうがよさそうね」

　ケイトは立ち上がり、階段に向かって歩きだした。そのときだった。窓の外がピカッと光り、同時にものすごい落雷の音が家中を震わせた。大粒の雨が機関銃のように窓をたたきだした。家族全員が見守るなかを老婦人は階段のてっぺんに登りついた。背すじをぴんと伸ばし、誇りに満ちた立ち姿だった。ふたたび窓の外が光り、雷鳴がとどろいた。ケイト・ブラックウェルは振り向いて家族たちを見下ろした。彼女が話す英語には南アフリカで暮らした先祖のアクセントが残っていた。

「南アフリカではこんな嵐を〝ダンダーストーム〟と呼ぶんです」

# BOOK ONE

## *Jamie*

*1883 -1906*

主な登場人物

**ジェミー・マクレガー**……スコットランド出身の好青年
**サラマン・ヴァンダミヤ**…商店主、地元の資産家、町の有力者
**マーガレット**………………ヴァンダミヤのひとり娘
**バンダ**………………………美男の黒人青年
**スミット**……………………バーテンダー

# 第一章

「うっひゃあ！　これが〝ダンダーストーム〟ってやつか。本当にすげえや！」

ジェミー・マクレガーはうなった。

彼が育ったスコットランドのハイランド地方の天候もよく荒れる。しかし、こんな凶暴な嵐を目にするのは初めてだった。

まずは、突風の嵐だ。舞い上がる砂塵が巨大な雲と化し、午後の空をあっという間に覆いつくしたかと思うと、あたりは夜のように暗くなった。次は、アフリカの白人たちが〝ウェアリッグ〟と呼ぶ稲妻が光り、暗い空を照らす。つづいて、〝ダンダースラッグ〟と呼ばれる雷鳴があたりを震わす。

次にやって来るのは洪水だ。瀑布のような雨が、建ち並ぶテントやブリキ小屋に降り注ぎ、クリップドリフトの町全体を泥の激流に変えてしまった。雷鳴はやまず、あたかも天界の戦争で連射される大砲のようだった。

泥レンガの家の軒下で雨やどりをしていたジェミーは、泥の家が崩れ落ちる瞬間にさっと身をかわし、危ういところで生き埋めにならずに済んだ。クリップドリフトの町はこれで消滅だ、とジェミーは現場にいて思った。

クリップドリフトは町と呼べるようなところではなかった。バール川の両岸に無秩序に広がるテントや、掘っ立て小屋や、荷馬車の列にすぎなかった。住人は、世界のすみずみから一獲千金を夢見て南アフリカに吸い寄せられてきた食いっぱぐれたちである。彼らはみな〝ダイヤモンド発見〟という共通の夢にとりつかれていた。

ジェミー・マクレガーも夢を追う男たちのひとりである。すらりと背が高く、ハンサムで金髪、澄んだ灰色の目をした、十八歳になったばかりの好青年だ。いつも周りの人たちを喜ばせようとする明るい性格の持ち主で、行動的で、根っからの楽観主義者でもある。

ジェミーはハイランド地方の父親の農場を発ち、エディンバラ、ロンドン、ケープタウンを経由して、この地、南アフリカのクリップドリフトに数日前に辿り着いたばかりだった。

その距離、実に一万三千キロ。兄弟で分け合うはずだった父親の農場の相続権を放棄しての旅立ちだった。しかし、ジェミーに悔いはなかった。その何万倍もの富を手にする自信があったからだ。慣れ親しんだ安全な生活を捨て、地の果ての南アフリカまでやって来たのは、金持ちになりたい一心からだった。労働が嫌なわけではなかった。だが、北部アバディーンの石ころだらけの農地を耕して手にできる現金は、スズメの涙ほどだった。父母や、兄たちや、姉のメアリーと一緒に夜明けから夕暮れまで働いてもたいしたものは得られなかった。

ジェミーは少年時代にエディンバラで開かれた博覧会に行ったことがあった。そこで目にしたのは、カネさえあれば手にできる素敵なものの数々だった。カネは健康な日々をより快適にしてくれる。苦しいときは、その痛みを和らげてくれる。たくさんの友人知人が極貧のなかで死んでいくのをジェミーは嫌というほど見せられてきた。

「南アフリカでダイヤモンド発見」の最新ニュースを耳にしたジェミーは、血が騒いでどうにも止まらなかった。発見されたのは世界最大のダイヤモンドで、砂地に転がっていたという。また、そのあたり一帯は手つかずの宝の山で、その富を掘り当てるのは早い者勝ちだとのうわさだった。

家族全員がテーブルを囲む土曜日の夕食の席で、ジェミーはその話を切り出した。粗末なキッチンに置かれたテーブルの上はまだ片付けられていなかった。ジェミーはおずおずと恥ずかしそうに話し出したが、その声は決意に満ちていた。

「おれ、ダイヤモンドを探しに南アフリカへ行くことにした。来週にでも出発するんだ」

五対の目がジェミーを見つめた。おまえは狂ったのか、とでも言いたげな表情だった。

「ダイヤモンドを掘りに行くだって?」

父親はそう聞き直してからつづけた。

「頭がおかしくなったのか、おまえ。ダイヤモンド掘りなんちゅうのは、おとぎ話なんだ。真面目に働こうとする人間を毒する、悪魔の誘惑だ」

「ダイヤモンド掘りに行くったって、おまえにはそこまで行く旅費もないじゃないか」

兄のイアンがケチをつけた。

「世界を半周もするんだぞ」

「そうさ、おれにはカネがない。だからダイヤモンド掘りに行くのさ」

ジェミーはやり返した。

「南アフリカへ行く連中は、みなおれと同じ立場さ。だから、おれにだってチャンスはあるはずだ。人並みに考える力はあるし、体力にも自信がある。必ず成功してみせる!」

姉のメアリーが口をはさんだ。

「アニー・コードががっかりするわ。あの娘はいつかあなたの花嫁になるのを夢見ているのよ」

ジェミーはこの姉が大好きだった。二十四歳の彼女は、生活苦にやつれて四十歳くらいに見えた。生まれてこのかたおしゃれなどしたことのない姉を見て、ジェミーは心に誓った。

〈いつかこの姉さんに、ぼくが贅沢をさせてやる〉

母親は何も口出しせずに、みんなの食べ残した臓物料理を黙々と鉄の流しへ運んでいた。

その夜遅く、彼女はジェミーのベッドの横にやって来て、息子の肩に優しく手を置いた。母親のぬくもりと力強さがジェミーの体に伝わってきた。

「自分が思っているとおりにやりなさい、ジェミー。ダイヤモンドがあるかどうか、あたしにはわからないけど。もしあるなら、おまえなら見つけられるでしょう」

そう言って彼女は後ろ手に持っていた革の財布をジェミーの目の前に置いた。

「あたしのへそくりだけど、何ポンドか貯まっているから持ってくといい。ほかの者に言う必要はないからね。神さまのご加護がありますように、ジェミー」

最初の目的地、エディンバラへ向かうときのジェミーは五十ポンドの大金を携えていた。

南アフリカへの旅は厳しい毎日の連続だった。到着までおよそ一年もかかってしまった。エディンバラでは労働者用のレストランでウエイターの仕事にありつき、財布にさらに五十ポンド追加することができた。ロンドンに着いたジェミーは、街の巨大さに畏怖した。行き交う大勢の人々、喧騒、時速八キロで走る乗合馬車、ジェミーにとっては目を見張るものばかりだった。街のいたるところに綺麗に飾った辻馬車が控えていて、大きな帽子をかぶり上品な装いの婦人たちを希望の場所に運んでいた。そんなおしゃれな婦人たちがバーリントン・アーケードで買い物するために馬車から降りるのをジェミーは夢心地で眺めたこともあった。バーリントン・アーケードには、銀の食器や、最新流行のドレスや毛皮や、エキゾチックな瓶や壷を売るおしゃれな店がえんえんと連なっていた。

ジェミーはフィッツロイ通り三十二番地に部屋を借りた。一週間十シリングと目の玉が飛び出すような高さだった。それでも探したなかでは一番安い物件だった。いったんそこに落ち着くと、彼は、昼間は船着き場へ行き、自分を南アフリカへ連れて行ってくれる船探しに明け暮れた。夜になると、繁華街の灯りのなかを気の向くままにぶらついた。そんなある夜、プリンス・オブ・ウェールズのエドワード皇太子が、美しい婦人と腕組みしながらコベント・ガーデンの裏口からレストランへ入っていくのを目撃したことがあった。そのときの婦人がかぶっていた花飾りの帽子を見て、あんな帽子を姉にもかぶらせてやりたい、とジェミーは思った。

一八五一年の大博覧会時に建てられたクリスタル・パレスのコンサートにも行ってみた。それから、ドルリー・レーンへ行き、英国の公共建造物で初めて電気照明を設置したサボイ劇場へこっそり入ってみた。彼が聞いたうわさによると、街の端にいる人が別の端にいる人と会話ができる電話というものが発明されたという。ジェミーにとっては、まさに未来世界にタイムスリップしたような感覚だった。

この進歩と革新の時代にありながら、この冬、英国は経済危機に直面していた。そのため、街は失業者や飢えた人々の列であふれ、大規模なデモや騒動があちこちで頻発していた。

〈こんなところから早く脱出しよう〉

ジェミーは決意を新たにした。

〈貧乏から逃れるためにスコットランドを発ったんだから〉

次の日、ジェミーは、南アフリカのケープタウンに向かうウォルマー・キャッスル号の給仕として働く契約書にサインした。


燃料用の石炭を補給するためにマデイラとセントヘレナに立ち寄る三週間の船旅になった。冬の荒波ゆえ、船は揺れに揺れ、ジェミーは出発した瞬間から船酔いにかかってしまった。が、日一日と宝の山に近づいている実感に勇気づけられ、快活さだけは失わなかった。

船が赤道をまたぐと、気候は劇的に変化した。冬空が嘘のように夏の空に変わり、アフリカの沿岸に近づくと、暑さと湿気でうっとうしくなり、夜になっても空気がじめじめとして寝苦しかった。

狭い海峡を通り抜けてウォルマー・キャッスル号がケープタウンに着いたのは明け方だった。船はテーブル・ベイで投錨《とうびょう》した。ジェミーは夜明け前にデッキに上がり、朝の霧が晴れてテーブル・マウンテンが街並みの上にそびえ立つのを催眠術にでもかかったかのように眺めつづけた。

〈ああ、ついに南アフリカまで来たぞ！〉

船が桟橋につながれると、デッキはいろいろな人種でいっぱいになった。その多くが、ジェミーが見たこともないような不思議な装いをしていた。ホテルの客引きたちの皮膚の色もさまざまだった。黒、黄色、褐色、赤。客引きたちは声をからして呼び込みをしている。新聞や菓子や果物を売ろうと人ごみのあいだを走り回る子どもたち。インド人や、黒人や、混血の御者たちが競い合うように声をからして客引きをしている。物売りたちが大声を上げながら荷車を押していく。黒い巨大なハエがぶんぶん飛び回っていてうっとうしい。そんな混乱のなかを船員や荷役たちが人をかき分けて進んでいく。おどおどしながら自分の荷物をまとめる旅客たち。聞いたことのない言葉が飛び交い、あたりはまさにバベルの塔さながらだった。誰が吐く言葉を耳にしても、ジェミーにはちんぷんかんぷんだった。

ケープタウンの街はジェミーの予備知識とは程遠い様相を呈していた。同じ造りの家は一軒としてなかった。レンガ造りで三階建ての大きな倉庫の横には銀ピカの鉄で造られた小さなレストランがあるかと思えば、手作りガラスをウィンドーにはめ込んだ宝石店があり、その隣には八百屋が、またその隣には倒れかかったタバコ屋があったりする。

街を行き交う男女の装いがなんとも奇妙きてれつだった。時代遅れのタータンチェックのズボンを履き、麻袋に腕と首の穴を開けて着ている黒人青年。その黒人の前を、辮髪《べんぱつ》をきれいに結び、派手な色のうわっぱりを着た二人の中国人が手に手を取って歩いている。髪の毛まで真っ白に日焼けした赤ら顔のボーア人農夫が、じゃがいもや、とうもろこしや、緑色の野菜を山積みにした荷馬車を引いて行く。長い柄のパイプを口にくわえてのし歩く謎めいた男たちの一団。茶色のベルベットのスーツに、つばの広い帽子をかぶり、それぞれが妻を従えている。妻たちも全員が黒装束だ。汚れた衣類の束を頭に乗せたゾロアスター教徒らしいインド人の洗濯女たちが、赤い制服の兵士たちを押しのけて道を進んでいく。いつまで見ていても飽きない光景だった。

ジェミーは上陸するとまず、船員仲間から聞いた安価な下宿の場所を探し出した。

下宿のおかみは、おっぱいのでかい、中年の未亡人だった。彼女はジェミーを眺め回してからにっこりした。

「ゾエク　イル　ゴウド?」

ジェミーは顔を赤らめた。

「ごめんなさい、言葉がわかりません」

「ああ、英語なのね。金を探しに来たの？　それとも、ダイヤモンド?」

「ダイヤモンドです、奥さん」

女主人はジェミーを家の中へ案内した。

「気に入ってもらえると思うわ。うちには、あなたみたいな若い男の子が欲しいものは全部そろっているから」

彼女もその欲しいもののひとつなのだろうか。ジェミーはそうでないことを願った。

「わたしはベンスター夫人よ」

彼女は恥ずかしそうに言った。

「でもみんなからは〝ディーディー〟って呼ばれているの」

彼女がにっこりすると、前歯に入れた金歯が丸出しになった。

「あなたとはいいお友達になれそうね。何か必要なものがあったら、どんなことでも遠慮しないで言ってね」

「ご親切にありがとうございます」

ジェミーは礼を言ってから尋ねた。

「街の地図が欲しいんですが、どこで買えますか?」

ジェミーは地図を手に、街の探索に出かけた。街は二手に分かれていて、一方は、ぶどうなどの果実畑がえんえんと広がる内陸へとつながり、もう一方は海辺の郊外へとつながっている。

ジェミーはストランド通りやブリー通りなどの高級住宅街を歩いてみた。堂々たる構えの二階建ての住居が建ち並び、なかなかの壮観である。ジェミーは疲れるまで、というよりは、まるで彼に恨みでもあるかのようにたかってくる大きなハエの大群に耐えられなくなるまで歩きつづけた。ようやく下宿に戻ってくると、部屋の中もハエだらけだった。壁にも、テーブルの上にも、ベッドの上にもハエが数え切れないほどたかっていた。ジェミーは家主のところへ駆け込んだ。

「部屋のハエをなんとかしていただけませんか、ベンスターさん。あれじゃあ……」

女主人は太った体を揺すって笑うと、手を伸ばしてジェミーのほほをつまんだ。

「すぐ慣れるわよ、ハンサムちゃん。それまでの辛抱ね」

ケープタウンの衛生設備は原始的かつ不適切で、日が暮れると、市街全体が異臭をはなつ湿気で覆われる。耐えられないほどの悪臭だ。しかし、これを耐えなければ先の希望はない。この街を出る前に、現金をもっと貯めなければならないからだ。ジェミーはこれまでの道中でさんざん聞かされてきた。

「ダイヤモンド掘りの現場では現金がなきゃ生きて行けねえんだ。息をするだけでもカネがかかるんだとよ」

ケープタウンに着いて二日目に、ジェミーは荷馬車の御者の仕事にありついた。三日目からは夜も働きだした。レストランでの皿洗いだった。客の食べ残しをくすねては、下宿に持ち帰り空腹を満たすのだが、なんとも味が妙だった。そんなとき、母の手料理が無性に恋しくなる。それでも彼はけっして弱音を吐かなかった。カネを貯めるためなら、食事や快適な生活などどうでもよいと決めていたからだ。自分の進む道を決めた以上、何ものにも妨害されたくなかった。目まいがするほどの重労働にも、息苦しい夜ごとの悪臭にも、眠りを妨げるハエにも負けるわけにはいかないのだ。孤独感は絶望的でさえあった。祖国から遠く離れたこの見知らぬ土地で知り合いはひとりもいなかった。故郷の家族や友人が懐かしかった。孤独に打ち勝とうとするものの、それには必ず胸の痛みを伴った。

それでも、ついに魔法の日がやって来た。彼の財布には二百ポンドもの大金が貯まっていた。準備完了だ。明日の朝ケープタウンを出発しよう。宝の山を目指して。

ダイヤモンドの発掘現場があるクリップドリフト行きの乗合馬車の予約は、〝内陸輸送会社〟なる集団が桟橋近くの小さな小屋で受け付けている。ジェミーが朝の七時にそこへ行ってみると、桟橋はすでに人でいっぱいで、窓口に近づくこともできなかった。一獲千金を夢見る何百人もの男たちが、乗合馬車の座席を求めて争っていた。はるばるロシアから来た者もいれば、アメリカや、オーストラリアや、ドイツや、英国から来た者もいる。それぞれが自分の母国語をまくし立て、座席の予約券をよこせと係員に詰め寄る。太ったアイルランド人が憤怒の表情でオフィスから出てくると、行列を押し分けながらジェミーの前を通り過ぎようとしていた。

「ちょっと、すみません！」

ジェミーは男を呼び止めた。

「ぜんぜん進まないんですけど、あの中はどうなっているんですか？」

「話にならねえ！」

アイルランド人は吐き捨てるように言った。

「クソッ、馬車は六週間先までいっぱいなんだとよ」

男は、ジェミーのがっかりするのを見てさらに言った。

「それだけじゃねえ。あいつらは悪党だ。ひとりあたま五十ポンドだと！　ふっかけやがって！」

確かにべらぼうな料金だ。

「ダイヤモンドの現場に行くために、何か別の方法はないんですか？」

「二つある。〝オランダ・エクスプレス〟で行くか、歩いて行くかだ」

「〝オランダ・エクスプレス〟ってなんですか？」

「一時間に三キロしか進まねえ牛車だよ。あんなんで行ったら、着く前にダイヤモンドはみんな掘りつくされてらあ」

誰かが掘ったあとに到着するなんてまっぴらだった。ジェミーはほかの輸送手段を求めてその日の午前中あちこちを駆けずり回った。昼ちょっと前にひとつ見つけることができた。道ばたに《郵便駅》と表示した馬小屋の前を通り過ぎたときだった。何か感じたジェミーは衝動的に小屋の中へ入っていった。見たこともないようなやせ細った男が、大きな郵便袋を荷馬車に積み込んでいるところだった。ジェミーは立ち止まってその様子をしばらく見てから男に声をかけた。

「すみません、郵便物はクリップドリフトへも運ぶんですか？」

「ああ。いま積んでるところだ」

ジェミーは希望の光を見る思いだった。

「乗客も乗せるんですか？」

「たまにはな」

男は顔を上げてジェミーをじろじろ見た。

「いくつだい、あんちゃん？」

妙な質問だ。

「十八歳ですけど、なぜですか？」

「二十歳以上は乗せねえことにしてるんだ。おまえさん、健康状態は大丈夫か？」

またもや妙な質問だ。

「ええ」

やせ細った男はジェミーに要点だけ伝えた。

「おまえさんは乗客として合格だ。一時間後に出発する。料金は二十ポンド」

ジェミーは自分の幸運が信じられなかった。

「わかりました。戻ってスーツケースを取ってきます」

「おっと、スーツケースはなしだ。着替え用のシャツが一枚と、歯ブラシが一本、それしか乗せる場所はねえ」

そう言われてジェミーは改めて一頭立ての軽装馬車を観察した。小さいだけでなく、作りもお粗末だった。馬車はついたてで仕切られていて、一方は郵便袋を積むところ、もう一方には、御者のすぐ後ろに人間ひとりがようやく座れるようなスペースがあった。先行きの苦難が思いやられた。

「では、シャツと歯ブラシを持ってきます」

ジェミーが戻ってくると、御者は馬車を馬につなぐところだった。馬車の横には青年が二人立っていた。二人とも大柄だったが、色黒の男よりも金髪のほうが長身だった。二人は御者に現金を渡していた。

「ちょっと待ってくれ！」

ジェミーは御者に質《ただ》した。

「おれのことを乗せてくれるはずじゃないのか？」

「みんな乗せるんだ」

　御者はこともなげに言った。

「さあ乗れ！」

「三人ともですか？」

「そのとおり」

　あんな狭いスペースに大の男が三人も乗るなんて、ジェミーには想像もできなかった。だが、出発のときにはおれも乗っていなければ、とジェミーは自分に言い聞かせ、二人の乗り合い仲間に自己紹介した。

「おれはジェミー・マクレガー」

「ワラック」

　背の低い地黒の男が答えた。

「ペデルソン」

　そう名乗った金髪の男はスウェーデン人とのことだった。

「この馬車を見つけられて、おれたちは運がいいんじゃないか？」

　ジェミーは二人に話しかけた。

「みんなに知られていなくてよかったと思わないか？」

「なに言ってるんだい。この郵便馬車のことはみんな知っているさ」

ペデルソンが応じた。

「だけど、年齢制限があったり、そこまで苦労して急ぐ者がいないだけの話さ」

どういうことなのか、ジェミーが詳しく聞こうとする前に、御者が声を張り上げた。

「さあ行くぞ！　みんな乗れ！」

三人の若者は、ジェミーを真ん中にはさんで狭い席に乗り込んだ。膝は曲げたまま伸ばすことができず、背中は御者の木製の背もたれにきつく押さえつけられたままだった。身じろぎするゆとりも、息つくスペースもなかった。

〈これでも乗れただけましなんだ〉

ジェミーは自分に言い聞かせた。

「さあ、しっかりつかまれ！」

御者の合図一声、一頭立ての馬車はダイヤモンド発掘現場のあるクリップドリフトに向けケープタウンの街を走り抜けていった。

〝オランダ・エクスプレス〟でクリップドリフトへ向かっていたら比較的楽な旅になっていただろう。荷馬車は十二人乗りで、座席のゆとりも少しはあり、南半球の冬の焼けつくような直射日光を避けるための幌がかぶせられている。牽引するのは数頭の馬かラバである。途中の停車場で休憩を取り、飲み物も用意されている。しかし、これだとケープタウンからクリップドリフトへは十日もかかる。

郵便馬車は、これとはまったく別の旅になる。馬と御者が交代するとき以外は止まらない。しかも、荒地を走るときも、轍《わだち》のきつい小道を走るときも、速度は常にギャロップ駆けである。馬車にはスプリングがついていないから、車が跳ねるたびに荷台も跳ね、中に乗っていると馬の蹄《ひづめ》に蹴飛ばされるような衝撃を受ける。ジェミーは奥歯を噛み締めて痛みに耐えた。

〈夜までの我慢だ。馬車が止まったら何か食べて、ひと眠りすれば明日の朝は元気になっているだろう〉

しかし、夜が来ても馬車は止まらなかった。止まったのは馬と御者が交代するための十分間だけだった。そのあとはまたギャロップ駆けが始まった。

「止まって食事しないんですかあ⁉」

たまらずにジェミーが大声で尋ねると、御者は不機嫌そうに答えた。

「止まるわけねえだろ。郵便物を運んでるんだから」

月夜の泥道を、埃を舞い上げながら馬車は駆けた。丘を駆け上がっては跳ね、谷を駆け降りては跳ね、平地を駆けては跳ねた。ジェミーの体で痣《あざ》のできていないところはなくなった。疲労困憊していたが、眠るなんてありえなかった。ちょっとうとうとしてはガツンと鳴る打撃で起こされる。体中が痛んでも、スペースがないため膝を伸ばすこともできない。ジェミーは空腹のうえ、ひどい車酔いにかかっていた。いつまで待てば食事にありつけるのか、見当もつかなかった。総距離千キロにおよぶ長旅である。果たして無事に乗り切ることができるのかどうか、ジェミーは自信がなくなった。自分がダイヤモンド掘りに行きたいのかどうかさえもわからなくなっていた。悲惨な旅になった。

二日目の夜には、〝悲惨〟が〝死の苦しみ〟に変わった。二人の道連れも同じ状態だった。誰も文句を言うどころか口をきく気力さえなくしていた。馬車に乗るとき年齢を聞かれた意味が、このとき初めてわかった。

三日目の夜明け、馬車はグレート・カルーにさしかかった。ここから本物の未開の大地が始まる。無慈悲な太陽に焦がされた草原が無限につづく。若者三人は熱波と砂塵とハエで呼吸も充分にできなかった。

ときおり、ぼうっとした霞のなかで、徒歩で行く集団を見ることがある。単騎で行く者もいる。二十頭もの雄牛が引く馬車を見ることもある。御者は革の鞭《むち》を牛の尻に当て「進め！　進め！」と叫んでいる。巨大な荷車には、ありとあらゆる生活用品が積まれている。ダイヤモンド掘りたちが使うテントや、薪ストーブや、小麦粉や、石炭や、オイルランプ。それに、コーヒーも、米も、大麻も、砂糖も積まれている。ウイスキーや、ロウソクや、毛布もある。クリップドリフトの宝探しの連中にとっては命綱の品物ばかりだ。

オレンジ川を越えると、死の草原に変化が表れる。藪の背丈は高くなり、木々の緑も濃くなる。土壌はより赤くなり、ところどころに生えている草がそよ風になびいている。とげのある木が目立つようになる。

〈もうすぐだぞ〉

ジェミーは、ぼうっとしながら思った。

〈おれはついに乗り越えたんだ〉

ジェミーは、希望で体に力が戻ってくるのがわかった。

休みなしの四日と四晩を費やして、一行はようやくクリップドリフトの端に辿り着いた。

クリップドリフトが一体どんなところなのか、若いジェミーには想像する知識もなかったが、彼の疲れて赤く充血した目に映った光景はまさに想像を絶するものだった。クリップドリフトの町は、バール川岸と、町の大通りにえんえんと連なるテントと馬車の放列に過ぎなかった。泥道には派手な色の上着をはおっただけの裸同然の黒人たちが群がり、そのなかをヒゲぼうぼうのダイヤモンド掘りや、パン職人や、盗人や、教師たちが行き交う。クリップドリフトの中心には道が何本か走り、板切れを打ちつけた小屋やブリキの小屋が、酒場やビリヤード場や食堂やダイヤモンド購入店や法律事務所として営業している。商店街のはずれに建つのは、今にも倒れそうなロイヤル・アーチ・ホテルである。窓のない客室を連ねただけの宿泊所だ。

馬車から降りたジェミーは一歩目で地面に倒れた。起き上がろうとしても脚が言うことを聞かなかった。目をまわしながらしばらく倒れたままでいると、ようやく起き上がる力が湧いてきた。彼は乱暴な歩行者をかき分けて進み、ホテルの玄関によたれこんだ。あてがわれた部屋は狭くて、息苦しくて、至るところにハエがたかっていた。それでも、寝るためのベッドはあった。ジェミーは服も脱がずにそこに倒れ込み、即、眠りに落ちた。それから十八時間眠りつづけた。


ジェミーは目を覚ました。体中が激しく痛んだ。しかし、彼はやる気まんまんだった。

〈ついに来たんだ！　やったぞ！〉

腹ペコだったので食を求めて部屋を出た。ホテルに食堂はなかったが、道の向かいに小さなレストランがあって、客で混んでいた。ジェミーはそこに入り、食欲の命じるままにいろいろ食べた。魚のフライに、薄切りマトンのグリル、デザートには甘いシロップのかかった揚げパン。長いあいだ空っぽだったジェミーの胃が、今度は満腹すぎて悲鳴を上げはじめた。彼は食べるのをやめ、周りの客たちに注意を向けた。あちこちのテーブルでは、男たちが、この地に住む者たちにとっての最大の関心事〝ダイヤモンド〟について議論している。

「……ホープタウン付近にはまだダイヤモンドが残っているらしい。だが、ニューラッシュでは……」

「……キンバリーの人口は、ヨハネスブルグよりも増えたっていうぞ……」

「……先週のドゥトイッツパンでのダイヤモンド発見のことだけどな。あそこにはまだ、運びきれないほど埋まっているそうだ……」

「……クリスチアナでも見つかったぞ。おれは明日現地に入るつもりだ……」

ほら、みんな本当だったんだ！　このあたりはダイヤモンドだらけなんだ！　若いジェミーは興奮のあまりマグカップのコーヒーを飲み干すのももどかしかった。しかし、食事の勘定書きを見てショックを受けた。たった一度の食事に二ポンド三シリングも使ってしまったとは！

〈これからはもっと気をつけよう〉

店を出て人ごみのなかを歩くときも、彼は食事代のことでまだくよくよしていた。そのとき、後ろから誰かの声がした。

「おまえ、まだ金持ちになるつもりなのか、マクレガー？」

ジェミーが振り返ると、声の主は一緒に馬車に乗り合わせたスウェーデン人のペデルソンだった。

「ああ、そうだけど」

「じゃあ、ダイヤモンドのあるところへ行こうぜ」

ペデルソンは前方を指さした。

「バール川はあっちだ」

クリップドリフトは小高い丘に囲われた盆地である。見渡すかぎり一本の草も灌木も生えていない不毛の土地だ。赤土は濃い砂塵を舞い上げ、呼吸を困難にする。

バール川は五百メートルほど行ったところにあった。川面に近づくと空気もひんやりしてきた。何百人ものダイヤ掘りたちが川の両岸にへばりつき、ある者はシャベルやつるはしでせっせと川べりを掘り、ある者はざるを揺すって石をすくい上げ、またある者は仕分け台の上で石を分類している。彼らが使っている道具も、機械式の泥洗いから、旧態依然としたバケツや樽にいたるまでさまざまだ。無精ひげを生やして真っ黒に日焼けした男たちのいでたちは、よれよれの襟なしシャツに、コーデュロイのズボン、ゴム長靴、つばの広い帽子か日除けヘルメット、といった具合である。彼らが例外なしに身につけているのは、ダイヤモンドや現金を入れるためのポケットがついている幅の広い革のベルトだ。

ジェミーとペデルソンは川べりへ下りていった。少年と老人が発掘場所の権利をめぐって言い争っているのが見えた。二人ともシャツは汗でびっしょりだった。近くでは、別の数人が仕分け場に運ぶための小石の山を荷車に積んでいるところだった。ひとりが掘った泥を、別のひとりがふるいで受け取っている二人組もいた。即席の仕分けテーブルに大きな石を盛り、興奮した面持ちで選り分けているグループもあった。

「意外に簡単そうじゃないか」

ジェミーはにやけて言った。

「それが勘違いというものさ、マクレガー。ここでしばらく掘っていた男たちの話を聞いておれは思ったんだ。おれたちは空の大入り袋を買わされたんだと」

「どういう意味だい？」

「ここだけでも何人がダイヤ掘りに精を出していると思う？　全員が一獲千金を夢見ているんだ。その数、二万人だぞ。そんなにダイヤモンドがあるはずはないんだ。たとえ、あったにしても、そこまでして見つける価値があるかどうかおれは疑問に思う。冬は太陽で焼かれ、夏は寒さで凍え、ダンダーストームでずぶ濡れにされ、砂塵やハエや悪臭と戦い、まともな風呂や寝床にもありつけず、町には衛生設備もないときている。バール川には毎週溺死体があがっている。事故で死ぬやつもいるけど、大半はそうじゃないって聞いているぞ。つまり、それがこの生き地獄から脱出するための唯一の方法だったのだろう。この連中がこうして掘りつづける理由がおれにはわからない」

「おれにはわかるけど」

ジェミーは、シャツを泥だらけにして元気よく掘りつづける少年を眺めながら言った。

「次の一掘りに賭けているのさ」

一緒に町に戻りながらジェミーは、ペデルソンの言うことも一理あると思った。二人は、雄牛や羊や山羊の死骸が腐るにまかせて積まれているゴミ捨て場の前を通り過ぎた。その横は、溝を掘っただけの公衆便所だった。あたりは天にも届くほどの悪臭で満ちていた。ペデルソンが振り向いて言った。

「それで、おまえ、これからどうするんだい？」

ジェミーは迷わずに答えた。

「発掘用具を買いに行くさ」


町の中心に錆びた看板を掲げる商店があった。看板には（サラマン・ヴァンダミヤ雑貨店）と書かれていた。店の前で背の高い黒人の青年が荷車から荷物を降ろしていた。黒人はジェミーと同じくらいの年頃に見えた。肩幅の広い、筋骨隆々とした、ジェミーが初めて見るようなハンサムな青年だった。真っ黒な瞳、引き締まった口元。黒人青年には威厳と孤高のオーラがあった。黒人青年は、ライフル銃の詰まった重い箱を肩に担ぎ、向きを変えたその瞬間、キャベツのカゴから落ちた葉っぱに足を滑らせ転びそうになった。ジェミーは思わず片手を差し出し彼を支えようとしたが、黒人青年はそんなことに気づかずに店の中へ消えていった。ちょうどそこに、ラバを引いて通りかかったダイヤ掘りの男がつばを吐いて憎々しげに言った。

「あいつはバロロング族のバンダ。ヴァンダミヤの旦那の召使だ。あんな高慢ちきな黒ンボをなぜ雇っているのか、おれにはわからねえ。黒人どもはこの国の地主気取りでいやがる」

店の中は薄暗くて涼しかった。暑くてまぶしい外から来る客にはありがたかった。店内はさまざまな香りで満ちていた。棚は商品でぎっしり埋まり、一センチの隙もなかった。ジェミーは、品数の多さに目を丸くしながら店の奥へ進んだ。農業用品もあれば、ビールや、缶入りミルクや、ビン詰めのバター、セメント、導火線、ダイナマイト、火薬、裁縫用品、陶磁器、家具、銃。ほかにも、油に、ペンキに、ニスに、ベーコンに、ドライフルーツに、馬具に、殺虫剤に、石けんに、酒類に、文具に、砂糖に、紅茶に、タバコに、嗅ぎタバコに、葉巻。ネルのシャツや、毛布や、靴や、帽子や、鞍《くら》などなど。何十とある棚は、上から下まで、ダイヤ掘りにとっての必需品で埋まっていた。

〈誰だか知らないけど、これだけでも、この店の主は相当な金持ちだな〉

きょろきょろしているジェミーの背後で声がした。

「いらっしゃいませ。何かお探しですか?」

ジェミーが振り返ると、若い女の子と向かい合わせになった。十五歳くらいかな、と彼は推測した。特徴のある顔をした少女だった。ほほの骨が張り、顔の輪郭はハート形。カールした黒髪。鼻はちょっぴり上向きで、情熱的な緑色の目をしていた。ジェミーは彼女の様子をさらに詳しく観察した結果、十六歳だろう、と勝手に決めた。

「おれはダイヤ掘りなんだ」

ジェミーはあえて宣言した。

「用具を買おうと思って」

「どんな用具が必要なの?」

なぜかジェミーは、この少女に自分が新人であると思われたくなかった。

「普通のやつだよ、みんなが使う――」

彼女はにっこりした。その目にはいたずらっぽい表情が浮かんでいた。

「普通のどんなやつですか？」

「そのう……」

ジェミーは戸惑った。

「シャベルを一本」

「シャベルだけでいいんですか？」

少女にからかわれているのがわかって、ジェミーは笑った。そして、正直に話した。

「本当を言うとね、ぼくはド素人で、どんな道具が必要かもわからないんだ」

少女はにっこりした。大人っぽいほほえみだった。

「使う場所によって、道具もいろいろ違うんですよ、ミスター・――」

「マクレガー。おれの名前はマクレガー」

「わたしはマーガレット・ヴァンダミヤ」

そう言いながら彼女は店の奥が気になる様子で、盛んにそちらに視線を送っていた。

「これからもよろしく、ミス・ヴァンダミヤ」

「ここに着いたばかりなんですか？」

「うん、昨日着いたんだ。郵便馬車でね」

少女の目がまん丸になった。

「知らなかったんですか？　あれに乗ってきた人が、もう何人も死んでいるんですよ」

ジェミーはにっこりした。

「無理もないね。でも、おかげさまでおれはこのとおりピンピンしているぜ」

「それで〝ムーイ・クリッペ〟を探しに行くのね？」

「ムーイ・クリッペ？」

「オランダ語でダイヤモンドのこと。綺麗な石ころという意味よ」

「きみはオランダ人なのかい？」

「わたしの家はオランダから来たの」

「おれはスコットランドから来たんだ」

「あなたの言葉ですぐわかったわ」

彼女は気になるらしく、またまた店の奥をのぞいた。

「ダイヤモンドはこのあたりのあちこちで見つかっているけど、発掘場所を選ぶのが大切よ。無駄な努力をしているダイヤ掘りが大勢いるわ。誰かがダイヤを見つけると、そこにダイヤ掘りが殺到しすぎて結局骨折り損に終わるのよ。もしお金持ちになりたいなら、自分だけの発掘場所を見つけることね」

「どうすればそうできるのかな?」

「そのことなら、うちの父が力になってあげられるかも。父ならなんでも知っているわ。今は忙しいけど、一時間後なら時間も取れそうよ」

「じゃあ、一時間後に戻ってくる」

ジェミーはしっかり約束してから言った。

「いろいろありがとう、ミス・ヴァンダミヤ」

ジェミーは、店から日の照る外に出た。気分は盛り上がり、頭の中で「やるぞ!」と叫んでいた。もう張りも痛みも感じなかった。もし、サラマン・ヴァンダミヤのような事情通が発掘場所をアドバイスしてくれたら、失敗するはずがないではないか。ほかの者を出し抜いておいしいところだけいただける。ジェミーは思わず声に出して笑った。若くて生きていることが純粋にうれしかった。これから金持ちになれるんだ。


ジェミーは町の大通りを歩いていった。鍛冶屋《かじや》や、ビリヤード場や、五、六軒の酒場の前を通り過ぎた。行く手におんぼろホテルがあり、その看板にこう書かれていた。

〝ミラー・ホテル。温水、および冷水風呂。午前六時から午後八時まで営業。

清潔で快適な着替え室あり〟

〈おれが最後に入浴したのはいつだっけ？　あれは船の上でバケツの水を浴びたのが最後……〉

　ジェミーはそう考えて、急に自分が悪臭を放っているのに気づいた。家にいたときはキッチンの風呂に週に一度は必ず入っていた。母さんによく言われたものだ。

「下のほうもよく洗うんだよ、ジェミー」

　ジェミーは浴場の入り口で足を止めた。ドアは女性用と男性用に分かれていた。男湯のほうへ入ると、年老いた係員がいた。

「冷水は十シリング。温水は十五シリング」

　ジェミーはどっちにしようか迷った。温かい風呂に入ったら長旅の疲れも癒やされるだろう。その誘惑は抗しがたかった。彼は言った。

「冷水」

　贅沢にカネを使うゆとりはない。これから道具をいろいろ揃えなければならないのだ。係の老人は黄色い石けんのかけらと粗布《あらぬの》の手ぬぐいを彼に渡して言った。

「こん中だよ、兄ちゃん」

　ジェミーが中に足を踏み入れると、そこは狭苦しい個室で、メッキされた金属製の湯船以外は何もなかった。壁には掛け釘が何本か打たれていた。係員は木の桶で湯船に水を入れはじめた。

「用意できたよ、兄ちゃん。服はその釘にかけな」

ジェミーは老人が出ていくのを待って裸になった。自分の汚れた体を見回してから、片足を湯船に突っ込んでみた。言われたとおり、水は冷たかった。彼は歯を食いしばって水に潜ると、頭のてっぺんからつま先まで石けんを塗りたくった。洗い終わって湯船を出てから見ると、湯船の水は黒く濁っていた。粗末な手ぬぐいで体を拭き、汚れた服をふたたび身につけた。ズボンもシャツも汚れてごわごわになっていた。気持ち悪かったが、着るしかなかった。着替え用の服を買う必要があったが、出費のことを思うと、残高が心配で結局買えなくなる。

またまた空腹の時間がやってきた。

浴場を出たジェミーは人ごみをかき分けて進み、〈サンダウナー〉と呼ばれるバーへ急いだ。席につくと、ビールとランチセットを注文した。ランチは、トマト添えのラムのカツと、ソーセージと、ポテトのサラダにピクルスがついていた。食べながら彼は周囲で語られるうれしいニュースに耳を傾けた。

「……コールズバーグでは二十一カラットもある石が見つかったらしいぞ。一個見つかったなら、もっとたくさんあるはずだ。そう思わないか……」

「……ヘブロンでも新たに発掘されたらしい。おれはそこへ行こうと思っている……」

「……バカ言うなよ。でかいのはみんなオレンジ川に集まっているんだ……」

バーのカウンターでは、コーデュロイのズボンをはき、縞《しま》のシャツを着たヒゲぼうぼうの客が、大ジョッキでジンジャーエールを飲んでいた。

「おれはヘブロンですっからぴんになった」

　男はバーテンに打ち明けていた。

「誰か、おれに出資してくれる人はいねえかな？」

　大柄で贅肉太りしていたそのバーテンは、ハゲ頭で、折れてひん曲がったかぎ鼻に、抜け目のなさそうな目つきをしていた。バーテンは笑って客に答えた。

「事情はみんな同じですよ。わたしだって資金があったら、みんなの後を追ってオレンジ川に駆けつけますよ」

　バーテンは汚れた雑巾でカウンターを拭きながら言った。

「でも方法はありますよ、お客さん。サラマン・ヴァンダミヤさんに会ってみたらどうです？大きな雑貨屋をやっている大金持ちですけどね、この町の半分は彼の所有物みたいなもんです」

「その男に会うと、おれにどんな得があるんだい？」

「もし気に入ってもらえたら、資金を出してくれるかもしれません」

　客の男はバーテンを見つめて言った。

「本当かい？　そいつがおれに資金を出すと思うかい？」

「わたしが知っているだけでも、ヴァンダミヤさんは何人かのダイヤ掘りを援助していますよ。資金は彼が出し、おたくらは労務を提供して、得られた利益は折半にするんです」

　話を聞いていてジェミーは焦った。残金はあと百二十ポンドしかない。しかし、これだけあれば発掘道具は買えて、食いつなぐこともできるはずだった。だが、クリップドリフトの物価高は驚異的だ。ヴァンダミヤの雑貨店でそれがはっきりした。オーストラリア産の小麦粉の四十五キロ入りの袋が五ポンドもする。砂糖は五百グラムで一シリングだ。ビールは一本五シリング、ビスケットは五百グラムが三シリング、卵は一ダース七シリングで売られている。この調子だと、残金はすぐなくなるだろう。

〈ここの三食分で、郷里でなら一年間暮らせる〉

だが、ヴァンダミヤさんのような金持ちの援助を受けたら……ジェミーは食事もそこそこに、あわてて代金を支払うと、約束した雑貨店へ向かって駆け出した。

サラマン・ヴァンダミヤはカウンターの向こう側で木箱から銃を取り出しているところだった。彼はやせ細った小男で、両ほほにもあごにもヒゲをたくわえていたが、顔は貧相だった。薄茶色の髪の毛。小さな黒い目。団子鼻に、薄い唇をしていた。

〈さては、娘は母親似だな〉

そう思いながらジェミーは店の主に声をかけた。

「あのう、すみません」

ヴァンダミヤは顔をあげた。

「なんだ?」

「ヴァンダミヤさんですね?　ジェミー・マクレガーと申す者です。ダイヤモンドを探しにスコットランドからやって来ました」

「それで？」

「あなたがダイヤ堀りを援助するって聞いたもんですから」

　ヴァンダミヤは低い声でつぶやいた。

「なんてこった。誰がそんなことを言いふらすんだ？　わしが二、三人援助したからって、みんながサンタクロースだと勘違いしやがる」

「おれは現金を百二十ポンド持っています」

　ジェミーは熱っぽい口調で話した。

「でもそれだけでは充分な装備が買えないとわかりました。必要ならシャベル一本で出かける覚悟ができていますが、ラバと必要な装備があれば成功するチャンスはぐんと大きくなると思うんです」

　ヴァンダミヤは小さな黒い目で、目の前の青年を眺め回した。

「何を根拠にダイヤモンドが見つけられると思っているんだね？」

「おれははるばる地球を半周してここまでやって来ました、ヴァンダミヤさん。成功するまではここを離れるつもりはありません。ダイヤがどこかに埋まっているなら、必ず見つけます。もし援助してくれたら、あなたもおれも金持ちになれます」

　ヴァンダミヤはぶつくさ言いながらあっちを向いてしまい、銃の荷ほどきをつづけた。ジェミーはそれ以上なんと言っていいのかわからず、その場に立ちつくした。ヴァンダミヤが口を開いた。

「おまえさん、オランダ・エクスプレスでこの町に来たのかね？」

意表をつく質問だった。

「いえ、郵便馬車で来ました」

ヴァンダミヤはこちらを振り向き、ジェミーをしげしげと観察した。そして一言だけ吐いた。

「じゃあ、話し合おう」


その夜二人は、ヴァンダミヤの店の奥にある居住部分の部屋で夕食をとりながら話し合った。キッチンとダイニングルームと寝室をかねた小さな部屋だった。寝室にある二つのベッドはカーテンで仕切られていた。四面の壁の下半分は泥レンガで作られ、上半分には厚紙が貼られていた。四角く切り取られた部分は窓の役目を果たし、雨期になるとその部分は板でふさがれる。ダイニングテーブルは、長くて広い板を二つの箱の上に乗せただけのお粗末なものだった。大きな箱が横向きに置かれ、食器棚として使われていた。ヴァンダミヤという人は相当のケチなんだな、とジェミーは思った。

ヴァンダミヤの娘は黙って動き回り、食事の用意をしていた。ときどき父親に視線を投げるが、ジェミーのほうを見ようとはしなかった。

〈あの娘はなぜあんなにびくついているんだろう？〉

　二人がテーブルにつくと、ヴァンダミヤが始めた。

「食前の祈りをささげる。主に感謝いたします。あなたのおかげでわたしたちがどれほど多くのものを授かっているか。わたしたちの罪を許してくださり、わたしたちに正しい道を示され、誘惑から逃れる力をお与えくださることに感謝いたします。わたしたちに実りある長い人生を、反抗する者に死を与えられることに感謝いたします。アーメン」

　そう言い終えるか終えないうちに、彼は娘に命令した。

「肉を盛ってくれ」

　質素な夕食だった。ローストポーク一切れにゆでたジャガイモ三個、それにカブの葉のサラダがついているだけだった。ヴァンダミヤがよそってくれた分量も、ケチくさいほど少量だった。食事のあいだは二人ともあまり話さなかった。娘のマーガレットも沈黙を守ったままだった。

　食べ終わるとヴァンダミヤは娘に向かって言った。

「おいしかったぞ」

　ヴァンダミヤの言葉には娘を自慢する気持ちがこもっていた。彼はジェミーに顔を向けた。

「では仕事の話をしようか」

「はい」

　ヴァンダミヤは木製の棚のてっぺんから長い柄のパイプを取り出し、その先に甘い匂いのするタバコの葉を詰め、火をつけた。ヴァンダミヤの鋭い目が、吐いた煙を通してジェミーの様子を観察していた。

「クリップドリフトにいるダイヤ掘りたちはバカ者ぞろいだ。埋まっているダイヤの数より掘る人間のほうがずっと多いんだからな。これじゃ一年もしないうちに体をこわして、手にできるのはシュレンターだけだ」

「すいません、ここの言葉がまだわからないんです。シュレンターってなんですか？」

「クズのダイヤのことさ。あんなものどこにも売れやしない。わかるかな？」

「はい、わかります。それでどうするのが一番いいんですか？」

「グリカだよ」

　ジェミーはぽかんとして相手を見つめた。

「ずっと北に住んでいる原住民のことだ。あいつらは大きなダイヤモンドを見つけている。ときどきわしのところにも売りに来るから、わしは物々交換で買ってやっているんだ」

　オランダの老人は内緒話をするかのように声をひそめてつづけた。

「連中がどこで見つけるのか、わしは知っている」

「だったら、そこへご自分で行かないんですか、ヴァンダミヤさん？」

ヴァンダミヤはため息をついてから言った。

「店を放って行けないんだ。わしが見てないと万引きされてしまうからな。誰か信頼できる男を探して、そいつにダイヤを持ち帰ってもらおうと思っている。信頼できる男が見つかったら、必要な装備は全部そろえてやる」

彼は一服大きく吸い込んで、煙を吐いた。

「そいつにはダイヤモンドのありかをちゃんと教えてやるけどな」

ジェミーは床を蹴って立ち上がった。興奮で心臓がドキドキ鳴っていた。

「ヴァンダミヤさん、おれこそがあなたが探している人間です。信じてください、おれは夜も昼も働きます」

彼の声は熱をおびてうわずっていた。

「あなたが期待している以上のダイヤモンドを持って帰ります」

ヴァンダミヤが黙ってこちらを見ている時間が、ジェミーには永遠にも長く感じられた。ジェミーが待ち望んでいた一言を、ヴァンダミヤはようやく言ってくれた。

「よし、わかった」

次の日の午前中、ジェミーは契約書にサインした。契約書は、現地語化したオランダ語の

〝アフリカーンス〟で書かれていた。

「説明しとかなきゃな」

ヴァンダミヤは契約の骨子を口頭で解説した。

「いいか、契約にはこう書かれている。おまえさんとわしは対等のパートナーで、わしが資金を出し、おまえさんは労務を提供する。分け合うものがあったら二人で五分五分に分ける。こういうことだ」

ジェミーはヴァンダミヤの持っている契約書をのぞいた。意味のわからない外国語のなかで、一言だけ理解できる言葉があった。〝二ポンド〟という表記である。

ジェミーはそこを指さして言った。

「これはどういう意味ですか、ヴァンダミヤさん?」

「ああそれか、それはこういうことだ。おまえさんが見つけたダイヤモンドは、さっき言ったように山分けするわけだが、それとは別に、おまえさんには週二ポンドの労賃が支払われる。ダイヤモンドのありかをわしが教えたとしても、おまえさんが掘り当てるとはかぎらないからな。そんなときでもタダ働きにはならないように、支払われる労賃だ」

〈この人は本当に公正な人なんだ〉

ジェミーは老人を抱きしめたいくらいだった。

「ありがとうございます、本当にありがとうございます」

ヴァンダミヤはうなずいた。

「では、おまえさんの身支度をととのえてやろう」

ダイヤ掘りに出かけるのに必要な用具をそろえるのに二時間かかった。小型テントに、寝袋に、調理器具、洗濯用具に、つるはしが一本、シャベルが二本、バケツが三個と、着替え用の靴下と下着。それに鉈《なた》と、ランプと、油と、マッチと、石けん。まだある。缶詰の食料に、干し肉、乾燥フルーツ、砂糖、コーヒー、塩。

ようやくすべてがそろった。ジェミーが背負い袋に詰めるのを黒人の召使バンダが黙って手伝ってくれた。この黒人大男はジェミーを見ようともしなければ、一言も話そうとしなかった。

〈きっと英語がわからないんだろう〉

ジェミーはそう思って気にしないことにした。店番をしていたマーガレットは、ジェミーがいることに気づいているのに知らんぷりを通した。

ヴァンダミヤがジェミーの前に歩み寄って言った。

「店の前にラバの用意もできている。荷物を載せるのをバンダに手伝わせよう」

「ありがとうございます、ヴァンダミヤさん。おれは――」

ヴァンダミヤは数字の書かれている紙を広げて読み上げた。

「全部で百二十ポンドだ」

ジェミーはあぜんとして老人を見つめた。

「おれらの契約で装備は――」

「何か勘違いしているな、おまえさん」

ヴァンダミヤの貧相な顔が怒りで黒ずんだ。

「おまえさん、これだけの装備がタダでもらえると思っていたのか。立派なラバも用意したんだぞ。対等なパートナーにしてやっただけでなく、週に二ポンドの労賃までつけてやったんだ。タダで何かもらうつもりなら、別の人をあたってくれ」

ヴァンダミヤは背負い袋の荷をほどきはじめた。ジェミーはあわてた。

「待ってください、お願いです、ヴァンダミヤさん。ぼくが誤解していました。条件は完全に満足です。現金もここにあります」

ジェミーは財布から貯金の残りを全額取り出し、それをカウンターの上に置いた。ヴァンダミヤはどうしようか迷っているふうだった。

「まあいいだろう」

彼はしぶしぶ承諾した。

「誤解していたんだろう。町には人をだますようなやつがいっぱいいるからな。わしも組む相手を選ぶのに気をつけなくてはな」

「そうですとも」

ジェミーは自分に言い聞かせた。

〈興奮しすぎて契約の内容を誤解してしまったのかもしれない。この場はこの条件で納得したほうがいい。もう一度チャンスをもらえておれはラッキーなんだ〉

ヴァンダミヤはポケットに手を伸ばし、しわくちゃの紙を取り出した。手書きの地図だった。

「ここがダイヤの見つかる場所だ。バール川の北岸、ここからずっと北へさかのぼったところにあるマガーダムのあたりだ」

ジェミーは地図を見つめているうちに、心臓が早鐘を打ちはじめた。

「何キロくらい行ったところですか？」

「この町では距離は時間で表すんだ。ラバがいれば四日から五日の旅になるだろう。帰りは荷物があるからもう少し時間がかかるかな」

ジェミーはにっこり笑って答えた。

「了解！」

頼りなげなラバの背に荷物を積む作業はすべてバンダがやってくれていた。ジェミーはバンダに礼を言った。

「ありがとう」

バンダはそのとき初めてジェミーと視線を合わせると、黙って店の中に消えていった。ジェミーは手綱を手にすると、ラバに呼びかけた。

「さあ、行くぞ、相棒！　ダイヤ掘りの時がやってきた」

ラバを引いてクリップドリフトの町を行く彼は、もはや旅行者ではなく、宝の山を求めて進む一丁前のダイヤ掘りになっていた。ジェミーはラバとともに一路北へ向かった。

夜の帳が降りるころ、ジェミーは小川のほとりでキャンプを張った。背の荷物を下ろしてから、ラバに水とえさをやり、自分はビーフジャーキーと干しアプリコットを食べ、コーヒーをわかして飲んだ。

夜の闇は不気味な音で満ち満ちていた。水を求めてやって来る野生動物の足音やうなり声がひっきりなしに聞こえた。この未開の大地で最も危険な野獣に囲まれながらジェミーはまったく無防備だった。何か物音がするたびにはね起きては、身構えた。暗闇からいつなんどき牙やかぎづめが襲ってくるやも知れなかった。うとうとするなかで想うのは、故郷の寝心地いいベッドと、いつも誰かに守られていた身の安全についてだった。浅い眠りのなかで彼が見たのは、ライオンやゾウに襲われる夢と、ひげもじゃの大男にダイヤを強奪される夢だった。

夜明けにジェミーは目を覚ました。見ると、ラバが死んでいた。

# 第二章

こんなに早くラバが死んでしまうなんて、ジェミーは信じられなかった。寝ているあいだに野生の動物にでも襲われたのかと思い傷口を探してみたが、それらしいものはなかった。ラバは過労か、寿命がつきたかで、睡眠中に息を引き取ったのだ。

〈ヴァンダミヤさんはきっとぼくに弁償しろって言うんだろう〉

ジェミーは先々のことをあれこれ考えた。

〈でも、ぼくがダイヤを持ち帰れば問題はないはずだ〉

いまさら引き返すわけにはいかなかった。目的のマガーダムへはラバなしで向かうしかなかった。上のほうから奇妙な叫び声が聞こえてきた。ジェミーが見上げると、何羽もの巨大なハゲワシが頭上で輪を描きながら飛んでいた。ジェミーはぶるっと身震いした。それから大急ぎで捨てるものと持っていくものを選び、運べそうなだけ背負い袋に詰め込み、よろよろと立ち上がった。五分後、振り返ってみると、巨大なハゲワシどもがラバの死骸に群がっているのが見えた。ラバの死骸で見える部分は長い耳だけだった。ジェミーは歩を速めた。

十二月は南半球では夏である。じりじりと照りつける太陽の下での草原横断は、恐怖以外のなにものでもなかった。クリップドリフトを出発したときのジェミーは足どりも軽く心も弾んでいた。しかし数分が数時間になり、数時間が数日になるにつれ、足どりは重くなり、心も沈んだまま弾まなくなった。見渡すかぎりにつづく単調な草原は、焼けつく太陽に照らされ、明るすぎて不気味だった。灰色の石ころが転がる無人の大地に終わりはなさそうに見えた。

ジェミーは水たまりのある場所に来るたびにキャンプを張った。そして、周辺の動物どもの不気味な呻《うめ》きに囲まれながら眠った。彼は動物の唸り声にはもうびくつかなくなっていた。動物の鳴き声は、むしろ、この無人の地獄にも命がある証しであり、多少なりとジェミーの孤独を紛らわしてくれる自然のアトラクションだった。

ある日の明け方、ジェミーはライオンの家族と遭遇した。遠くから見ていると、雌ライオンがインパラをくわえて仲間のところに近づき、雄ライオンの前に獲物を置いた。雄ライオンが食べはじめたところに、恐れを知らない子どものライオンが進み出て獲物にかみついた。雄ライオンは前脚の一撃で子ライオンの顔を引っかき、殺してしまった。その後は何ごともなかったかのように獲物を食べつづけた。雄ライオンが食べ終わったところで初めて、ほかのライオンたちにも残り物をあさる機会が与えられた。ジェミーは物音を立てないようにその場から遠ざかり、さらに先に向かって歩きつづけた。

カルー砂漠を横断するだけで二週間もかかってしまった。もうやめようかと思ったのは、一度や二度ではなかった。ダイヤ探しのこの徒歩旅行を最後までやり遂げられるかどうか、ジェミーは自信をなくしかけていた。

〈こんなことをつづけていて、おれはバカじゃないのか。クリップドリフトに戻ってヴァンダミヤさんに別のラバをあてがってもらったほうがいいのでは。でも、ヴァンダミヤさんが取引を中止すると言い出したらどうする？　やはりこのまま進んでいくしかないんだ〉

ジェミーは歩きつづけた。重い足を一歩、また一歩と前へ出すようにして進んだ。

ある日、遠くに四人の人影を見た。人影はこちらに向かっているように見えた。

〈おれは頭がおかしくなったのか〉

ジェミーは一瞬そう思った。

〈あれはきっと蜃気楼に違いない〉

だが、人影はどんどん近づいていた。ジェミーは警戒心から心臓がドキドキしてきた。

〈男が四人！　こんなところに人がいるなんて！〉

四人の男は目の前まで来ていた。なんの成果もなく、一獲千金の夢に破れてクリップドリフトへ戻る途中の採掘者たちだった。

おれは言葉を忘れてしまったのか、一瞬そう思うほどジェミーはしゃべろうとしても声が出なかった。ようやく彼ののどから出たのは、死人が発したような情けない声だった。

「こんにちは」

ジェミーは四人に声をかけた。四人はうなずき、その中のひとりが言った。

「この先へ行っても無駄だぞ、坊や。おれたちは探しつくしたけど、何も見つからなかった。時間の無駄だ。戻んな!」

四人はそう言い捨てていなくなった。


ジェミーはすべてのことを頭から振り払い、目の前の道なき原野を突き進んだ。じりじりと照りつける太陽と、たかってくる黒いハエの大群は耐えがたかったが、それから逃れる場所はなかった。日除けになりそうな木も、多くはゾウに枝を折られていて役に立たなかった。日光の強さのため、ジェミーはほとんど目が見えなくなった。皮膚は火ぶくれで皮がむけ、絶えず目まいにも襲われていた。息を吸うたびに肺が爆発しそうだった。彼はもはや歩いてなどいなかった。かろうじて足を交互に出し、よろけながら前に進んでいる有りさまだった。

ある日の午後、直射日光のなかでジェミーは背負い袋をずり下ろし、地面に倒れこんだ。疲れ果ててもう一歩も前へ進めなかった。目を閉じるや、夢の中にいた。太陽は巨大なダイヤモンドとなり、るつぼの中に閉じ込められている彼を溶かしつつあった。

ジェミーは夜中に目を覚ました。寒さで体がガタガタ震えていた。なんとか手足を動かして干し肉を二、三口かじり、生ぬるい水でそれをのどに流し込んだ。太陽が昇る前の、地面や空気が冷えているうちに起き上がってスタートしなければ、とわかってはいたが、それができなかった。このままここで横になっていたらどんなに楽だろう。

〈もう少しだけ眠ろう〉

そう思うジェミーの体のどこかが、おまえはもう二度と目を覚まさないだろうと告げていた。誰かが彼の死骸を見つけるのだろう。草原に何百と横たわる無名の死骸のひとつとして。ジェミーはラバに群がったハゲワシどものことを思い出した。

〈いや、誰かが見つけるのは、おれの死骸じゃなく、ハゲワシどもがついばんだあとの骸骨だ〉

彼はゆっくり痛みをこらえて立ち上がった。背負い袋は重すぎて背負えなかった。ジェミーは背負い袋を引きずってふたたび歩きはじめた。それから、なんど砂地に転んでは、よろよろと起き上がったことか、ジェミーはもう覚えていなかった。一度、彼は夜明け前の黒い空に向かって叫んだことがあった。

「おれはジェミー・マクレガーだ！　おれはやり抜くぞ！　絶対に死なないぞ！　聞こえるかあ、神さま？　おれは死なない……」

叫んだと思っているのは本人だけで、彼の声は頭の中で爆発しているだけだった。

〈〝頭がおかしくなったのか、おまえ。ダイヤモンド掘りなんちゅうのは、おとぎ話なんだ。真面目に働こうとする人間を毒する、悪魔の誘惑だ〟〉

〈〝ダイヤモンド掘りに行くったって、おまえにはそこまで行く旅費もないじゃないか。世界を半周もするんだぞ〟〉

〈〝ヴァンダミヤさん、おれこそがあなたが探している人間です。信じてください、おれは夜も昼も働きます。あなたが期待している以上のダイヤモンドを持って帰ります〟〉

なんにも始まらないうちに終わってしまうのか。

〈おまえには選択肢が二つある〉

ジェミーは自分に言い聞かせた。

〈歩きつづけるか、それともここにとどまって死ぬか……死ぬか……死ぬか……〉

いろんな言葉が頭の中にこだました。

〈あと一歩、前へ進め！　ほらジェミー坊や、もう一歩でいいから……〉

二日後、ジェミーはマガーダムの村に転がり込んだ。火ぶくれは長いあいだ細菌に感染したままだったので、体中から血がにじみ出ていた。両まぶたは腫れ上がり、目はほとんど閉じたままだった。

ジェミーは道の真ん中で崩れるように倒れた。ぼろきれのような服がかろうじて彼をひとり分の人間に見せていた。同情した採掘者たちが彼を介抱しようと背負い袋に手を伸ばすと、ジェミーは盗られまいとそれを抱きしめ、残った最後の力を振り絞って抵抗した。

「やめろ！　おれのダイヤから手を離せ！　おれのダイヤから手を離せ！」

その三日後、ジェミーはなんの飾りもない小さな部屋の中で目を覚ました。身に着けているのは体中に巻きつけられた包帯だけだった。彼が目を開いて最初に見たのは、ベッドの横に座っているふくよかな中年女性の姿だった。

「どこ——？」

声がかれすぎていて言葉にならなかった。

「いいのよ、無理しなくて。あなたは病気なんですから」

髪の毛をきちんと手入れしたその女性は、腕を優しく伸ばし、ブリキのコップで彼に水を飲ませてくれた。ジェミーはなんとか横向きになって声を出した。

「どこ——？」

今度も言葉にならなかったので、つばをのみ込んでもう一度声に出してみた。

「ここは——どこ——なんですか？」

「あなたは今、マガーダムの村にいます。わたしはアリス・ジョーダン、この下宿の主です。もう大丈夫ですよ。でも、しばらく休養が必要です。さあ、あおむけになって」

ジェミーは背負い袋が盗られそうになったことを思い出してパニックになった。

「おれの荷物はどこに——？」

起き上がろうとするジェミーを女性の優しい言葉が止めた。

「みんな無事ですよ。心配しないで」

彼女はそう言って部屋のすみにある背負い袋を指さした。ジェミーは安心してあおむけになった。ベッドのシーツは白くて清潔だった。

〈おれはついにここまで来たぞ！　やったんだ！　これからはすべてがうまく行くはずだ！〉


ジェミー・マクレガーだけでなく、マガーダムに住む人間の半数はアリス・ジョーダンの世話になっていた。みなが同じ一獲千金の夢を見る採掘者の町にあって、ジョーダン夫人は、採掘者たちに食事を与え、看護し、励ましつづけてきた天使のような女性である。

彼女は英国人で、南アフリカにやって来たのは、教職を捨ててダイヤモンドラッシュに参加した夫に従ってのことだった。夫は現地に来て三週間で熱病のため亡くなった。しかし、彼女は英国へ戻らずにマガーダムにとどまった。以来、採掘者たちが、家族のいないジョーダン夫人の子どもたちになった。

ジェミーに対する彼女の看護はそれからさらに四日間つづいた。食事を作ってやり、包帯を替えてやり、元気が出るよう励ましてやった。五日目になると、ジェミーは起き上がる元気を取り戻した。

「あなたにどれほど感謝しているか、言葉では言いつくせません、ジョーダン夫人。今は文無しなので何もお返しできませんが、いつか大きなダイヤモンドを見つけて差し上げます。これはジェミー・マクレガーの約束です」

ハンサムな青年の熱のこもった言葉にジョーダン夫人はほほえんだ。彼はまだやせ細っていて、あと十キロは回復する必要があった。地獄を見たその灰色の目からは、まだ恐怖の色が消えていなかった。でも、この若者には底力みたいなものがある、とジョーダン夫人は思った。決してへこたれない根性はギラギラしてまぶしいくらいだった。

〈この子は、ほかの子と違うわ〉


ジェミーはジョーダン夫人が洗濯してくれた服に着替え、町の散策に出かけた。クリップドリフトをさらに小さくしたような町だった。同じようにテントと荷車が連なり、泥道に、粗末なつくりの店、その前を行く大勢の採掘者たち。ジェミーが一軒の酒場の前を通り過ぎたとき、店の中から雄たけびのような声が聞こえた。店に入ってみると、赤シャツを着たアイルランド人を大勢の男たちが取り巻いていた。

「何をやってんだい?」

ジェミーが近くの者に尋ねると、男が答えた。

「あいつはこれから店中を濡らして発掘を祝うんだ」

「どういうことだい?」

「あいつは今日、ダイヤモンドを発掘したんだと。それで店中の客に飲みたいだけおごろうってわけだ」

ジェミーは、丸テーブルに相席する不満たらたらの採掘者たちと言葉を交わした。

「どっから来たんだい、マクレガー?」

「スコットランド」

「スコットランドでは住民の生活がどう成り立っているのか知らねえけど、この国には生活費を払えるだけのダイヤモンドなんてねえんだ」

ほかの発掘現場が話題にのぼった。ゴンゴン、フォーローン・ホープ、デルポーツ、プアマンズ・コピエ、シックスペニー・ラッシュ……。採掘者たちの話はみな似ている。重い巨岩を押しのけ、固い地面を掘り、川べりにしゃがみこんでは泥をすくい、その中でめったに見つからないダイヤモンドを探す。こうして、体をだめにするような重労働を何か月もつづける。毎日、誰かが何個かのダイヤモンドを見つけるが、金持ちになるには程遠い大きさだ。だが、夢は見つづけさせてくれる。だから、町の空気には、希望と失望、楽観主義と悲観主義が奇妙に混じり合っている。新たに町にやって来るのは楽観主義者たちで、悲観主義者たちは黙って町を去っていく。

ジェミーは自分がどっち側なのか、はっきりわきまえていた。

だから、赤シャツのアイルランド人に歩み寄り、ヴァンダミヤの地図を広げて見せた。酔ってうつろな目つきになっていたアイルランド人は、地図を一目見るなり、それをジェミーに投げ返した。

「こんなもの、価値はゼロだ。このあたり一帯はぜんぶ完全に掘り返されている。おれがおまえだったら、バッド・ホープを狙うね」

ジェミーはいま聞いた言葉が信じられなかった。ヴァンダミヤの地図を頼りにここまでやって来たのに。この地図こそが彼を大富豪にしてくれる道しるべだったはずなのに!

別の誰かが言っていた。

「コールズバーグに向かうんだな。あそこではずいぶん見つかっているぞ」

「ギルフィランズ・コップ――掘るならあそこだよ」

「おれに言わせれば、ムーンライト・ラッシュあたりを掘ってみるべきだな」

その日の夕食の席で、ジョーダン夫人が彼にヒントを与えてくれた。

「掘る場所を一か所に決めて、そこに賭けてみるべきよ、ジェミー。場所も、人の意見ではなく自分で選んで、あとは運にまかせることね。成功した人たちは皆そうしているわ」

自問自答をくり返して眠れぬ一夜を過ごしたあと、ジェミーはヴァンダミヤの地図を無視することにした。そして、大勢の採掘者の意見に逆らってモッダー川沿いを東へ向かうことにした。次の日の朝、ジョーダン夫人に「さよなら」を言い、決めた方角に向かって出発した。

三日と二晩歩きつづけたあと、それらしい場所に出くわしたので、ジェミーはそこに小さなテントを張った。巨大な岩が川の両岸にゴロゴロしていた。彼は太い枝をテコに使い、ありったけの力をこめて岩をどかした。その下の砂利の層を掘るためだ。

ダイヤモンド鉱脈につながる黄色い粘土か、青いダイヤモンド土壌を求めて、彼は夜明けから夕方まで掘りつづけた。しかし何も見つからなかった。それから一週間掘りつづけたが、クズのダイヤのひとつも見つからなかった。週の終わりには別の場所に移動した。

ある日、とぼとぼと歩いていると、遠くで日光をまぶしく反射している銀の家らしいものが見えた。

〈おれは目がおかしくなったのか？　このまま目が見えなくなってしまうのでは！〉

近づいてみると、そこは小さな村で、どの家も銀でできているように見えた。ボロをまとったインド人の男女や子どもたちが道に大勢出ていた。村に足を踏み入れてジェミーは思わず目を見張った。日光を反射して銀に見えたのは、実は、ジャムの空き缶を平たくたたいたものを隙間なく連ね、それを泥の掘っ立て小屋に釘で打ちつけただけのものだった。

ジェミーは村を通り抜けて歩きつづけた。一時間後、振り返ってみると、空き缶の家はまだ日光を受けて光っていた。忘れられない光景だった。

ジェミーは北に向かって歩きつづけた。川沿いのダイヤモンドが埋まっていそうな場所を探しては、腕が疲れてつるはしが持ち上がらなくなるまで掘った。掘ったあとは、濡れた砂利をふるいにかけて選別する。暗くなったら、ヤクで意識を失ったかのように眠りこける。

二週目の末に、彼はもう一度上流に向かって進んだ。そこはパーズパンと呼ばれる小さな開拓地の北側だった。川が向きを変えたところで足を止め、枯れ木を焚いて干し肉をあぶり、紅茶をわかして飲んだ。

ジェミーはテントの前に座り天を見上げた。広大な空を星くずがゆっくり移動していく。この二週間、人間の姿に出くわさなかった。孤独の渦がジェミーをのみ込む。

〈おれはいったい何をやっているんだ？〉

彼はもうとっくに自信をなくしていた。

〈バカじゃあるまいし、人っ子ひとりいない原野の真ん中で石ころや泥を掘っている。こんなことをしていたら体がだめになってしまう。故郷で農業をしていたほうがよっぽどマシだ。次の土曜日までにダイヤモンドが見つからなかったら、おれは国に帰るぞ！〉

彼は、人の苦しみなど知らん顔の星くずに向かって叫んだ。

「聞こえるかあ、おまえら?」

〈ああ神さま、おれは頭がおかしくなっていく〉


ジェミーは座ったまま、その気もなく、手のひらをふるいにして砂をすくっていた。大きな石ころが指にかかった。彼はちょっと見ただけでそれを投げ捨てた。この何週ものあいだに同じような無価値な石ころを何百と見てきた。そんな石をヴァンダミヤはなんて呼んでいたっけ? そうだ、シュレンターだ。だが、いま捨てた石にはなぜか気になるところがあった。ジェミーは立ち上がってその石ころを拾った。比較的大きな石で妙な形をしていた。ジェミーは泥まみれのその石をズボンで拭い、目を近づけてよく見た。ダイヤモンドではないかと思えた。ジェミーの限られた知識のなかでそれを否定する唯一の材料は、石が大きすぎる点だった。サイズはニワトリの卵くらいあった。

〈ああ神さま、もしこれが本当にダイヤモンドだったら……〉

ジェミーは急に息が苦しくなった。ランプをわしづかみにすると、その灯りを頼りに周囲の地面を探し回った。十五分ほどで同じような石がさらに四個見つかった。どれも最初のものより小型だったが、彼に一獲千金の夢をたきつけるには充分な大きさだった。

ジェミーは夜明け前に起き、狂ったように掘りつづけた。そして、昼までにさらに六個のダイヤモンドを見つけた。次の一週間は、熱に浮かされたような採掘の一週間になった。昼間見つけたダイヤモンドは、夜のあいだは、通りがかりの者に見つからないような場所に穴を掘って隠した。毎日新しいダイヤモンドの発見があった。ジェミーは、財産が貯まっていくのを眺めては、言葉では言いつくせない喜びに浸った。彼の取り分はこの宝の山の半分である。が、夢にまで見た大富豪になるのに充分すぎる量である。

週末にジェミーは発見場所の地図を作り、地面には、自分の権利を主張するための境界線をつるはしで掘った。そして、隠し場所から宝物を掘り出し、それを背負い袋の奥にしまい込んで帰路についた。

マガーダムの町はずれの小さな家の看板には〈ダイヤモンド鑑定士〉と書かれていた。ジェミーが入っていくと、そこは息の詰まりそうな小さなオフィスだった。彼は急に恐怖感に襲われた。ダイヤモンドだと信じて鑑定してもらった結果、ぬか喜びに終わった採掘者の話を幾度となく聞いていたからだ。

〈おれの見立てが間違っていたらどうしよう?〉

鑑定士はオンボロ机の向こうに座っていた。

「ご用件は?」

　ジェミーは息を大きく吸い込んでから言った。

「石を鑑定してもらいたいんです」

　鑑定士が見つめるなか、ジェミーは石をひとつずつ袋から取り出しては机の上に置いていった。全部で二十七個あった。鑑定士は驚きの表情で石の山を凝視した。

「これをどこで――どこで見つけなさった?」

「ダイヤモンドかどうかはっきりしてから話します」

　鑑定士は一番大きな石を取り上げると、それを宝石用のルーペを使って検査した。

「なんてこった!」

　鑑定士はつぶやいた。

「こんな大きなダイヤモンド、見たことがない!」

　ジェミーは自分が息を止めたままなのに気づいた。この瞬間、歓喜の声をあげて跳び上がりたかった。

「いったいどこで――」

　鑑定士は懇願するような口調で尋ねた。

「どこで見つけたのか教えてくださいよ」

「十五分後に酒場で会いましょう」

ジェミーはにっこりして答えた。

「そこで話しますよ」

ジェミーはダイヤモンドをポケットにしまい込み、オフィスの外へ出ると、二軒ほど先にある登記所を訪れた。

「原石の権利と土地の採掘権を、サラマン・ヴァンダミヤとジェミー・マクレガーの連名で登記したいんですけど」

無一文の農民の少年として登記所のドアをくぐったジェミーだが、ドアから出てきたときの彼は億万長者になっていた。

ジェミーが酒場に入っていくと、先ほどの鑑定士が待ち構えていた。ジェミーの入店と同時に店内が静まりかえったことから察するに、鑑定士がすでにダイヤ発見のニュースをみなに広めていたらしい。沈黙はしていたものの、店にいる全員が同じ質問を口に出しかかっていた。

ジェミーはカウンターへ歩み寄りバーテンに向かって言った。

「みんなにおごってやってくれ、ダイヤ発見のお祝いだ！」

彼は客席に向きなおって大声を張り上げた。

「パーズパンだ！」

ジェミーが下宿のキッチンに入っていくと、ジョーダン夫人はお茶を飲んでいるところだった。彼を見て、ジョーダン夫人の表情がぱっと明るくなった。

「あら、ジェミーじゃないの！　無事に帰ってきたのね。神さま、ありがとうございます」

彼女はジェミーのぼさぼさ髪と日焼けした顔から、事情を察した。

「うまくいかなかったのね？　でも気を落とさないで。さあ、わたしと一緒にお茶を飲みましょう。気分も変わるわ」

ジェミーは黙ってポケットから一番大きな石を取り出すと、それをジョーダン夫人の手に握らせた。

「これで約束は守ったからね」

彼女はしばらく石を見つめていた。やがてその青い目が涙でうるんだ。

「だめよ、ジェミー。だめ！」

彼女の声は消え入るように小さかった。

「わたしはいらないわ。わかるでしょ？　こういうものがあると、すべてが壊れてしまうのよ」

クリップドリフトに帰るときのジェミーは自分のスタイルを決め込んだ。小さな石をひとつ現金に替え、それで活きのいい馬と上等の荷車を買った。それについては、共同経営者を裏切らないよう経費の明細を記録に残した。クリップドリフトへの帰路は、来るときの地獄の苦しみに比べて、なんと楽ちんだったこと。

〈これが金持ちと貧乏人の差なんだ〉

人生のあやについて考えずにはいられないジェミーだった。

〈貧乏人は歩き、金持ちは馬車で行く〉

ジェミーは満足しきっていた。手つきも軽やかに馬の尻に鞭をあてると、暮れなずむ草原を馬車は舞うように駆けていった。

# 第三章

　クリップドリフトの町はまったく変わっていなかった。だが、ジェミーは天と地ほどに変貌を遂げていた。彼が町に入りヴァンダミヤ雑貨店の前で馬車を止めるのを人々の好奇の目が追う。住民の注意を引いているのは、高そうな馬や荷車ではなく、青年が放つ歓喜のオーラである。町の住人たちは、ダイヤを掘り当てた採掘者たちが醸す喜びの雰囲気をこれまで何度も見てきた。そのたびに自分たちにも希望が湧いてくる。幸せは伝染するものなのだ。ジェミーが馬車から飛び降りるのを、みなは遠巻きにして見守った。

　出発したときと同じ背の高い黒人が、今日もそこに立っていた。ジェミーは彼に向かってにっこりした。

「やあ、おれは戻ってきたぞ！」

バンダは馬を柱につなぎ、何も言わずに店の中へ入っていった。ジェミーは彼のあとにつづいた。

客の相手をしていたオランダの小男は、顔を上げるなりにっこりした。さてはニュースはヴァンダミヤの耳に入っているな、とジェミーは受け取った。ダイヤモンド発見のニュースは誰言うとなく雷鳴のような速さで大陸を駆け抜けるのだ。

客との用談を終えると、ヴァンダミヤはあごで店の奥のキッチンを指し示した。

「では、こちらへどうぞ。ミスター・マクレガー」

ジェミーは彼のあとにつづいた。ヴァンダミヤの娘はストーブの前で昼食を作っていた。ジェミーは彼女に声をかけた。

「こんにちは、マーガレット」

マーガレットは顔を赤くして目をそむけた。

「いいニュースがあるそうだね」

ヴァンダミヤはにやにやしながら自分の席につくと、目の前の皿や食器を横に押しやり、テーブルの上をきれいにした。

「おっしゃるとおりです」

ジェミーは誇らしげだった。上着のポケットから革袋を取り出すと、ダイヤの原石をテーブルの上にそろえた。ヴァンダミヤは催眠術にでもかかったかのように石の山を見つづけた。それからひとつずつ取り上げ、じっくり味わうように裏表を調べた。一番大きな石は最後に取っておいた。それから彼は、石を全部かき集めると持っていた革の袋に入れ、さらにその袋を部屋のすみの鉄の金庫にしまい込み、ガチャンと鍵をかけた。

ヴァンダミヤがとても満足しているのがその口調に表れていた。

「よくやったぞ、マクレガー君。たいしたものだ」

「ありがとうございます。でもこんなのはまだ序の口です。あそこにはまだ何百ものダイヤが埋まっています。全部でどのくらいの価値があるのか想像もできないくらいです」

「ちゃんと土地の登記はしてきたんだろうな?」

「ええ」

ジェミーはポケットから登記済みの書面を取り出した。

「あなたとおれの二人の名義で登記してあります」

ヴァンダミヤは書面に目を通してから、それをたたんでポケットにしまった。

「きみにはボーナスをやらなくちゃな。ちょっと待っててくれ」

ヴァンダミヤは、店につながるドアに向かって歩いていった。

「マーガレット、一緒に来なさい」

娘はびくびくしながら父親に従った。その様子を見てジェミーは思った。

〈おびえた子猫みたいだな〉
二、三分してヴァンダミヤはひとりで戻ってきた。
「さてと」

ヴァンダミヤは財布をあけ、札を五十ポンド分慎重に数えた。ジェミーは不思議そうにその様子を見つめた。

「それは何のためですか？」

「おまえさんにあげる分だよ、全額な」

「お、おれには意味がわからないけど」

「おまえさんは出発してから二十四週間働いたわけだ。週二ポンドだから計四十八ポンドになると。それに、ボーナスとして二ポンド追加してやるぞ」

ジェミーは笑った。

「ボーナスなんていりませんよ、ダイヤモンドの取り分がありますから」

「ダイヤモンドの取り分だって？」

「ええ、そうですけど。半分はおれの分です。あなたとおれはパートナーですから」

ヴァンダミヤは青年をじろりと見た。

「パートナーだって？　おまえさん、誰にそんな入れ知恵つけられたんだ？」

「入れ知恵――？」

ジェミーは信じられない思いでオランダの老人を見つめた。

「おれらには契約書があるじゃないですか」

「確かにな。それでおまえさん、契約書を読んだのか?」

「それは、そのう。いえ、オランダ語で書いてあったから。でもおれらはパートナーだってあなたが言ったじゃないですか」

老人は首を横に振った。

「おまえさんは何か勘違いしているんだよ、あんちゃん。わしはパートナーなど必要としてない。おまえさんはわしに雇われて働いただけなんだ。だからこそ、わしはおまえさんに用具をそろえてやり、掘る場所まで教えてやったんじゃないか」

ジェミーは腹の底から怒りがこみあげてきた。

「おれは装備をもらってなんかいない。ちゃんと百二十ポンド払ったじゃないか!」

老人は肩をすぼめた。

「水かけ論をやっている暇はないんだ。よし、こうしよう。あと五ポンド追加してやる。それで手を打とうじゃないか。ずいぶん気前のいい話だと思うがね」

ジェミーの怒りはついに爆発した。

「手なんて打てねえ!」

頭に血がのぼってスコットランドなまりが丸出しになった。

「ダイヤの半分はおれのもんだ。おれはそれを取り返す。おれとあんたの二人の名前で登記したんだからな」

ヴァンダミヤの顔にうすら笑いが浮かんだ。

「だったら、おまえさんはわしをだましたことになる。それでおまえさんを逮捕させることもできるんだぞ」

ヴァンダミヤは札束をジェミーの手に押しつけた。

「さあ、給料を持ってとっとと出ていきな」

「訴えてやる!」

「弁護士を雇えるカネがあるのかい?　この町にいるのはわしが世話した者ばかりだ」

〈こんなことってあっていいのか!〉

ジェミーは展開のすべてが信じられなかった。

〈おれはきっと悪い夢を見ているんだ〉

くぐりぬけてきたあの地獄のような苦しみ。焼けつく太陽の下での何週間、何か月にもおよぶ独りぼっちの徒歩旅行。日の出から日没までの刑罰のような重労働――。それらがジェミーの脳裏によみがえった。半ば死にかけさえしたではないか。なのにこの男は、彼の正当な分け前までだまし取ろうとしている。

ジェミーは老人の視線をとらえてにらみつけた。

「このままじゃすませないからな。おれはこの町から出ない。おまえのやったことを、みんなに言いふらしてやる。そして、ダイヤの半分は必ず取り返す」

ヴァンダミヤは、相手の怒りに燃える灰色の目から視線をそらした。

「おまえさんは医者にかかったほうがよさそうだな、坊や」

ヴァンダミヤはぼそぼそと言った。

「お天道さまに当たりすぎて頭がおかしくなったんだろう」

次の瞬間、ジェミーはヴァンダミヤの前に仁王立ちになり、片手で相手のえり首をつかむと、自分の目の高さまでつるし上げた。

「おれと組んだことを後悔させてやる！」

ジェミーは相手を足元に突き落とすと、テーブルの上の札束を投げとばし、どかどかと大きな足音を響かせて店から出ていった。


ジェミーはその足でサンダウナー酒場に入っていった。採掘者たちはほとんどみなパーズパンへ行ってしまっていたので、店内はがらんとしていた。ジェミーは、怒りと絶望感で自分を失いかけていた。

〈ありえないことだ！　やっと大金持ちになったと思ったら、たちまち破産者にされてしまっ

たではないか。ヴァンダミヤのじじいは泥棒と同じだ。おれは必ず仕返ししてやる。でもどうやったらそれができる?〉

悔しいがヴァンダミヤに言われたとおりだ。訴えるにしても弁護士を雇うカネなどない。ヴァンダミヤはこの町の名士だが、ジェミーはよそ者にすぎない。ジェミーが頼れる唯一の武器は〝真実〟である。ヴァンダミヤがどんな悪辣な男か、南アフリカ中の人間に知らせなくては。

バーテンのスミットが愛想よく彼を迎えた。

「やあ、お帰んなさい、ミスター・マクレガー。今日はなんでも店のおごりです。なんにいたしましょう?」

「ウイスキー」

スミットはダブルで注いだグラスをジェミーの前に置いた。ジェミーはそれを一口で飲み干した。あまり飲み慣れていない彼に、ストレートのウイスキーはきつすぎた。のどと胃が焼けるように痛んだ。

「もう一杯くれ」

「はい、かしこまりました。スコットランドの人は飲みっぷりがいいですな。あっしはいつもみんなにそう言ってるんですよ」

二杯目は一杯目より楽に飲めた。採掘者にヴァンダミヤの援助を受けるよう勧めていたのはこのバーテンだったことを思い出してジェミーは言った。

「ヴァンダミヤのじじいがペテン師だということをおまえは知っていたのか？　あいつはおれのダイヤモンドを全部だまし取りやがった」

　スミットは同情の顔を見せた。

「なんですって？　そりゃひでえ話だ」

「おれは――このままじゃ――すませねえ」

　興奮でジェミーの言葉は途切れがちだった。

「あのダイヤの半分はおれのもんだ。あのじじいは泥棒だ。そのことをみんなに言いふらしてやる」

「気をつけたほうがいいですよ、ヴァンダミヤはこの町の有力者ですからね」

　バーテンは警告した。

「あいつに立ち向かうなら助けが必要でしょう。あっしがいい人を知っていますよ。そいつもあんたと同じくらいヴァンダミヤを憎んでますさ」

　スミットは誰にも聞かれないように周囲を見回してからさらに言った。

「この道のつきあたりに馬小屋があります。手配はあっしに任せてください。今夜十時にそこで会いましょう」

「かたじけない」

　ジェミーはこちらの味方になってくれるバーテンの心意気がうれしかった。

「恩に着るよ」

「十時に、馬小屋ですよ」


馬小屋はブリキの板を柱に打ちつけただけの粗末な造りで、町はずれの、大通りから離れたところにあった。ジェミーは十時ちょうどに現場に着いた。小屋は真っ暗で、中へは手さぐりで入るしかなかった。周囲に人影はなかった。彼は奥に向かって声をかけてみた。

「ハロー……？」

返事はなかった。ジェミーはそろそろと奥へ進んだ。漏れてくるわずかな月明かりをうけて、馬が神経質そうにうごめいているのが見えた。そのとき、後ろから人の声がした。振り向こうとしたとき、鉄の棒が彼の肩甲骨を一撃した。ジェミーは床に倒れた。そこを今度は木の棒が襲ってきた。頭をしたたか打たれた。さらに、大きな手が彼をつかんで起き上がらせ、げんこつやブーツの蹴りが体中にめりこんできた。殴打の嵐はいつやむとなくつづいた。痛みに耐えきれなくなったとき、ジェミーは気を失った。すると冷水が顔にかけられた。目をかすかに開けたとき、ヴァンダミヤの召使のバンダの姿を見たような気がした。

意識をとり戻したジェミーに対して、ふたたび殴打が始まった。ジェミーは自分の肋骨が折れるのがわかった。何かが脚にめり込んだ。ボキンと骨の折れる音が聞こえた。

そこでふたたびジェミーは気を失った。

体が燃えていた。誰かが彼の顔をやすりでこすっていた。それを避けようとジェミーは手をあげようとしたが、動かなかった。目を開けようとしても、まぶたが腫れていて開かなかった。体中の細胞のひとつひとつが痛みで悲鳴をあげていた。頭がボーッとするなか、いま自分がどこにいるのか思い出そうと意識を集中させて考えてみた。しかし、すぐには思い出せなかった。寝返りをうつと、顔をやすりでこすられるような痛みがまた始まった。見えないまま手を伸ばしてみると、熱い砂が指先に触れた。彼の顔は、焼けた砂の上にじかにのっていた。ジェミーはそっと体をよじり、なんとかひざまずくことができた。体を動かすたびに強烈な痛みが走った。腫れた目を開けようとしたが、見えたのはぼうっとした光だけだった。彼は人里離れたカルー砂漠の真っただ中に、裸のまま投げ捨てられていた。まだ朝早かったが、日ざしがぐんぐん強くなるのがわかった。周囲に食べ物や水が入った缶が捨てられていないか手探りしてみた。だが、そんなものはなかった。連中は彼が死ぬのを計算してここに捨てていったのだ。

〈サラマン・ヴァンダミヤのじじいめ！　それからあのバーテン、スミットもグルだった！〉

ジェミーはあの言い争いのなかでヴァンダミヤを脅したつもりだったが、逆の結果になってしまった。あのじじいは、赤子の手をひねるようにいともたやすくジェミーをこらしめたのだった。

〈だが、おれは赤ん坊じゃない！　そのことをあのじじいに分からせてやる！〉

　ジェミーは自分に誓った。

〈もうこんなことはたくさんだ。おれはこれから復讐の鬼になる。あいつらにつけを払わせてやる！　あいつらにつけを払わせてやる！〉

　体中から沸き上がる憎しみが、ジェミーに起き上がる力を与えた。息をするのも苦しかった。あいつらは肋骨を何本折ってくれたんだろう？

〈体を動かすときには、肺が破裂しないように気をつけなければ〉

　ジェミーは立ち上がろうとしたが、すぐさま悲鳴をあげて倒れこんだ。右の脚が折れていて、妙な角度で曲がっていた。歩行は不可能だった。

　だが、這うことはできた。


　ジェミーは自分がどこにいるのか見当もつかなかった。人里離れた荒地のなかにいることだけはわかった。ここなら誰にも見つからずに人ひとりをこの世から消せるわけだ。死骸を見つけるのはハイエナや、ヘビ喰いワシや、ハゲワシなどの砂漠の掃除屋たちだけだろう。砂漠は巨大な死体置き場である。腐肉をあさる動物たちが食べ残した人骨を、ジェミーは何度も見たことがある。骨は、肉の一かけらも残さずきれいについばまれていた。ジェミーがその場面を思い出した時も時、頭上からハゲワシの叫びが、その羽音と一緒に聞こえてきた。ジェミーの背すじに寒気が走った。目がふさがっていたので、ハゲワシどもの姿は見えなかったが、においは嗅げた。

ジェミーは必死の思いで這いずり出した。

ジェミーは体中が焼けるように痛んだ。が、あえてその痛みに意識を集中させた。どこかをちょっと動かしても激痛が走った。まっすぐ進もうとすると、折れた脚が剣で刺されるように痛んだ。脚をかばって体の向きを変えようとすると、折れた肋骨どうしがぶつかり合って強烈な痛みを生んだ。じっとしているのも地獄、動くのも地獄だった。

ジェミーは這いずりをつづけた。

頭上でハゲワシどもが輪を描いているのが、鳴き声の動きでわかった。ハゲワシどもは、太古の昔からくり返している本能的な忍耐力で、獲物が動かなくなるのを待っているのだ。ジェミーは意識が薄れはじめた。

彼はよそいきのスーツを着て、アバディーンの涼しい教会の中で二人の兄にはさまれて座っていた。姉のメアリーとジェミーの恋人のアニー・コードは、おしゃれな白い夏服を着ていた。

アニー・コードが彼に向かってにっこり笑った。ジェミーが立ち上がって彼女のところへ行こうとすると、兄たちが引きとめ、彼の尻をつねりはじめた。あまり強くつねるので、その痛みが彼に意識を取り戻させた。

ジェミーは、骨がボキボキに折れた裸の体を引きずって砂の上を這いずりまわっていた。ハゲワシの叫びがさらに大きくなって、耳にするのも耐えがたかった。

ハゲワシがどのくらい近くにいるのか見たくて、ジェミーはなんとか目を開けようとした。だが、かすかに見えたのは、何かがうごめく影だけだった。彼の恐怖は、ハゲワシどもだけでなく獰猛《どうもう》なハイエナやジャッカルにも広がった。風が掃除屋どもの生臭い息を運んできて、ジェミーのほほをなでていく。

連中は、彼が動きを止めた瞬間に襲ってくるのだろう。それがわかっていたから、ジェミーは這いずりつづけた。熱い砂にこすられ、体中の皮膚がむけだしていた。高熱で頭も痛かった。だが、負けるわけにはいかなかった。ヴァンダミヤに仕返しをするまでは――あのじじいが生きているかぎりは……。

ジェミーは時間の感覚を完全になくしていた。もう二キロくらいは這っただろうか。だが事実は、同じ場所をぐるぐる回っているだけだった。結果、十メートルも進んでいなかった。自分が今までどこにいて、これからどこへ行くのかもわからなかった。ジェミーはもう何も考えなかった。意識をたったひとつのことに集中させた。サラマン・ヴァンダミヤへの仕返しだ。

さらにもう一度気を失ったジェミーは、激しい痛みに耐えかねて叫び声をあげ、その叫び声で意識を取り戻した。誰かが彼の脚を押さえて刃物を刺しつづけている。自分がどこにいて何が起きているのか、思い出すのに何秒かかかった。ジェミーは力をこめて片目を開けた。なんと、どでかいとさかをつけた黒いハゲワシが、その鋭いくちばしで彼の脚をついばんでいるではないか！　巨大な掃除屋は、彼を生きたまま餌にしようとしている！　ジェミーはハゲワシの丸い目と視線が合った。間近で見る首毛は汚らしくて醜かった。生臭いにおいがじかに嗅げた。ジェミーは叫ぼうとしたが、口から声が出てこなかった。代わりに彼は無我夢中で這いずりまわった。足から鮮血が流れるのが、その生ぬるさでわかった。いまや彼の周囲のどこを見てもハゲワシがいた。もう一度気を失ったら本当に最期になるだろう。彼が動きを止めた瞬間に鳥どもは生きたままの人肉を食いあさるのだ。ジェミーは這いずりつづけた。意識がふたたび朦朧《もうろう》となった。

輪をせばめながら飛びつづける巨鳥の羽音がどんどん大きくなっていた。彼の体の中にはもはや抵抗する力は残っていなかった。ジェミーは熱い砂の上で動かなくなった。

空中の輪はさらにせばまった。いよいよ巨鳥どもの饗宴が始まる。

# 第四章

ケープタウンの名物のひとつに、土曜の市がある。市場は、バーゲン品目当ての買い物客や、友人や恋人と待ち合わせする若者たちでにぎわう。南アフリカ生まれの白人であるボーア人、新参者のフランス人、カラフルな制服を着た兵士、すそ飾りのついたスカートをはいた英国婦人。ありとあらゆる人種が、ブラメオンステインや、パークタウンや、バーガースドープなどの広場に並ぶ露店の前で交じり合う。家具や、馬車や、果物、衣服に、チェス台に、肉や本など、ありとあらゆるものが売られている。市場で通じる言語は十指にあまる。こうして毎週土曜日、ケープタウンの街は市場効果で活気づく。

人ごみのなかを、バンダは白人と目を合わせないように気をつけながらゆっくりと歩む。白人にからまれるのはとても危険である。通りは、黒人や、インド人や、白黒の混血たちで混雑している。白人は少数派だが、南アフリカの社会を支配するのは彼らだ。

バンダは白人を憎んでいる。ここは黒人の土地のはずだ。白人はよそ者にすぎない。南アフリカにはたくさんの部族が住んでいる。バスト、ズールー、ベチュアナ、マタベレ。これら部族のすべてはバンツー族に属している。バンツーという言葉は〝人々〟を意味する現地語〝アバンツー〟から来ている。バンダが生まれた部族バロロングはバンツーのなかの貴族階級である。バンダは祖母が語ってくれた話をよく思い出す。それによると、かつて南アフリカには偉大な黒人王国があったという。自分たちの王国、自分たちの国！　それが、今の黒人たちはひと握りの白いジャッカルどもに奴隷化されてしまっている。白人たちは黒人社会をこれでもかこれでもかと狭い区域に押し込め、ついには自由を完全に奪ってしまった。いま、黒人が生き長らえる唯一の術は、白人に対して面従腹背を貫くことである。

バンダは自分が何歳なのか、正確には知らない。黒人には出生証明の類はないからだ。彼らの年齢は部族の伝承で数えられる。たとえば、戦いとか、偉大な族長の誕生や死、天体の変化や、異常気象や、大地震などとともに語られる。しかし、バンダは自分の年齢などどうでもよかった。バンダは部族の長の息子であり、部族に尽くすことを運命づけられた身である。いつの日か、彼の力でバンツーはふたたび立ち上がり、支配権を白人から取り戻さなければならない。自分の役割を思うとき、バンダの歩みは堂々としたものになる。だが、気をつけなければならないのは、それが白人の目に留まらないようにすることだ。

バンダは東へ向かって急いだ。その先の町はずれに黒人居住区がある。立派な構えの民家やきれいな商店が建ち並ぶ道路は、ある地点を過ぎると、がらっと様相を変え、ブリキ小屋や掘っ立て小屋で埋まる狭い泥道に取って代わられる。バンダは、尾行されていないか、ときどき振り返りながら泥道を進んだ。木造の小屋の前に来たところでもう一度周囲を見回してからドアを二回たたき、中へ入っていった。やせた黒人女性が部屋のすみの椅子に座り服を縫っていた。バンダは彼女にうなずき、さらに奥の寝室へと進んだ。

部屋に入ったバンダはベッドに横たわる人間を見下ろした。


話は六週間前にさかのぼる。ジェミーは意識を回復すると、知らない家のみすぼらしいベッドに寝かされていた。記憶がどっと蘇ってきた。カルー砂漠でのこと、脚の骨が折れて動けなくなりハゲワシに囲まれ……。

そこにバンダが入ってきた。さては殺しに来たな、とジェミーは身構えた。ヴァンダミヤはジェミーが生きていることを何かで知り、召使を刺客として遣わしたのだろうと彼は推測した。

「おまえの主人はどうして自分で来ないんだ！」

ジェミーはしわがれ声で怒鳴った。

「おれに主人なんかいない」

「ヴァンダミヤがいるじゃないか。おまえは彼の命令で来たんだろ?」

「違うね。おれがここにいるのを知ったら、ヴァンダミヤは怒っておれたちを殺すだろう」

ジェミーは話の意味がのみ込めなかった。

「ここはどこなんだ? おれはそれが知りたい」

「ケープタウン」

「そんな! ありえないことだ。おれはどうやってここに辿り着いたんだ?」

「おれが連れてきたのさ」

ジェミーはしばらく黙ったまま黒人の黒い目をのぞき込んでいたが、やがて口を開いた。

「なぜなんだ?」

「あんたの協力が必要だからだ。おれはあんたと力を合わせてヴァンダミヤに復讐したい」

「いったい何がおまえに――?」

バンダは相手に顔を近づけた。

「おれのことじゃない。おれなんてどうでもいい。妹がかわいそうで、あいつを許せないんだ。まだ十一歳なのに、彼女はヴァンダミヤの子を身ごもり、出産するときに死んでしまった」

ジェミーはあきれて枕の上に反り返った。

「ひどい話だ」

「妹が死んでからずっと、おれは味方になってくれる白人を探してきた。あんたを殴ったあの夜の馬小屋でその白人を見つけたというわけさ、ミスター・マクレガー。カルー砂漠にあんたを捨てたとき、おれは殺すように命令されていたんだけど、連中にはあんたはすでに死んでいるとウソをつき、みんなが帰ってから急いで助けに来たんだ。もうちょっとで手遅れになるところだったけどな」

生きたままの自分をついばんだあの猛禽の生臭いにおいを思い出して、ジェミーは体が震えだすのを抑えることができなかった。

「ハゲワシはすでにあんたを食いはじめていたんだぞ。おれはハゲワシどもを追っぱらい、あんたを荷車で運び、仲間の家に隠したんだ。あんたの肋骨と脚の骨折の手当てはおれたちの部族の医者がやってくれた」

「そのあとは？」

「ちょうどおれの親戚一行が馬車でケープタウンに来ることになっていたので、一緒にあんたを連れてきたというわけだ。そのあいだあんたは意識を取り戻したり失ったりしていたけど、あんたが気を失うたびに、これで終わりかとおれはハラハラのし通しだった」

ジェミーは自分をもう少しで殺すところだった男の目をのぞきこんだ。この男を信用していいのか、ここは思案のしどころだった。ただ、彼が自分の命を救ってくれたことだけは確かだ。この男はおれの手を借りてヴァンダミヤをやっつけたがっている。

〈だったら、互いに都合がいいではないか〉

ジェミーは決心した。この世で何がしたいかって、今の自分にヴァンダミヤに復讐する以外に何がありえよう。

「わかった」

ジェミーはバンダに返事した。

「あの狸じじいに復讐する方法を何か考える。おれのため、おまえのためにな」

バンダの顔から初めて笑みがこぼれた。

「殺すのか?」

ジェミーは首を横に振った。

「いや、生かして苦しめるんだ」


その日の午後、ジェミーは初めてベッドから降りて立ち上がってみた。足はふらつき、目まいがした。骨折はまだ完全には治癒していなかったので、足を引きずらないと歩けなかった。

バンダが彼を支えてくれた。

「離してくれ。ひとりで歩いてみたいんだ」

バンダが見守るなか、ジェミーは部屋の中をそろそろと歩いた。

「鏡を貸してくれないか」

〈ひどい形相をしているんだろう。最後にヒゲを剃ったのはいつだっけ？〉

　バンダが手鏡を持って戻ってきた。ジェミーは自分の顔を映してみた。

〈これがおれなのか！〉

　ジェミーは自分の目が信じられなかった。鏡に映っていたのはまるで他人の顔だった。頭髪は雪のように白くなり、顔中で伸び放題の無精ひげも真っ白だった。鼻は骨折でひん曲がっていた。顔全体がやつれ、二十歳も老け込んで見えた。こけたほほには深いしわが刻まれ、あごについた大きな傷跡も生々しかった。しかし、なんと言っても一番大きく変わったのは目つきだった。苦しみを見すぎた目、痛みを感じすぎた目。誰かを憎みすぎた目がそこにあった。ジェミーは鏡をそっと下に置いた。

「散歩してこようと思うんだ」

　ジェミーが言うとバンダは反対した。

「それは無理だ、ミスター・マクレガー。だめなんだ」

「どうしてだめなんだ？」

「黒人が白人居住区に入っていけないように、白人もこのあたりでうろつくわけにはいかないんだ。あんたがここにいるのは近所の者たちにも内緒だし……」

「じゃあ、おれはどうやってここを出たらいいんだ？」

「おれが連れ出してやる」

ジェミーはこのとき初めて、バンダが彼を助けるのにどれだけ身の危険を冒しているかを知った。ジェミーは自分が心配していることのひとつを口にした。

「おれは無一文なんだ。働かなきゃな」

「おれはいま波止場で働いているけど、あそこは人手不足だから必ず雇ってくれる」

バンダはそう言ってポケットから現金を取り出した。

「とりあえずこれを使ってくれ」

ジェミーは背に腹は代えられないので、現金を受け取った。

「必ず返すからな」

「返すのはおれの妹にしてくれ」

六週間後のその日、バンダは夜中になるのを待って、ジェミーを隠れ家から連れ出した。外に出たジェミーがあたりを見回すと、そこは、掘っ立て小屋のジャングルだった。錆びたブリキ小屋と、腐りかけた木造小屋と、破れた麻袋を張った小屋……。地面は降ったばかりの雨でぬかるみ、異臭を放っていた。ジェミーは考えさせられた。バンダのような誇り高い者たちが、よくこんなところで人生を送れるものだと。

「誰かに見られたら――?」

「黙って」

バンダは口元に指を当ててささやいた。

「近所には知りたがり屋もいるから」

黒人居住区を抜けたところでバンダは前方を指さした。

「ケープタウンの中心街はあっちの方向だ。波止場で会おう」


ジェミーは英国から到着したばかりのときと同じ下宿屋にチェックインした。あい変わらず、カウンターの向こうにはベンスター夫人がいた。

「部屋はありますか?」

「はい、ありますよ」

夫人は金歯を見せてにっこりした。

「わたしはミセス・ベンスターです」

「知ってますよ」

「おや、わたしのことをどこでお知りになったの?」

夫人は気恥ずかしそうに尋ねた。

「男の子たち同士で悪いうわさをしているんでしょう?」

「おれのことを覚えてないんですか、ミセス・ベンスター? 去年ここでお世話になったことがあるんだけど」

ベンスター夫人は顔を近づけて相手の人相を観察した。刺し傷の残るあご。ひん曲がった鼻に、真っ白いヒゲ。記憶はまったくなかった。

「わたしは人の顔は忘れないんですけどね。でも、あなたは初めて見る顔だわ。だからといって、わたしたちがいい友達になれないことはないわよね。みんなはわたしのことをディーディーと呼んでるわ。あなたのお名前は？」

ジェミーの耳に自分の口から出る言葉が聞こえた。

「トラビス、イアン・トラビスです」


次の日の朝、ジェミーは仕事を求めて波止場へ向かった。

親方は忙しそうにしながら応じた。

「力仕事なんでな。おまえさんじゃ、ちょっと年を食いすぎていないか？」

「ぼくはまだ十九歳――」

そう言いかけたが、ジェミーは鏡に映った自分の顔を思い出して言葉を変えた。

「試しに使ってみてください」

彼は日当九シリングで荷役人足として働くことになった。船が着くたびに荷物の積み降ろしをするのが仕事である。あとでわかったことだが、同じ仕事なのに黒人たちは日当六シリングだった。

バンダに会うとジェミーはさっそく彼を片隅に呼んだ。

「ちょっと話したいんだ」

「ここじゃまずいな、ミスター・マクレガー。桟橋のはずれに使われていない倉庫があるから、仕事がはねたらそこで会おう」

ジェミーが倉庫に行ってみると、バンダが先に着いて待っていた。ジェミーは前置きなしに切り出した。

「ヴァンダミヤのことを教えてくれ」

「どんなことを知りたいんだい?」

「すべてだ」

バンダはつばをぺっと吐いてから話し出した。

「やつはオランダ出身で、聞いたところによると、カミさんは醜い女だったけど金持ちだったらしい。カミさんが病死したので、やつはその金を持ってクリップドリフトにやって来て雑貨屋を開き、採掘者たちをだまして金持ちになったというわけだ」

「おれをだましたみたいにか?」

「だましの手口はほかにもいろいろあってね、運よくダイヤを掘り当てた採掘者が彼に資金の援助を頼むといつのまにか権利をすべて横取りされているんだ」

「訴えた者はいないのか?」

「そんなことできるわけねえ、町の役人はみな買収されているんだ。法律によると、権利の登記をせずに四十五日間過ぎると権利の放棄とみなされ、発掘現場は誰のものでもなくなる。町の役人はそういった情報を流してヴァンダミヤに甘い汁を吸わせている。もうひとつある。発掘現場の権利を主張する場合は、境界線がわかるよう杭を垂直に打たなければならない。ヴァンダミヤが目ぼしい場所にそういう杭を見つけると、夜中に手下を送り、朝になると杭は倒れているという寸法だ」

「なんて卑劣な男なんだ!」

「バーテンのスミットはグルだからな。カモになりそうな採掘者を見つけるとヴァンダミヤのところへ送り、パートナーのサインをさせる。ところが、発見されたダイヤモンドはすべてヴァンダミヤのものになる。面倒を起こしそうな者が出ると、手下を動かして始末するんだ」

「おれが身をもって体験した手口だ」

ジェミーは悔しそうに言った。

「ほかにもあるのか?」

「あのじじいは妙に信心深くてね。悪人の魂のために祈っているとしか思えない」

「彼の娘はどうなんだ?」

この件では共犯のはずだ。

「マーガレットか？　彼女は死ぬほど親父さんを怖がっている。もし男に色目を使っているとわかったら、それだけで彼女は男と一緒に殺されかねないからね」

ジェミーはくるりと背を向けると、ドアのところへ行き、そこから見える港を眺めた。考えることがいろいろあった。

「明日また話そう」

ケープタウンに来てからジェミーは、黒人と白人のあいだには途方もなく深い隔《へだ》たりがあるのを知った。黒人は、お情け程度の権利しか与えられずに、ゲットーと呼ぶにふさわしい狭い区域に押し込まれ、白人のために働くとき以外はそこから出ることを禁じられている。

「こんな理不尽さによく耐えていられるな」

ある日、ジェミーはバンダに聞いてみた。

「〝能ある鷹は爪を隠す〟さ。いつかひっくり返してやる！　白人は黒人の労働力が必要だからおれたちの存在を受け入れているだけなんだ。だけど、おれたちの頭脳も必要だといずれ悟ることになるだろう。おれたちをすみに追いやれば追いやるほど、白人たちはおれたちを恐れるようになる。いつか逆転されるとわかっているからだ。そのときのことを想像するのも嫌なんだろう。ところが、おれたちは〝イシコ〟のおかげでどんなことにも耐えられる」

「イシコって誰だい？」

バンダは首を横に振った。

「人じゃないんだ。〝もの〟でもなくて、もっと精神的なものだ。説明するのは難しいけど、〝イシコ〟はおれたちのルーツなんだ。偉大な水の流れに〝ザンベジ川〟と名付けた部族への帰属意識、それが〝イシコ〟だと言える。何世代も前、おれたちの先祖は家畜を追って裸のままザンベジの流れに入っていった。力のない者は渦巻く水に溺れたり飢えたワニの餌になった。生き残って水から出てきた者たちは、さらに強くたくましくなった。バンツーに属する者が死ぬと、残された家族はイシコ魂を発揮して森の中へ移り住む。災いが部族の者に及ぶのを避けるためだ。イシコとは、白人にへつらう奴隷根性を冷笑する精神であり、人間に上下はなく誰の顔でも臆することなく見ることができる信念である。ジョン・テンゴ・ジャバブって名前聞いたことあるかい？」

その名を口にするバンダの声には尊敬の念がこもっていた。

「いや」

「あんたもいずれ知ることになるだろう」

バンダはそう言ってから話題を変えた。

日が経つにつれ、ジェミーはバンダに親しみを感じるようになっていった。初めのころ、二人のあいだには高い垣根があった。ところが、率直な会話を重ねているうちに、ジェミーは、自分を殺そうとした男と信頼し合う仲になった。妙な縁だった。バンダにも同じことが言えた。宿命の仇敵、白人とこんな仲になるとは夢にも思わなかった。

今までジェミーが出会った黒人たちはみな野蛮だったが、バンダは違っていた。彼には教養が感じられた。

「どこの学校へ行ったんだい？」

ジェミーが尋ねるとバンダは首を振った。

「学校なんて行ってない。子どものときから働いていたからね。おれに学を授けてくれたのは祖母なんだ。ボーア人の先生の家事手伝いをしていた彼女は自分で読み書きを学んで、それをおれに教えてくれたんだ。おれの今があるのは祖母のおかげさ」

最初に〝ナミブ砂漠〟の名が出たのは仕事を終えたあとの土曜日の夕方だった。ジェミーとバンダは、ひと気のない倉庫の中でバンダの母親が作ってくれたインパラのシチューを食べていた。野生のにおいがきつかったが、味がよかったのでジェミーの器はすぐからっぽになった。

ジェミーは古い麻袋に背をもたれてバンダに質問を浴びせた。

「ヴァンダミヤといつ出会ったんだい？」

「おれがナミブ砂漠のダイヤモンド・ビーチで働いていたときだ。あのビーチはヴァンダミヤとほかの二人のパートナーの所有物だ。ちょうど気の毒な採掘者からやつがだまし取ったばかりで、ヴァンダミヤ自身が現地視察にやって来たときだった」

「ダイヤモンド・ビーチを所有するほどの金持ちならどうして雑貨店なんかつづけているんだい？」

「あの店は罠として置いてあるんだ。採掘者を引っかけるためのね。あいつは欲に狂っていて、このあたりのダイヤモンドの独り占めを狙っているんだ」

ジェミーは自分がいとも簡単に引っかかったことを思い出した。

〈なんて純情で世間知らずだったんだろう！〉

〈〝そのことなら、うちの父が力になってあげられるかも〟〉

そう言ったときのマーガレットのハート形の顔が目に浮かぶようだ。ジェミーは彼女のことをまだ子どもだと思っていた、あの乳房の盛り上がりを見るまでは——。ジェミーは突然立ち上がった。顔には薄ら笑いが浮かんでいた。ゆがんだ口とあごに残る刺し傷がその表情に凄みを加えていた。

「どういうきっかけでヴァンダミヤのところで働くことになったんだい？」

「あいつが娘のマーガレットと一緒にダイヤモンド・ビーチにやって来た日、そのときマーガレットは十一歳だったけど、退屈していたらしく、海に入った。ところが波にさらわれて溺れちまったんだ。おれは飛び込んで彼女を助けた。おかげでヴァンダミヤに殺されそうになったけどな」

ジェミーは不思議そうにバンダを見つめた。

「なぜだい？」

「助けるとき彼女を抱いたからさ。黒人だからじゃなくて男だから許せないんだろう。娘が男に抱かれたなんて彼は我慢できなかったらしい。誰かが彼を鎮めてくれ、おれが娘の命の恩人だとわからせてくれた。そんなことがあって彼はおれを召使としてクリップドリフトに連れて行くことになったんだ」

バンダはしばらくためらってから話の先をつづけた。

「二か月後におれを訪ねて妹がやって来た」

バンダの声はしだいに小さくなった。

「ヴァンダミヤの娘と同じ歳だったのに」

そう言ったきりバンダは黙り込んだ。ジェミーは慰める言葉も思いつかなかった。

沈黙を破ったのはバンダだった。

「ダイヤモンド・ビーチにとどまっていればよかったんだ。仕事は楽だった。砂の上を這いずりまわって、転がっているダイヤモンドを見つけたら、それをジャム缶に入れるだけでよかった」

「ちょっと待てよ。今おまえは、ダイヤモンドが砂の上に転がっていると言ったよな?」

「確かにそう言ったけど、でもやめときな、変なこと考えるのは。あそこには誰も近づけない。海岸線は岩礁で囲まれていて、押し寄せる波の高さは十メートルにもなるんだから。見張りをつけなくても済むくらいなんだ。海から忍び込もうとした者が何人もいたけど、みんな波にのまれるか岩にたたきつけられて死んじまった」

「侵入する方法がほかにもあると思うけど」

「ないね。ナミブ砂漠は端から端まで海に面しているんだ」

「じゃあ、ダイヤモンド・ビーチの入り口はどうなっているんだい?」

「入り口には見張り塔が立っていて、ビーチ全体が有刺鉄線で囲われている。塀の内側には武装した見張りと、侵入者を鋭い牙で八つ裂きにする猛犬が待ち構えているんだ。それだけじゃない。やつらは地雷という新しい爆薬を持っている。地雷が埋められている場所の地図なしで動いたら、粉々に吹っ飛ばされてしまうぞ」

「ダイヤモンド発掘現場はどのぐらいの広さなんだ?」

「縦に約五十キロくらいかな」

「おお、神さま!」

〈五十キロにも渡ってダイヤが砂の上に転がっている！〉
「この話に興奮するのは、なにもあんたが初めてじゃないし、最後でもないだろう。おれは、ボートで海からやって来て岩にたたきつけられて死んだ人間の始末をしたこともあるし、一歩間違えて地雷に吹き飛ばされたやつを見たこともある。侵入者が猛犬に首を食いちぎられるところもな。忘れたほうがいい、ミスター・マクレガー。現場で働いていたおれが言うんだ。あそこには侵入口もないし、脱出口もない。生きて帰れるなんてとんでもない」

その夜ジェミーは興奮して眠れなかった。ヴァンダミヤの所有物であるダイヤが転がっている五十キロにも及ぶ砂浜が目に浮かんで消えなかった。カミソリのような鋭い刃を水中に隠す岩礁や、逆巻く高波や、猛犬や、見張りや地雷のことも考えた。危険は怖くなかった。死ぬ覚悟ができているからだ。死ぬのが怖かったらヴァンダミヤに復讐などできっこないのだ。

月曜日が来るのを待ってジェミーは測量屋へ行き、グレート・ナマクアランドの地図を買った。目指す浜は、北はルーデリッツから南はオレンジ川にかけて大西洋沿いに広がっていた。その一帯は赤い丸でくくられ、侵入禁止と記されていた。

ジェミーは地図を細かく調べた。そして、机上の実験を何度もくり返した。

南アメリカで発生した波は、途中の障害物なしに大西洋を渡って南アフリカに辿り着く。したがって、そのパワーは怒濤となって南大西洋の岩礁に砕け散る。

ダイヤモンド・ビーチから六十五キロ南に下ったところに出入り自由の浜があった。

〈気の毒な侵入者たちはきっとこの浜から出発したんだな〉

ジェミーは地図を見ていて、海岸に見張りのいない理由がすぐにわかった。海岸線に並行に走る岩礁群が上陸を不可能にしている。

ジェミーはダイヤモンド・ビーチの陸側の入り口について検討した。バンダの話では、浜全体が有刺鉄線で囲われ、武装警備員が二十四時間パトロールしているという。入り口は見張り塔で監視されている。そして、たとえ誰かが監視塔をうまくすり抜けたとしても、その先には地雷原があり、人を八つ裂きにする猛犬がいる。

次の日、ジェミーはバンダに会うなり確かめた。

「地雷原の地図があるって言ったよな？」

「ビーチのか？　地図は現場監督が持っている。それを頼りに人足たちを一列縦隊にして作業現場に連れて行くんだ。列を乱したら粉々に吹き飛ばされるから人足たちも真剣さ」

血なまぐさい記憶がバンダの顔を曇らせる。

「おれの叔父は列の先頭を歩いていて石につまずいて地雷を踏んじまったんだ。ばらばらになった遺体を全部集めても家族のもとに持ち帰れる分はたいしてなかった」

　ジェミーはぶるっと身震いした。

「それに、あそこには独特の海霧があるんだ。ナミブへ行ってみないとその凄さはわからない。海で発生した霧が風で流れ着くと、浜も山も完全に見えなくなってしまう。それに捕まったら動けなくなる。地雷原の地図も役に立たない。どこを歩いているのかわからないわけだからな。そうなったら、霧が晴れるまでじっと待つしかないんだ」

「霧が発生したらどのくらいつづくんだい？」

　バンダは肩をすぼめた。

「一、二時間のときもあれば、一、二、三日つづくこともある」

「地雷原の地図をおまえは見たことがあるのか、バンダ？」

「あれは厳重に管理されているから、遠くからしか見たことない」

　心配そうな表情がバンダの顔をよぎった。

「あんたが何を考えているかわかる。でも、何度も言うけど、そんなことをやりおおせた者はいないんだ。たまにダイヤをこっそり盗み出そうとする人足もいるけど、そんなやつらを吊るす木が決まっているんだぜ。見せしめのためにね」

　どこからどう見ても実行は不可能に思えた。なんとかダイヤモンド・ビーチに侵入できたにしても脱出する方法がない。

〈バンダの言うとおりだ。これはあきらめるしかないか〉

　次の日、バンダに会ったとき、ジェミーはまだあきらめていなかった。

「シフトが終わったとき、ヴァンダミヤは人足たちにどんな検査をするんだ?」

「みんな素っ裸にされて穴という穴を調べられるんだ。すねに切り傷をつけ、そこにダイヤを埋め込んで持ち出そうとした者もいたし、歯の裏側に穴をあけてダイヤを隠していた者もいた。考えつく方法はすべて試されたと言っていい」

　バンダはジェミーの目をのぞき込んで言った。

「死にたくなかったら、ダイヤモンド・ビーチのことは忘れたほうがいい」

　ジェミーは忘れようとした。だが、忘れようとすればするほど、その企みが頭の中に蘇る。ヴァンダミヤのダイヤモンドが砂の上に転がっている!

〈おれが行くのを待っているんだ〉

　夜になって解決策が浮かんだ。ジェミーは、バンダに早く話したくていてもたってもいられなかった。だから、彼に会うと、前置きなしに切り出した。

「海から侵入した連中のボートについて知りたいんだ」

「ボートの何が知りたいんだい？」

「どんな種類のボートだった？」

「種類はいろいろだった。大型・小型の帆船に、タグボートもあったし、大型のモーターボートもあった。四人の男が手漕ぎボートでやって来たこともあった。おれが働いていたあいだだけでも、侵入は六回あった。でも、どの船も岩礁に打ち砕かれて全員が溺れて死んじまった」

ジェミーは息を深く吸いこんでから言った。

「筏《いかだ》で来た連中はいなかったかい？」

バンダは目を丸くしてジェミーを見つめた。

「筏だって？」

「そうさ！」

ジェミーは自分の話に興奮していた。

「全員が上陸に失敗したのは、ボートの出っ張っている底が岩礁で破られたからだ。水面すれすれのところで水中に隠れているのが岩礁だからな。だから、平らな筏なら岩礁の上をうまく滑って浜辺に辿り着けるはずだ。帰りも同じ方法で沖に出ればいい」

バンダはしばらくジェミーを見つめていたが、口を開いたときの声の響きは今までと違っていた。

「それは確かにいいアイデアかもしれないな、ミスター・マクレガー」

　はじめは、難解なパズルを解決するゲーム感覚でスタートした。しかし、ジェミーとバンダは、ああでもないこうでもないとアイデアを出し合っているうちにしだいに興奮していった。単なる思いつきが具体的な行動計画に発展した。ダイヤモンドが砂の上に転がっているのだから、道具や装備は必要ない。筏と帆は六十五キロ南にある出入り自由のビーチで組み立てればいい。夜間に帆走すれば誰にも見られない。見張りのいない砂浜には地雷も埋まっていない。したがって、怒濤さえ乗り切れば、ダイヤモンドを手当たりしだいに拾ってそのまま逃げて帰れる。

「夜明け前に脱出できる」

　ジェミーは力説した。

「ポケットをヴァンダミヤのダイヤモンドでいっぱいにしてな」

「どうやって脱出するんだい？」

「侵入するときと同じ方法さ。岩礁の上は櫂《かい》で漕いで渡り、沖へ出たら帆を張って無事ご帰還というわけさ」

　ジェミーの説得でバンダの懸念もしだいに解消していった。バンダが計画にケチをつけると、ジェミーはそのひとつひとつに解決策を示した。計画はうまくいきそうだった。

この企みの素晴らしいところは、複雑な部分がないことと、資金が要らないことだ。要るのは神経の図太さだけである。

「必要なのは、ぶんどったダイヤモンドを入れるズダ袋だけだ」

ジェミーの熱はバンダにも伝染した。バンダはにやりとした。

「ズダ袋は二つ持って行こうぜ」

翌週、二人は仕事を辞め、オランダ・エクスプレスに乗って出入り自由のビーチがあるポート・ノロスに向かった。

ポート・ノロスで乗り合いの牛車を降りた二人はあたりを見回した。そこは、掘っ立て小屋が並び、店が二、三軒あるだけのちっぽけな村だった。人っ子ひとりいない白い浜が見渡すかぎりつづいていた。海には岩礁もない。さざ波が白い砂浜にひたひたと打ち寄せているだけだ。筏を漕ぎ出すには理想的な場所である。

宿屋はなかった。寝る場所を探すのに白人黒人の問題がつきまとって面倒だった。ジェミーだけは小さな商店ですぐ部屋が借りられた。バンダはさんざん苦労した結果、村はずれの黒人居住区でなんとか寝床だけは確保できた。

「内緒で筏を組み立てられる場所を見つけなくては」

ジェミーはバンダに言った。

「誰かにその筋に通報されると厄介だからな」

その日の午後、あちこち探していると倉庫の廃屋に出くわした。

「ここならぴったりだ」

ジェミーは即決した。

「さっそく始めようぜ」

「ちょっと待ってくれよ」

ジェミーが急ぐのをバンダは止めた。

「ウイスキーを一瓶仕入れてからにしようや」

「飲むのか？」

「そのうちわかるさ」


次の日の朝、ジェミーは下宿先で突然地元の巡査の訪問を受けた。赤ら顔の腹の突き出たその巡査は、飲んべえらしく鼻のてっぺんの血管が浮き出ていた。

「モーニング」

巡査は高飛車にあいさつした。

「客人がいると聞いたので、あいさつしようと立ち寄ったんだが。わしは巡査のマンディー」

「おれはイアン・トラビス」

「これから北へ向かうのかな、ミスター・トラビス？」

「南だけど。おれはこれから召使を伴ってケープタウンへ向かうんです」

「ああ、あそこはわしも住んだことがある。バカみたいにでかくてバカみたいにうるさい街だ」

「同感です。何か飲みますか、おまわりさん？」

「勤務中は飲まないんだが」

マンディー巡査はどうしようか決めかねている様子だった。

「だが、今日だけは例外にしてもいいだろう」

「そうですとも」

バンダのヤツなかなか知恵が回るわい、と思いながらジェミーはバンダと一緒に仕入れたウイスキーのボトルを取り出してくると、薄汚れた歯磨き用のコップにダブル分のウイスキーを注ぎ、それを巡査に渡した。

「やあ、かたじけない、ミスター・トラビス。あんたの分は？」

「おれは飲めないんです」

ジェミーは残念そうに言った。

「実はマラリアにかかっていましてね。ケープタウンへ行くのはその治療のためなんです。二、三日ここで体を休めてから旅をつづけます。旅行は病身にこたえるんです」

マンディー巡査はジェミーのことを眺め回した。

「あんたはとても元気そうに見えるがね」

「寒気が始まると、こんなふうにはしていられないんです」

ジェミーは空になった巡査のコップにウイスキーを注いでやった。

「ありがとう。では遠慮なく」

巡査は二杯目を一気に飲み干した。

「では、おいとまするとしようか。あんたと召使は一両日中に出発されるって言っていましたな？」

「元気が出しだい出発します」

「では金曜日にまた来て様子をうかがいましょう」

その夜、ジェミーとバンダは筏を組み立てるために廃屋の倉庫へ向かった。

「バンダ、おまえ筏を組み立てたことあるか？」

「正直に言うと一度もないね」

「おれもないんだ」

二人はお互いの顔を見合った。

「難しいかな？」

　翌日の木曜日、筏を完成すべく、二人は朝早くから活動を開始した。まず、マーケットの裏から五十ガロン用の空の樽を四個盗みだし、それを倉庫に運んだ。そして、筏の四すみになる部分に樽をひとつずつ置き、その樽のひとつひとつに空の木箱を被せた。

　バンダは疑わしそうに言った。

「筏には見えないけど、これでいいのかね？」

「まだまだこれからさ」

　ジェミーの頭の中には筏のデザインができていた。

　甲板になるようなちゃんとした板はなかったので、手に入るありとあらゆる材料で代用した。悪臭を放つ古木、ブナの木の枯れ枝、マルーラの大きな葉などなど。それらを麻のロープでしっかり固定した。

　完成した筏を眺めてバンダは言った。

「これでもまだ筏には見えねえな」

「帆を張ればそれらしく見えるさ」

　拾い集めた木材から丈夫そうなものを選んでマストを作り、幅の広い二本を選んで櫂として使うことにした。

「あとは帆を作ればそれで終わりだ。早くしよう。今夜中に出発したいんだ。マンディー巡査がまた明日やって来るからな」

帆を見つけてきたのはバンダだった。その日の夕方遅く、彼はとてつもなくデカい青色の布を持って帰ってきた。

「これでどうだい、ミスター・マクレガー？」

「完璧。どこで手に入れたんだい？」

バンダはにやっとした。

「答えたくないね。おれたちはもう充分やばい橋を渡っているんだから」

四角い布に帆げたを二本取りつけると筏は完成した。あとは出発を待つのみだ。

「村が寝静まっている午前二時に出発だ」

ジェミーが予定を伝えた。

「それまで少しでも寝ておいたほうがいいな」

しかし二人とも、これから始まる大冒険を前に、目が冴えて仮眠などとても取れなかった。

ジェミーとバンダは午前二時に倉庫で落ちあった。二人の表情にはやる気と恐怖感の両方が表れていた。この船出は、大金持ちになって帰るか、死んで帰るかのどちらかだ。その中間はない。

「時間だ」

ジェミーが告げた。二人はドアを少し開けて外をのぞいた。あたりは静まりかえり、動くものは何もなかった。頭上はるか、黒く広大な天幕の一番高いところで銀色の月が輝いている。

〈おあつらえ向きだ。この暗さなら誰かに見られることもないだろう〉

彼らの旅程は微妙で複雑である。誰にも知られないよう午前二時に村を出発し、ダイヤモンド・ビーチには次の日の夜に到着する。侵入してダイヤを拾い集めたら、夜明け前に海に脱出する。

「ベンゲラ海流に乗れば、ダイヤモンド・ビーチへは午後遅くに到着するはずだ」

ジェミーは計画の詳細を話した。

「昼間動くわけにはいかないから、暗くなるまで沖合で待機することにする」

バンダはうなずいた。

「隠れるにはちょうどいい島があるぞ」

「なんていう島だい?」

「いくつもある。マーキュリーに、イチャボッド、プラムプリン……」

ジェミーは首をかしげた。

「プラムプリンだって？」

「ローストビーフ島だってあるぜ」

ジェミーはしわになった地図を広げて詳しく調べた。

「そんな島はどこにもないぞ」

「みんな鳥の糞を集めるための島なんだ。肥料用にね」

「住んでいる人はいないのか？」

「住めっこないさ、悪臭がひどくて。場所によっては鳥の糞が三十メートルも積もっているんだ。政府は囚人を使って糞を採掘しているけど、作業中に死んだ者は島に置き去りにされるそうだ」

ジェミーは結論に達した。

「確かに隠れるにはいい場所だ。そのどれかにしよう」

二人は音を立てないようそろそろと倉庫のドアを開け、筏を外に出そうとした。しかし筏は重すぎて押しても引いても動かなかった。

「待っててくれ」

そう言ってバンダは外へ駆け出していった。三十分後、戻ってきた彼は細長い丸太を二本抱えていた。

「これを使おう。おれが筏の端を持ち上げるから、あんたはこの丸太を筏の下に滑り込ませてくれ」

　バンダが筏の端を持ち上げるのを見て、ジェミーは黒人の腕っぷしの強さに目をみはった。筏の端が上がっているあいだに、ジェミーは素早く丸太を滑り込ませた。あとは、二人で筏の後部を持ち上げると、筏は楽に丸太の上を滑っていった。丸太が回転して筏の端までくると、同じ作業をくり返して先へ進んだ。大変な重労働だったので、浜辺に着いたときの二人は汗でびっしょりだった。それに、予定した以上に時間がかかったため、時刻はすでに夜明け近くになっていた。村人に目撃され、巡査に報告される前に出発しなければならない。ジェミーは急いで装備を点検し、すべてそろっていることを確認した。しかし、何か忘れているような気がしてならなかった。それが何なのかわかってジェミーは笑い出した。バンダはいぶかしげに相棒を見つめた。

「何がおかしいんだい?」

「前にダイヤモンド掘りに出かけたときは運びきれないほどの装備を持って出発したけど、今回おれが持って行くのはコンパスひとつだ。ちょっと楽すぎないか?」

　バンダの答えはまともだった。

「この計画の成否は装備の軽重で決まるわけじゃないと思うけど。ミスター・マクレガー」

「おれのことを、もういい加減にジェミーって呼べよ」

　バンダは首を横に振った。

「あんたは本当に遠い国から来た人なんだね。この国の掟をまるで知らないんだから」

そう言ってから彼は白い歯を見せて笑った。

「首を吊るされるのはどうせ一度なんだ。かまうこっちゃない」

バンダはその名前を唇で味わうかのように大きな声で発音した。

「ジェミー」

呼ばれたジェミーは即答した。

「さあバンダ、ダイヤモンドを取りに行こうぜ！」


二人は筏を押して浅瀬に浮かべると、それに飛び乗り、櫂で漕ぎはじめた。筏の不自然な縦揺れ横揺れに慣れるまで少し時間がかかった。まるで浮いているコルクに乗っているような不安定な感覚だった。だが、ちゃんと浮かんだし、動くことも動いた。そして、海流に乗ると北に向かってスムーズに進み出した。ジェミーは帆を上げ、外洋へ向かった。村人が起き出すころには筏は水平線の彼方に消えていた。

「やったぞ！」

ジェミーが言うとバンダは首を振った。

「まだ終わってないぜ」

そう言って彼は身をかがめ、海の水温を確かめた。

「始まったばかりじゃないか」

筏は北に向かって進み、アレクサンダー・ベイを過ぎ、オレンジ川の河口を過ぎた。飛び立つ鵜《う》の群れや、色鮮やかなフラミンゴ以外に動くものは見えなかった。筏にはビーフの缶詰や、冷えたライスや、フルーツや、水などが積んであったが、二人とも神経が高ぶっていて食欲はまるでなかった。ジェミーはこれから起こりうる最悪の場面を頭から振り払ったが、バンダにはそれができなかった。現地にいて、侵入者たちが地雷に吹き飛ばされたり猛犬に八つ裂きにされるのを見てきたから、生々しい場面が思い出されて、とても平静ではいられなかった。

〈正気とは思えないこんな企みに、おれはなぜ巻き込まれてしまったんだろう〉

バンダはスコットランド人を眺めてさらに思った。

〈こいつはおれ以上のバカもんだ。おれが死ぬとしたらその死は妹のためだけど、こいつは誰のために死ぬんだ？〉

昼ごろだった。サメが近づいてきた。六匹はいた。独特のひれが水を切ってどんどんこちらに近づいてくる。

「青ザメだ！」

バンダが叫んだ。

「人食いザメだぞ！」

ジェミーが見ていると、水の上に出ているひれがまっすぐこちらに向かってくる。

「どうしたらいい？」

バンダは不安そうにつばをのみ込んだ。

「正直言ってこの種の経験は初めてなんだ、ジェミー」

一匹が筏の下に潜って背中をぶつけてきた。それだけで筏はあやうく転覆しそうになった。とっさに二人はマストにしがみついた。ジェミーは櫂をふりかざし、それで一匹の顔を殴ろうとした。だが、逆に櫂はかじられて真っ二つに折れてしまった。サメは筏を囲み、輪を作ってゆっくり泳ぎ出した。輪が縮まりサメの巨体が小さな筏に触れるたびに筏は危険な角度に傾き、いまにも転覆しそうだった。

「沈められる前にやっつけなきゃ！」

ジェミーの呼びかけにバンダは応じた。

「どうやって？」

「ビーフの缶詰を取ってくれ！」

「冗談言ってる場合じゃないぜ。連中は缶詰一個じゃ満足しないぞ。おれたちを食いたがってるんだから」

もう一度サメがドカンとぶつかってきた。筏が大きく揺れた。ジェミーは叫んだ。

「ビーフの缶だ！　持ってこい！」

バンダは手早くビーフの缶をジェミーの手に持たせた。筏はぞっとするほど傾いていた。

「缶を半分開けろ！　早く！」

バンダはポケットナイフを取り出し、ジェミーの手から取り返した缶を半分開けた。ジェミーはそれを引ったくり、缶の鋭い切り口を指で確かめた。

「しっかりつかまれ！」

ジェミーはそう警告を発すると、筏の端にかかんでチャンスが来るのを待った。すぐに一匹が近づいてきた。大きく開けた口からは凶暴な歯がむき出しになっていた。ジェミーはサメの目に狙いを定めた。そして両手に渾身の力を込め、缶の切り口をサメの目にめり込ませた。サメの目がぱっくり裂けた。サメはその巨体を海面でよじった。一瞬、筏は垂直になった。周囲の水が赤く染まった。大きな水しぶきが上がり、サメどもが傷ついた仲間を襲いはじめた。筏のことは忘れたようだった。ジェミーとバンダは、活きのいいサメどもがあわれな犠牲者にかぶりつくのを見つめながら、その場からどんどん遠ざかっていった。やがてサメの姿は完全に視界から消えた。

バンダは深くため息をついてから小さな声で言った。

「いつか今のことを孫たちに話してやるんだ。信じてくれると思うか？」

それから二人は涙が出るまで笑い転げた。

その日の夕方、ジェミーは懐中時計で時刻を確認した。

「深夜にはダイヤモンド・ビーチに上陸していなければならない。夜明けは六時十五分だから、ダイヤモンドを拾う作業に四時間あてて、海に戻って消えるまでに二時間あてる。四時間で充分か、バンダ?」

「あそこで四時間も拾ったら、一生贅沢しても使いきれないくらいの金持ちになれるぜ」

〈そこまで生きていられればの話だが〉


それからの航海は、海流にも乗り、順風満帆だった。夕方になると進行方向に小さな島が見えてきた。周囲二百メートルもあろうか。近づくと強烈なアンモニアのにおいで目から涙がこぼれ出した。誰も住めない理由がよくわかった。すさまじい異臭だった。だが、夕暮れまで隠れる場所としては、これ以上はないだろう。ジェミーは帆をあやつり、筏を石ころだらけの浜に乗り入れた。バンダが筏をつなぎ、二人は島に上陸した。島は何百万もの鳥であふれていた。鵜、ペリカン、カツオドリ、ペンギン、フラミンゴ。異臭の強烈さで、正常な呼吸は困難だった。数歩歩んだだけで、二人は鳥の糞のなかに腰まで埋まった。

「だめだ！ 戻ろう」

ジェミーがハアハアしながら言うと、バンダは黙って彼のあとにつづいた。

向きを変えた二人の動作に驚いて、ペリカンの大群が飛び立った。そのあとに顔を出した地面には、なんと三体もの人間の死骸が転がっていた。いったいいつからそこにあるのか、それを示すものは何もなかった。空気中のアンモニアのおかげで遺体の保存状態は極めてよかった。髪の毛だけが赤く変色していた。

ジェミーとバンダは筏に戻ると、ためらうことなく海へ漕ぎ出した。


二人は帆を下ろし、沖合で待機することにした。

「夜暗くなるまでここで待って、それから侵入することにしよう」

二人は並んで座り、それぞれに、これから起こることへの心の準備にふけった。太陽は西の水平線上にあり、黒ずんでゆく空を、狂った画家が使うような色で染めていた。まもなくすべてが暗闇に包まれた。

さらに二時間待ってから、ジェミーは帆を上げた。筏はまだ見ぬ浜に向かって東へ進んだ。頭上では雲が割れて月明かりが漏れていた。筏はスピードを増して進んだ。遠くに海岸がぼんやりと見えてきた。風が強まり、帆は音をたて、筏はこれまで以上のスピードで海岸に接近しつつあった。やがて、無数の巨大な岩に囲まれた海岸線がはっきりと見えるようになった。逆巻く波が岩にくだけては白い水しぶきをあげていた。こんな遠くからでも海鳴りの音が聞こえた。思わず身震いするような光景だった。近づいたらどんなことになるんだろうか、とジェミーは恐怖せずにはいられなかった。

彼は無意識につぶやいた。

「海側に見張りはいないって本当だろうな？」

バンダは答えずに黙って海岸を指さした。それが何を意味するのか、ジェミーにはよくわかった。岩礁と高波がもたらす自然の猛威は、人間が考え出すどんな警備法より有効なのだ。これこそが海の守護神であり、守護神が休むことは決してない。彼らは海面すれすれに身を潜め、獲物がやって来るのを待ちかまえているのだ。ジェミーは敵に加勢する守護神に向かって呼びかけた。

「おまえを出しぬいてやる。おまえを乗り越えてやる！」

とにもかくにも、筏はここまでもってくれた。残りももちこたえてくれるだろう。岸はどんどん近づいていた。大きなうねりで筏が上下しはじめた。バンダはマストにしがみついたままだった。

「進むのが速すぎないか、ジェミー？」

「心配するな」

ジェミーはバンダを落ち着かせた。

「近くへ行ったら帆を下ろすから、スピードは弱まる。あとは岩礁の上を滑っていくだけだ」

　風速も波の高さも増し、その力で筏はどんどん岩礁のほうに押されていった。ジェミーは残りの距離を考え、あとは波の力だけで進んでいけると計算して帆を下ろした。それでも筏の速度は落ちなかった。やがて筏は巨大な波につかまり、操縦不能なままうねりからうねりへと押しやられていった。揺れがあまりに激しいので、二人は両手で筏にしがみつくしかなかった。上陸の困難は当初から予想できたが、この泡立ち逆巻く怒濤がこれほど凶暴だとはまったく想定外だった。

　岩礁が目前に迫っていた。うねりの谷間に顔を出す岩礁の細かいところまではっきり見えてきた。刃物のような岩肌に大きな波が砕けては、狂った間欠泉のように、怒りの水しぶきを噴きあげていた。計画の成否は、筏が無傷のまま岩礁を乗り越えられるかどうかにかかっている。筏は脱出にも使わなければならないからだ。筏がなかったら二人は死ぬことになる。

　耳をつんざくような風の音。岩礁はいよいよ目の前だ。そのとき、大波が押し寄せ、筏は海面高く持ち上げられたかと思うと、波がつくる急斜面を岸に向かって滑り出した。飛ぶような速さだった。

「つかまれ、バンダ！」

　ジェミーは叫んだ。

「波に乗るぞ！」

巨大な波は、筏をマッチ箱のように揺らしながら海岸へと運んでいった。幸い水深がそこそこあり、岩礁には引っかからなかった。二人とも、激しい揺れのなかで命からがら筏にしがみついた。ちょっとでも手をゆるめたら、海中に放り出されるだろう。ジェミーが下をちらりと見ると、カミソリの刃のような岩礁がすぐ下を通り過ぎて行くのが見えた。あと少しでこの恐ろしい岩礁を乗り越え、安全な浜辺まで行けるはずだ。

そのときだった。ドカンと大きな音がして、筏を支えていた樽のひとつが岩礁に引っかかり、筏から引きちぎられた。筏が激しく傾くと、別のひとつも引きちぎられ、さらに三つめもなくなった。強風と、高波と、飢えた岩礁が、筏をおもちゃのようにもてあそんでいた。筏は、前へ後ろへと押し流されたあげく、空中に放り投げられた。ジェミーもバンダも、足元の薄い板がばらばらになるのがわかった。

「飛び込め！」

ジェミーは叫び、筏の横側から海に飛び込んだ。彼はたちまち大波にのみ込まれ、すごい速さで海岸へ運ばれていった。波の握力はあらゆる想像を超えていた。ジェミーにはどうすることもできなかった。波に身を任せるしかなかった。水中深く沈められたかと思うと、海面近くまで押し上げられる。翻弄されるとはまさにこのことだった。体はよじれ、転がされ、呼吸を止めていたから胸が今にも破裂しそうだった。ジェミーの頭の中で光が爆発した。

〈おれはいま溺れているんだ〉

次の瞬間、彼は砂浜に打ち上げられていた。ジェミーはゲッゲッと水を吐いた。それからハアハアと大きく息をつき、肺を新鮮な空気で満たした。胸も脚も皮膚がすりむけて出血していた。着ていた服はぼろぼろになっていた。ジェミーはゆっくり起き上がり、あたりを見まわしてバンダを捜した。十メートルほど離れたところにバンダがいた。彼はうずくまり、ゲッゲッと海水を吐いていた。ジェミーはよろけながら彼に近づいた。

「大丈夫か?」

バンダはうなずき、口を震わせながら息を吸い込むと、ジェミーを見上げてうめいた。

「おれは泳げねえんだ」

ジェミーは彼を立たせてやり、二人で岩礁の方角を振り返った。筏は影も形もなくなっていた。ばらばらにされ、荒れ狂う海にのみ込まれてしまったのだろう。やっとダイヤモンド・ビーチに立つことができた二人に、脱出手段はなくなった。

# 第五章

後ろは猛り狂う海。前は人跡未踏の砂漠。そのはるか先にそびえるのは、月明かりに照らされて紫色に染まるリヒターベルドの絶壁だ。そこには、南アフリカ特有の峡谷が幾重にも走り、連なる山頂は渦巻いて天に向かう。山脈のふもとは〝魔女の大鍋〟とも呼ばれる、烈風吹き荒れる難所である。太古の昔からつづく原始のままの風景だ。ここに人が足を踏み入れた唯一の証拠は、なぐり書きされ砂浜に打ち込まれた立て看板である。二人は月の明かりをたよりに文字を読んだ。

立入禁止

海からの脱出手段がなくなった今、二人に残された唯一の道は、ナミブ砂漠へ向かうことだ。

「砂漠を横断できるかどうか、やってみるしかない」

ジェミーが言うと、バンダは首を横に振った。

「見張りに見つかって撃ち殺されるか、縛り首にされるか。見張りの目を首尾よくすりぬけたとしても、猛犬が待ちかまえている。それに、地雷を踏まずに進む方法なんてありっこねえ。どう考えたっておれたちは死人だ」

バンダの表情に恐怖の色はなかった。じたばたせずに運命を甘受する覚悟の顔つきだった。バンダを見て、ジェミーは深く後悔した。この黒人をこんな厄介ごとに巻き込んだのは自分だった。なのにバンダは一度たりともこぼしたことはなかった。脱出法がないとわかった今でも、非難がましい言葉は一言も口にしていない。

ジェミーはもう一度振り返り、岩に砕けた怒濤がつくる水の壁を眺めた。そして、あそこを乗り越えてここまで来られたのは奇跡だと思った。ちょうど午前二時だった。夜明けまであと四時間ある。何はともあれ、二人はまだピンピンしているではないか。

〈ここであきらめたら、おれは自分を蔑《さげす》む〉

「さあ仕事に取りかかろうぜ、バンダ」

バンダは目をぱちくりさせた。

「仕事って、何をやればいいんだい？」

「おれたちはダイヤモンドを取りに来たんだろ？　取ろうじゃないか！」

　バンダはあきれ顔で相棒を見つめた。顔にこびりついたびしょ濡れの白髪。両脚にまとわりつくぼろぼろのズボン。それでも目だけはらんらんと輝いている。

「無茶なこと言うなよ」

「見つかったら殺されるって、おまえ言ったよな？　文無しで殺されるか、金持ちで殺されるか。どっちもありだ。おれたちは奇跡的にここまで来られたけど、奇跡的に脱出できることだってあるかもしれない。脱出できるなら、手ぶらで帰るつもりはないね」

「あんたは狂ってる」

　バンダはつぶやくように言った。

「狂ってなきゃ、こんなところに来ないさ」

　ジェミーは開き直った。バンダは肩をすぼめた。

「ああもう、やけのやんぱちだ！　どうせ見つかるまですることがないんだから」

　ジェミーは破れたシャツを脱ぐと、そのすそを寄せて握った。バンダも、その意味を理解して同じ行動をとった。

「さあ。おまえが言ってたでかいダイヤモンドって、どこに転がっているんだい？」

「そこらじゅうにあるさ」

　バンダは請け合った。が、言い足した。

「見張りゃ犬もそこらじゅうにいるけどな」

「そのことはあとで心配すればいい。で、そいつらはいつビーチへ来るんだい？」

「明るくなったら」

　ジェミーはちょっと考えた。

「連中が来ないところってあるのかい？　おれたちが隠れられるような」

「連中が来ないところなんてどこにもないね。ここにはハエ一匹隠れる場所もないさ」

　ジェミーはバンダの肩をぽんぽんとたたいた。

「よし、わかった。始めよう」

　ジェミーが見ていると、バンダは四つん這いになって砂の上を這いはじめた。ゆっくりした動きのなかで、彼の指は砂の表面を盛んにすくっていた。二分もしないうちにバンダは動きを止め、小さな石をかかげて見せた。

「ひとつ見つけたぞ！」

　ジェミーも同じような格好でダイヤ探しを始めた。彼が最初に見つけた二つは小粒だった。だが、三つめは十五カラット以上はありそうだった。ジェミーは砂浜に腰を下ろして、しばらくその石に見とれた。まるでウソみたいだった。これほどの宝がこんな簡単に拾えるとは！　しかもこれはヴァンダミヤ一味に属する財産なのだ。そう思うとジェミーの動きに拍車がかかった。

それから三時間のあいだに二人が拾い集めたダイヤモンドは、二カラットのものから三十カラットのものまで計四十個にもなった。

東の空が白みはじめた。当初の計画では、ここらで筏に飛び乗り岩礁を越えて脱出する時間である。だが、そのことをいま考えても意味がない。

「もうすぐ夜が明けるな」

ジェミーはバンダに呼びかけた。

「あとどのくらい見つけられるか、ギリギリまでやろうじゃないか」

「でも、いくら集めたって生きては使えないんだ。すげえ金持ちで死ぬことはできるけどな」

「死ぬなんてまっぴらごめんだ」

二人は何も考えずにダイヤモンドを探しつづけた。ひとつ見つけては、またひとつ。まるで何かに取りつかれたような二人だった。ダイヤの数は増え、最終的には六十個も集まった。二人の破れたシャツの中には、いまや王さまの身代金ほどの財宝が包まれていた。

「これはおれが持とうか？ それともあんたが運ぶのか？」

バンダに聞かれてジェミーは、「二人で別々に……」と言いかけて、バンダが何を考えているのかわかって言い直した。

「おれが持とう」

捕まったとき、盗んだダイヤモンドを実際に持っていたほうがより痛い目に遭わされてから殺されるのだろう。

ジェミーはシャツの布でバンダの分と自分の分を一緒に包み、こぼれないようにすそを固く結んだ。

地平線は明るい灰色に変わり、東の空は昇る太陽の色でオレンジ色に染まった。

〈これからどうする？　それが問題だ！　答えをどう出す？〉

ここにとどまって死ぬこともできるし、砂漠に向かい内陸へ行って死ぬこともできる。

「進もう！」

ジェミーとバンダは横に並び、海から内陸へ向かってゆっくり歩き出した。

「地雷はどこから始まるんだ？」

「この百メートルほど先だね」

遠くから犬の声が聞こえてきた。

「地雷のことなんて心配しなくて済みそうだ。番犬がこっちに向かっている。朝番の見張りと一緒にな」

「ここに来るまでにどのぐらい時間がかかる？」

「十五分ぐらいかな。十分かもしれない」

夜は完全に明けていた。さっきまで暗くてはっきり見えなかったものが、今は、近くの砂丘と遠くの山脈となって白日のもとにさらされている。隠れる場所はどこにもない。

「見張りは何人くらいいるんだい?」

　バンダは少し考えてから答えた。

「十人くらいかな」

「こんなに広い海岸だ。十人はそれほど多くないな」

「ひとりでも充分さ。やつらは銃を持っているし、犬もいるんだ。それに、ちゃんと目が見えるんだ。おれたちは透明人間じゃないからな」

　犬の吠える声がさっきより近くなっていた。ジェミーは胸につかえていたことを口にした。

「悪かったな、バンダ。おまえをこんなことに巻き込むべきじゃなかった」

「あんたのせいじゃない」

　バンダが言いたいことは聞かなくてもわかった。遠くで話す人の声も聞こえるようになった。ジェミーとバンダは砂浜の一段低くなったところに来ていた。

「ここで穴を掘って砂の中に潜っているというのはどうだろう?」

「その方法は前にやったやつがいたね。でも、犬にすぐ嗅ぎつけられて、のどにかぶりつかれて一巻の終わりだ。おれはアッという間に死にたい。だから、見つかったらわざとやつらの前を駆け出していく。銃で撃たれるだろうから、そのほうがいい。犬に引きちぎられるのはごめんだ」

　ジェミーはバンダの腕をつかんで言った。

「死ぬかもしれないけど、撃たれるために駆け出すなんてやめろ。どうせ死ぬならやつらをうんと手こずらせてやろうじゃないか」

近づいてくる見張りたちの会話の内容も聞き取れるまでになった。

「ほら進め、なまけ者ども！」

ひとりの見張りがわめいた。

「一列になっておれにつづけ……昨日はよく寝たんだろ……今日の仕事をきちんとこなすんだぞ……」

強がりを言っていたものの、ジェミーは見張りたちの声を聞いて縮みあがった。振り向いて海のほうをもう一度見てみた。

〈溺れて死ぬほうが楽だろうか〉

刃をむき出す岩礁が、覆い被さってくる悪魔の大波を力のかぎり切り裂いている。そのときだった。波の向こう側に何か別のものが見えた。それが何なのか、ジェミーには見当もつかなかった。

「バンダ、あれを見ろ……」

はるか沖合に灰色の壁のようなものが見え、それが強い西風を受けてこちらに向かって近づいてくる。

「海霧だ！」

バンダが小さな声で叫んだ。

「週に二、三度やって来るんだ」

二人が話しているあいだにも海霧はどんどん近づいていた。まるで天から水平線いっぱいに掛かる巨大なカーテンのようだった。

いまや見張りの声もはっきり聞こえていた。

「海霧かよ。これでまた仕事が遅れるぞ。ボスの機嫌が悪くなりそうだ……」

ジェミーがささやいた。

「これはチャンスだぞ」

「なんの？」

「海霧だよ。あれに隠れればいい」

「そんなことしたって無駄さ。海霧はいずれ晴れる。そのときおれたちは、まだここにいるわけだからな。地雷があるから見張りも動けないけど、おれたちも動けないんだ。海霧のなかで砂漠を渡ろうとするなら、十メートルも行かないうちに肉の塊になって吹き飛ばされる。あんたはまだ奇跡を信じているのかい？」

「ああ、そのとおり」

頭上の空が暗くなりだした。すでに海を覆いつくした海霧は今まさに浜全体をのみ込もうとしている。邪悪で薄気味悪い様相を呈していたが、ジェミーは海霧の到来を心の底から喜んだ。

〈これで助かるぞ！〉

突然、人の声がした。

「おい、そこにいる二人！　こんなところで何してんだ、おまえら！」

ジェミーとバンダは同時に振り返った。百メートルほど離れた砂丘のてっぺんに、制服姿の見張りがひとり立っていた。見張りはライフル銃を持っていた。ジェミーは海のほうを振り返った。海霧がどんどん近づいていていた。

「おまえら二人、こっちへ来い！」

見張りは叫び、銃口をこちらに向けた。

ジェミーは両手を挙げた。

「足をくじいちゃったんです」

彼は大きな声で叫んだ。

「歩けません！」

「そこにじっとしてろ！」

見張りは命令した。

「おれが今そっちに行く！」

見張りは銃口を下げ、こちらに向かって歩き出した。ジェミーがちらりと見ると、海霧は波打ち際に達していて、すごい速さでこちらに向かっている。

「走れ！」

ジェミーはバンダにそうささやくなり、波打ち際に向かって駆け出した。バンダもすぐそのあとを追った。

「止まれ！」

そう声がしたかと思うと、バーンと鳴る銃撃の乾いた音が聞こえた。目の前の砂が弾け飛んだ。二人は巨大な黒い壁に向かって走りつづけた。二発目の銃声が聞こえた。今度は前より近くに着弾した。つづいて三発目が発射された。次の瞬間、二人は暗闇のなかに入っていた。海霧が二人をのみ込んだ。中はひんやりしていて息苦しかった。まるで綿のなかに埋まってしまったような感覚だった。視界はほとんどゼロだった。

見張りたちの声も急にくぐもり、小さくなり、海霧に反響していろんな角度から聞こえ出した。二人の見張りが呼び合っていた。

「クルーガー！……ブレントだ……聞こえるか？」

「聞こえるぞ、ブレント……」

「二人組だ」

最初の声がわめいた。

「白いのと黒いのだ。やつらはビーチにいる。部下を散らばらせろ！　見つけしだい撃ち殺せ！」

　ジェミーがささやいた。

「おれにつかまってろ！」

　バンダはジェミーの腕をしっかり握った。

「これからどこへ行くつもりだい？」

「ここから出るのさ」

　ジェミーはコンパスを取り出し、それを顔の前に置いた。よく見えなかったが、コンパスの針の指す方向に体の向きを変えた。

「こっちの方角だ！」

「待ってくれ。それは無茶だ。見張りや犬に出会わなくても、地雷の起爆装置を作動させることになる」

「地雷が埋まっているのは百メートル先からだって言ったよな？　とにかくそこまでビーチから離れよう」

　二人は砂漠に向かっておっかなびっくり歩きはじめた。目の見えない者たちが見知らぬ土地を行くようなものだった。ジェミーは距離を測りながら進んだ。柔らかい砂に足を取られて転んでは起きしながら、前へ進んだ。ジェミーは一メートル進むごとにコンパスが示す方角を確認した。推定百メートルほど進んだところで歩みを止めた。

「地雷が始まるのはこのあたりだ。埋設箇所に何かパターンでもあるのか？　知っていることがあったら何でも教えてくれ」

「祈りの文句なら知ってるけど」

バンダは冷めた声で答えた。

「これから先へ行けた者はいないんだ、ジェミー。地雷はありとあらゆるところに埋められている。地中十五センチの深さにね。海霧が晴れるまでここにいるしかない」

ジェミーは、綿に包まれたようなくぐもった声に耳を傾けた。

「クルーガー、連絡を絶やすな……」

「了解、ブレント……」

「クルーガー……」

「ブレント……」

お互いを呼び合う幽霊のような声が聞こえる暗闇のなかで、ジェミーは脱出のあらゆる可能性を求めて必死になって考えを巡らせていた。もし霧が晴れるまでこの場にとどまれば、見つかりしだい殺されるだろう。地雷原を進んでも、粉々に吹き飛ばされる。

「地雷の実物を見たことあるのかい？」

ジェミーがささやくと、バンダはうなずいた。

「埋めるのを手伝わされたからね」

「起爆装置が作動する条件は？」

「人間の体重がかかったときさ。三十キロ以上の重さがかかれば爆発する。だから犬は平気なわけだ」

ジェミーは深く息を吸いこんでから言った。

「なあバンダ、ここから脱出できる方法があるかもしれない。うまくいくかどうかわからないが、おまえ、おれの考えに賭けてみないか？」

「どんな考えだい？」

「腹ばいになって地雷原を渡るんだ。腹ばいになれば体重を砂の上で散らすことができる」

「くわばら！　くわばら！」

「どう思う、この考え？」

「ケープタウンを離れたのが間違いだった」

「聞いているのか、バンダ？」

隣にいるバンダの顔もほとんど見えなかった。

「どうせそれしか選択肢はないんだろ？」

「じゃあ、行こうぜ」

ジェミーは注意しながら砂の上に腹ばいになった。その様子を見ていたバンダはため息をついてから砂の上に腹をつけた。二人は地雷原に向かってゆっくりと動き出した。

「動くときはな」

ジェミーはささやいた。

「手や足で地面を押さないようにしろ。体全体をよじって進むんだ。ヘビのようにな」

返事はなかった。


息苦しい灰色の空間のなかは何も見えなかった。いつなんどき、見張りや番犬や地雷に遭遇するかも知れなかった。ジェミーはそれらのすべてを頭から振り払った。腹ばいの速度はいやになるほど遅かった。二人とも上半身裸だったから十センチ前へ進むごとに腹部の皮膚が砂で削られた。成功の確率はほとんどゼロに近いことをジェミーは知っていた。たとえ地雷や銃撃をかわして砂漠を渡ることができたとしても、有刺鉄線を越えなければならないし、入り口には見張り塔があって武装した見張りがそこを固めているという。それに、海霧がいつ晴れるのか皆目わからない。すぐにでも晴れて二人が丸見えになることだってありうるのだ。

二人は無心で腹ばいをつづけた。やがて時間の感覚もなくなった。数センチが数十センチになり、数十センチが数メートルになり、数メートルが数キロになった。どのくらい進んだのか二人には見当がつかなかった。顔を地面すれすれにして進んでいたから、目にも耳にも鼻の穴にも砂が入り込んできた。呼吸するのも一苦労だった。

　遠くから相変わらず例のくぐもった声が聞こえていた。

「クルーガー……ブレント……クルーガー……ブレント……」

　二人は数分ごとに止まって休み、コンパスを確認しながら、いつ終わるとも知れない匍匐《ほふく》前進をつづけた。早く動きたい誘惑に駆られることもしばしばだった。だが、そんなことをしたら地面を強く押すことになる。ジェミーは破裂した金属の破片が腹に食い込むさまを想像することができた。二人はスローペースを保った。見張り二人組以外の声もときどき聞こえていた。だが、霧でくぐもっていてどの方角から来るのか推定は不可能だった。

〈広い砂漠なんだから〉

　ジェミーは希望的観測で考えた。

〈誰にも出くわさないで行けることだってあるだろう〉

　どこからだかわからなかった。大きくて怒り狂った影がジェミーに飛びかかってきた。ジェミーは虚をつかれて身構えることもできなかった。シェパード犬の牙が腕に食い込んでくるのがわかった。ものすごい痛さだった。ジェミーは持っていたダイヤモンドの包みを放し、犬の口を開けようとした。だが、片方の手しか使えなくて、うまくいかなかった。生温かい血が腕から流れ出すのがわかった。凶暴な牙は音もなく、さらに深く食い込んだ。ジェミーは、自分が気を失いかけているのがわかった。

そのとき、ドスンと鳴る鈍い音が聞こえた。さらにもう一回聞こえた。すると犬のあごがだらりと垂れた。目もどろんとなった。痛みでかすむジェミーの目に、バンダがダイヤモンドの袋を犬の頭に打ちつけているのが映った。犬はキャンキャンと断末魔の悲鳴をあげて動かなくなった。

「大丈夫か?」

バンダが心配そうにジェミーの顔をのぞいた。ジェミーは痛みとショックで口もきけなかった。ただじっとして痛みの波が静まるのを待った。バンダは自分のズボンの布を裂き、それでジェミーの腕をしばってそれ以上の出血を防いだ。

「この場から離れたほうがいい」

バンダは警告した。

「一匹いたら、ほかに何匹もいるはずだから」

ジェミーはうなずいた。腕の激痛と闘いながらふたたび腹ばいになると、体を揺すって前へ進み出した。

そこで彼の記憶は停止した。その後のジェミーは、朦朧《もうろう》とする意識のなかで、誰かに命令されて動くロボットのように同じ動作をくり返すだけだった。

〈腕を前に出して引いて……腕を前に出して引いて……腕を前に出して引いて……〉

行く手に死が待つだけの悲しい徘徊《はいかい》だった。コンパスを確認する役目はバンダに代わっていた。ジェミーが間違った方角に動き出すと、バンダは優しくその向きを変えてやった。見張りや番犬や地雷だらけのなかで海霧だけが頼みの綱だった。二人は死にたくない一心で這いつづけた。しかし、ついにそのときがやって来た。二人とも力のすべてを使い果たし、もう一センチも動けなくなった。

二人はそこで眠りに落ちた。

ジェミーが目を覚ましたとき、何かが変わっていた。砂の上に寝そべったまま、彼は自分が今どこにいるのか思い出そうとした。体はこわばり、痛みが激しくてとても動けそうになかった。二メートルほど離れたところでバンダが眠りこけているのが見えた。それを目にした瞬間、記憶がどっと蘇った。筏が岩礁に衝突して……海霧がやって来て……それにしても何かがおかしい！　ジェミーは上半身を起こして何がおかしいのか考えてみた。思い当たって腹わたがひっくり返りそうになった。

〈バンダの姿がよく見えるじゃないか！　これだ！　さっきからおかしかったのは。海霧が晴れかけているんだ！〉

見張りたちの声は前よりも近くから聞こえていた。薄くなった霧のなかでジェミーは目を凝らしてみた。二人はダイヤモンド・ビーチの入り口近くにまで来ていた。見張り塔と有刺鉄線が見えた。六十人ほどの黒人労働者の一団がダイヤモンド・ビーチから出入り口に向かって歩いていた。彼らはシフトを終え、出入り口から入って来る次の一団と交代するところだった。

ジェミーは這って行ってバンダを揺り起こした。バンダは跳び起きた。そして視線を見張り塔と入り口に向けた。

「クソ！」

バンダは信じられないといった顔でうなった。

「もうちょっとだったんだ！」

「おれたちはやったのさ。そのダイヤモンドの包みをよこせ」

バンダは言われたとおりダイヤモンドを包んだシャツをジェミーに渡した。

「いったい何を――？」

「黙っておれについてこい」

「入り口の見張りたちは銃を持っているんだぜ」

バンダは声を落として言った。

「おれたちがここの人間じゃないってすぐバレちゃうぞ」

「それでいいんだ」

二人は、出ていく労働者の列と、入ってくる労働者の列のあいだに隠れながら入り口に近づいた。すれ違う労働者の列は互いにくさし合うことで仲間意識を高めていた。

「海霧でよく眠れたんだろ？　こっぴどく働かされるぞ」

「どうやって海霧を呼んだんだ？　おまえらツイてるな」

「神さまはおれの味方なのさ。行いがいいからな。おまえらは行いが悪いから……」

ジェミーとバンダは入り口に着いた。大男の見張りが二人、入り口の内側に立ち、シフトを終えた労働者たちを小さなブリキ小屋に押しやっていた。そこで労働者たちは体中を検査されるのだ。

〈丸裸にされ、体にある穴はすべて検査される〉

ダイヤの包みを握るジェミーの手に力がこもった。彼は労働者たちを押しのけて進み、見張りのすぐそばに立った。

「すみません！」

ジェミーは臆することなく見張りに呼びかけた。

「ここで働きたいんですけど。誰のところへ行けばいいんですか？」

バンダは驚愕しながらジェミーの行動を見守った。

見張りは振り向いてジェミーと向き合った。

「おまえ、塀の内側で何やってんだ⁉」

「仕事を求めてやって来ました。こちらで警備員を募集しているって聞いたもんですから。あそこにいる召使は作業員としても働けるし――」

見張りは、上半身裸のみすぼらしい二人を眺め回した。

「塀の外に出ろ！」

「そんな、追い出さないでください」

ジェミーはぐずってみせた。

「仕事がしたいんです。ここで募集しているって――」

「ここは侵入禁止区域なんだぞ。立て看板を見なかったのか？　さあ、外へ出ろ！　おまえの召使もだ！」

見張りは塀の外に止まっている大きな馬車を指さした。馬車には身体検査を終えた黒人労働者たちが乗っていた。

「あの馬車に乗ればポート・ノロスに行ける。仕事がしたいなら、あそこにある会社の事務所で応募の手続きをしな！」

「それはどうも」

ジェミーはバンダにあごで合図を送り、二人並んで自由への門をくぐった。

見張りは二人の後ろ姿をにらみつけた。

「バカ者どもめ！　字も読めねえのか」


十分後、ジェミーとバンダはポート・ノロスへ向かう馬車の中にいた。そのとき彼らが手にしていたダイヤモンドは五十万ポンドもの値打ちがあった。

# 第六章

贅《ぜい》を極めた馬車がクリップドリフトの泥道を駆けて行く。引いているのもそれにふさわしい二頭の鹿毛だ。御者席に座っているのは、白髪、真っ白い口ひげをたくわえた、引き締まった体つきの男である。男はひらひらのシャツに、流行に合わせて仕立てたグレーのスーツを身につけ、黒いネクタイにはダイヤモンドを埋め込んだタイピンを挿している。男の小指にはめた指輪のダイヤの粒の大きいこと。よそ者に見える男だが、実は違っていた。

ジェミーが一年前に去ったときから比べると、クリップドリフトの町の様子はずいぶん変わっていた。時は一八八四年で、かつてはテント村だったものがすっかり町らしくなっていた。鉄道がケープタウンからホープタウンに延び、同時にクリップドリフトにも支線が通じた。このため、移住者の波がどっと押し寄せることになった。ジェミーがいた当時も町は人であふれていたが、今はそれ以上に混雑していた。行き交う人々の様子も少し違っていた。相変わらず採掘者はあちこちで見かけるが、ビジネススーツを着た紳士や、おしゃれして買い物に出かける婦人たちの姿もそこここにあった。クリップドリフトは都会としての風格をすでに漂わせていた。

通りに面して新しいダンスホールが三軒できていた。酒場は六軒以上あった。ジェミーはそれらの前を通り過ぎ、最近建てられた教会と、床屋と、グランドという名の大きなホテルの前を通り過ぎた。そして銀行の前に馬車を止めると、軽快な身のこなしで御者席から飛び降り、手綱を地元の少年に投げ与えた。

「馬に水をやっておいてくれ」

ジェミーは銀行の店内に入っていき、支配人を呼ぶと、声を張り上げて宣言した。

「おたくの銀行に十万ポンド預けたいんだが」

ジェミーがもくろんだとおり、うわさはあっという間に広まった。だから、銀行を出てサンダウナー酒場に入ったときの彼は話題の人物になっていた。店内の内装は前のままだった。混雑した店内で好奇の目に追われながらジェミーはカウンターに歩み寄った。バーテンのスミットが頭を下げて彼をうやうやしく迎えた。

「何にいたしましょうか?」

　バーテンの顔に、彼だと気づいている様子はなかった。

「ウイスキーをくれ。店にある一番上等なやつをな」

「はい、ただいま」

　バーテンはウイスキーを注いだ。

「こちらへは初めてですか?」

「ああ」

「通りがかりですか?」

「いや、この町は発展途上で投資に適していると聞いて来たんだ」

　バーテンの目がぱっと輝いた。

「ここより適した町なんてありませんよ。十万ポンドもの——資金を持っている人は本当に稼げます。わたしもお手伝いできると思いますけど」

「本当かね?　何をやってくれんだい?」

　スミットは身を乗り出し、内緒話でもするような小声で言った。

「この町の顔役と知り合いなんです。その人は町の評議会の議長で、市民団体の長もしています。このあたりでは最有力者です。名前はサラマン・ヴァンダミヤ……」

ジェミーはウイスキーを一口飲んだ。

「聞いたことない名だな」

「道の向こうに大きな雑貨店がありますが、彼はそのオーナーです。いい取引を紹介してくれると思いますよ。少し時間をいただければ彼に会えるようわたしが手配します」

ジェミーはもう一口飲んだ。

「その男をここへ呼んでくれ」

バーテンは客の小指に光る大粒のダイヤモンドとネクタイに挿してあるダイヤのタイピンをちらりと見た。

「は、はい、では、話してきます。お客さんのお名前は?」

「トラビス、イアン・トラビス」

「かしこまりました、トラビスさま。ヴァンダミヤさんは必ず会ってくれると思います」

バーテンはジェミーのグラスにウイスキーを注いだ。

「これは店のおごりです。待っているあいだ召し上がっていてください」

ジェミーはウイスキーをちびりちびりやりながら店中の好奇の目を意識していた。

ひと山当ててクリップドリフトを去って行った男たちは大勢いる。だが、これほどの資金を持参して町にやって来た者はいない。

こんな大物を見るのは町の者たちにとっては初めてのことだった。

十五分後、バーテンがヴァンダミヤを伴って戻ってきた。ヴァンダミヤは白髪の客人に歩み寄ると、手を差し伸べてにっこりした。

「トラビスさんですね。わたしはサラマン・ヴァンダミヤです」

「イアン・トラビス」

ジェミーはヴァンダミヤが何か気づいた兆候はないか、相手の表情の変化に気をつけた。だが、なんの変化もなかった。

〈それも当然だな〉

と、ジェミーは思った。人を信じる純朴で理想に燃える十八歳の少年は事実上死んでしまったのだ。バーテンはぺこぺこしながら二人を奥のテーブルに案内した。

席に着くなりヴァンダミヤは切り出した。

「この町で投資先をお探しだとか、ミスター・トラビス?」

「まあね」

「わたしでよかったら、なんでもお申しつけください。気をつけなさいよ。このあたりには人をだまして稼ぐインチキ野郎がうろうろしていますからね」

ジェミーは相手の目を見ながら言った。

「そうでしょうとも」

かつて自分をだまし、財産を奪い、自分を殺そうとまでした男と向かい合って紳士的な会話を交わすのは現実感がなくてなんとも妙な気分だった。この一年間、ヴァンダミヤに対する憎しみがジェミーの生活のすべてだった。復讐の願望を支えに彼は生きてきた。その復讐の苦水《にがみず》を目の前の男がこれから味わうことになる。

「失礼な質問になりますが、ミスター・トラビス、投資にはどれほどの額をお考えですか？」

「ああ、十万ポンドほどです。手始めにね」

　ジェミーはさりげなく言い、相手の反応を見た。ヴァンダミヤが唇をなめた。

「引きつづき投資するから総額で三、四十万ポンド、それ以上になるかな」

「それだけの額だったら相当うまくやれますよ。もっとも、いい案内役が必要になりますがね」

　ヴァンダミヤが急いで言い足した。

「どういう方面に投資したいか、ご希望はありますか？」

「どんな可能性があるのか、一度町を見て回りたいなあ」

「それは賢明です」

　ヴァンダミヤはその道の経験者らしくうなずいた。

「今夜うちで夕食でもご一緒にいかがですか？　そのときいろいろ話し合いましょう。娘は料理自慢でね。お見えいただけたら大変光栄です」

　ジェミーはにっこりした。

「楽しみにしています、ミスター・ヴァンダミヤ」

〈おれがどれだけ楽しみにしているかおまえにはわかるまい〉

復讐劇の幕は切って落とされた。


話は数か月前にさかのぼる。ナミブのダイヤモンド・ビーチからケープタウンへは何ごともなく移動できた。ジェミーとバンダはまず徒歩で小さな村に辿り着き、そこの医者にジェミーの腕の傷の手当てをしてもらった。それから、通りがかりの馬車に拾ってもらい、ケープタウンに辿り着いた。長くて乗り心地が悪い馬車旅行だったが、贅沢は言っていられなかった。ケープタウンに着くと、ジェミーはプレイン通りに建つ——英国王室御用達の——豪華なロイヤルホテルにチェックインした。案内された部屋はホテルで一番豪華なロイヤルスイートだった。

「町一番の床屋を呼んでもらいたい」

ジェミーは支配人に命じた。

「それから、仕立屋と靴屋もここに来させてほしい」

マネジャーは腰をぺこんと曲げて言った。

「かしこまりました」

〈カネがあればなんでもできる。素晴らしい世の中だ〉

ジェミーはしみじみと思った。

ロイヤルスイートのバスルームは天国のようだった。ジェミーは温かい湯に身を浸し、この数週間にあった信じられないような出来事を思い出しながら体の疲れを癒やした。バンダと一緒に筏を組んだのはつい数週間前のことだった。それが今は何年も昔のことのように思える。

過ぎ去った時の記憶がジェミーの脳裏をよぎる。筏を漕ぎ出しサメに襲われたこと、悪魔のような波に翻弄されて筏がバラバラになってしまったこと、海霧に包まれながら地雷原の上を這いずりまわり猛犬に襲われたこと……。くぐもった不気味な声が、今でも耳にこだまして消えない。

〈〝クルーガー……ブレント……クルーガー……ブレント……〟〉

なかでもジェミーが思い出すのは、親友バンダのことだ。

ケープタウンに着いたとき、ジェミーはバンダに提案した。

「これからもおれと組まないか?」

バンダはきれいな白い歯を見せて、にっこり笑った。

「あんたと一緒じゃ刺激がなさすぎる。おれはどこかへ行って、もうちょっとヤバい橋を渡ろうと思うんだ」

「次は何をやるんだい？」

「あんたのおかげで勉強になった。筏で渡れば岩礁も楽に乗り越えられることもわかった。これからおれは農場を買って、かみさんを見つけたら、子どもをたくさん作るんだ」

「そういうことか。わかった。じゃあ、これからダイヤを預けているところに行こう。おまえの取り分を持っていけ」

「いや」

バンダは首を振った。

「おれはいらねえ」

ジェミーは顔をしかめた。

「何言ってるんだ、おまえ？　あのダイヤモンドの半分はおまえのもんだぞ。おまえは億万長者なんだ」

「おれの皮膚の色を見ろよ、ジェミー。おれが億万長者になったって、おれの人生が輝くわけじゃない。むしろ逆だろう」

「ダイヤモンドを隠しておいて、それを少しずつ――」

「農地一モルゲンと牛二頭買うカネがあればそれで充分だ。牛は嫁さんが見つかったときの結納にする。ダイヤが二、三個あればこと足りるだろう。あとはみんなあんたにやる」

「そんなバカな。おまえのものをもらうわけにはいかない」

「もらってもらおう。その代わりヴァンダミヤをやっつけてくれるんだろ?」

ジェミーはしばらくバンダを見つめていた。

「約束する」

「じゃあ、そうと決まったらおさらばだ、親友」

二人は手のひらを打ち合った。

「どこかでまた会おう」

バンダは言った。

「次はもっと刺激的なことを考えてくれ」

バンダは小さなダイヤモンド三個を大切そうにポケットにしまい、その場から去っていった。


ジェミーは二万ポンドの銀行振出し小切手を両親に送り、自分用に最高の馬車と、それを引く馬を買い、クリップドリフトへ向かった。

復讐の時がついにやって来た。


その夜、ヴァンダミヤの店のドアをくぐったジェミーは不快感に襲われ、もうちょっとで暴れ出しそうになる自分をなんとか抑えた。

店の奥から飛び出してきたヴァンダミヤは、来客がイアン・トラビスだとわかると目を輝かせ、満面に笑みを浮かべた。

「やあトラビスさん、ようこそ」

「ありがとうございます。ええと——すみません、おたくのお名前を失念してしまって……」

「ヴァンダミヤですよ。サラマン・ヴァンダミヤです。謝らなくてもいいんです。オランダ語の名前は覚えづらいですからね。夕食の用意はできています。マーガレット！」

ヴァンダミヤは娘を呼ぶと、ジェミーを奥の部屋へ案内した。前と何も変わっていなかった。マーガレットはストーブの前に立ち、背をこちらに向けてフライパンをのぞいていた。

「マーガレット、こちらはわたしが話していたお客さんのトラビスさんだ」

マーガレットはこちらを振り向いた。

「はじめまして」

彼女がジェミーだと気づいている様子はまったく見られなかった。ジェミーは彼女に向かってうなずいた。

「お会いできてうれしいです」

店の呼び鈴が鳴った。ヴァンダミヤは言った。

「すみません。すぐ戻ってきます。どうぞ楽にしていてください、ミスター・トラビス」

ヴァンダミヤはあわてて店へ出ていった。

マーガレットは湯気の立つ野菜と肉料理のボウルをテーブルに運んだ。彼女が手際よくオーブンからパンを取り出す様子をジェミーは黙って見つめていた。この一年のあいだに彼女は、つぼみが咲くように女らしくなっていた。ジェミーもつい見とれるほどのお色気だった。一年前の彼女にこんな雰囲気はなかった。

「お父さんから聞いたんですけど、料理が得意なんだそうですね」

マーガレットは顔をぽっと赤らめた。

「ええ——まあ、そうだといいんですが」

「家庭料理が食べられるなんて久しぶりですから、楽しみにしていました」

ジェミーはバターの大皿をマーガレットの手から取り、それをテーブルまで運んでやった。マーガレットはびっくりして、手に持っていた皿をあやうく落としそうになった。男性が女性の手伝いをするなんて聞いたことがなかった。マーガレットは驚きの目でジェミーの顔を見上げた。折れ曲がった鼻と、顔に深く残る傷跡に隠れて、一年前の紅顔の美少年は消えていた。それでも、彼の明るい灰色の目には、知性の輝きと情熱のひらめきがあった。白髪から察するに、若者でないことは彼女にも推測できた。それでいて、なんとなく若々しさが感じられるのが妙だった。背はすらりと高く、力強さが——マーガレットは彼の視線を感じて目を背けた。

ヴァンダミヤが手をすりながら部屋に戻ってきた。

「店は閉めました。ゆっくりごちそうをいただきましょう」

ジェミーは上座に座らされた。

「では、食前の祈りを」

ヴァンダミヤが言うと、三人は目を閉じた。しかしマーガレットは薄目を開け、父親の祈りがつづいているあいだ、客人の魅力を堪能していた。

「主よ、あなたの目には、われわれはみな罪人です。罰せられなければなりません。この世の困難に耐える力をお与えください。天に召されたときに天国の果実がおいしくいただけるよう。富める価値のある者をお助けいただき、ありがとうございます。アーメン」

ヴァンダミヤが料理をよそった。今回はジェミーの皿に一年前とは比較にならないほど気前よくよそってくれた。二人は食事をしながら会話をつづけた。

「こちらにおいでになったのは初めてですか、ミスター・トラビス?」

「ええ、初めてです」

「奥さんはご一緒じゃないようですな」

「かみさんはいません。わたしを好いてくれる女性が見つからなかったものですから」

ジェミーはそう言って笑った。マーガレットは話を聞いていて思った。

〈この人を好きにならない女がいるなんて、バカじゃないかしら〉

彼女は心の内を客に悟られるのが怖くてうつむいた。

「この町にはチャンスがいっぱいありますよ、ミスター・トラビス。大きなチャンスがね」

「町を案内してくれたらうれしいんですが」

ジェミーがそう言ってマーガレットに視線を送ると、彼女はまたまた顔を赤らめた。

「失礼なことをおうかがいしますが、トラビスさん、あなたの莫大な資産はどうやって築かれたんですかな?」

マーガレットは父のぶしつけな質問が心苦しかった。でも、客はぜんぜん気にしていない様子だった。

「父親の遺産ですけど」

ジェミーはこともなげに答えた。

「なるほど。でも、あなた自身商売の経験は豊富だとお見受けしましたが」

「恥ずかしいんですが、それがあまりないんです。その点は専門家の助けに頼るしかありません」

ヴァンダミヤは顔を輝かせて応じた。

「われわれが出会ったのは運命かもしれません、トラビスさん。わたしには有力なコネがあります。大儲けできるコネです。ほんの数か月であなたの資産を倍にしてみせますよ」

ヴァンダミヤは身を乗り出してジェミーの腕をぽんぽんとたたいた。

「今日はわれわれにとって記念すべき日になりそうですな」

ジェミーはにっこりしただけだった。

「グランドホテルにお泊まりですね？」

「はい」

「あすこは宿泊料がべらぼうですが、あなたのような資産家にはぴったりですよ」

ヴァンダミヤはジェミーに向かってにこっとした。ジェミーは言った。

「この町の郊外には見るべきものがたくさんあると聞きましたが、明日お宅のお嬢さんに案内してもらうわけにはいかないでしょうか？」

マーガレットは一瞬心臓が止まったかと思った。

ヴァンダミヤは顔をしかめた。

「そりゃ、どうですかな。娘に聞いてみなくては——」

相手が誰であれ、娘を決して男と二人きりにさせないのがヴァンダミヤの鉄則だった。だが、この場合は大目に見ても害はなかろうとヴァンダミヤは結論した。なにしろ巨額の投資が客の決断ひとつにかかっているのだ。相手の気分を害してはまずかろう。

「では、そのあいだマーガレットを店番からはずしましょう」

ヴァンダミヤは娘に顔を向けた。

「マーガレット、明日お客さんを案内して差し上げなさい」

「お父さまがそうおっしゃるなら」

マーガレットは小さな声で答えた。

「では、この件は決まりですね？」

ジェミーはにっこりして言い足した。

「明日の朝十時でいいですか？」


背の高い優雅な着こなしの客が帰ったあと、マーガレットはうわのそらでテーブルを片付け食器を洗った。

〈わたし、あの人にバカだと思われなかったかしら？〉

彼女は夕食の席で自分が何を言ったのか、何度も何度も考えてみた。だが、一言も思い出せなかった。まるで金縛りにでもあったかのように彼女は一言も発していなかった。なぜだろう？　今日まで店で何百人もの男性客を相手にして、そんなことは一度もなかったのに。もちろん、店の客が彼女を見る目は、イアン・トラビスが彼女を見つめた目とは種類が違っていたが。

〈〝男はみんな体の中に悪魔を抱えているんだ、マーガレット。わしは絶対おまえを汚させたりはしないからな〟〉

父親の口癖が彼女の耳の中でこだまする。

〈あの人に見つめられたときの震えやときめき、あれが汚れというものなのかしら？　あの人はわたしを汚したのかしら？〉

その思いにマーガレットはめくるめいた。同じ皿を三度もゆすいでは布巾で拭くありさまだった。テーブルの椅子に座り彼女は思った。

〈お母さんが生きていてくれたらよかったのに〉

母親なら女の気持ちをわかってくれるだろう。マーガレットは父親を愛してはいたが、束縛されていると感じることがよくあった。男性を彼女に近づかせない父親の頑固さは困りものだった。

〈わたし、父がいるかぎり一生結婚できないんじゃないかしら？〉

親不孝な考え方をするたびに彼女は良心が痛んだ。この夜もそんな気持ちでキッチンを出ると、店に顔を出した。父親は机の向こうで売り上げを計算していた。

「おやすみなさい、お父さま」

ヴァンダミヤは金縁の眼鏡をはずし、両目をこすってから腕を広げておやすみの抱擁をした。マーガレットはこの夜にかぎって腰を引いた。なぜなのか自分でも理由がわからなかった。

カーテンで仕切られた彼女の寝室でひとりになると、マーガレットは壁に吊るしてある丸い鏡にあらためて自分の顔を映してみた。そして、自己採点を試みた。美人では決してない。けど、魅力はある。目は綺麗だ。ほほ骨は高く、スタイルはいい。彼女は顔を鏡に近づけた。

〈イアン・トラビスさんはわたしのどんなところを見たのかしら？〉

マーガレットは服を脱ぎながら夢想の世界に入っていった。イアン・トラビスが横にいて燃えるような目で彼女を見つめている。マーガレットはモスリンの下着から抜け出ると、生まれたままの姿で彼の前に立つ。彼女の手が乳房を撫でた。乳首が固くなるのがわかった。指先が下に滑っていき、平らな腹部を撫でた。夢想のなかでイアンの手が彼女の手に取って代わった。イアンの手はさらに下に伸びていき、彼女の脚の付け根に達すると、そこを優しく撫で、押し、さすり、しだいに速くしだいに強く反復をつづけた。マーガレットは歓喜の渦にのみ込まれ、息を弾ませながらトラビスの名を小声で叫ぶと、ベッドの上に転げた。


郊外見物はジェミーの馬車で出かけた。町の変貌ぶりにジェミーはあらためて目を見張った。かつては見渡すかぎりテントの海だったところが、今は木材で建造された頑丈な家が建ち並ぶ立派な町に変わっている。

「クリップドリフトは繁栄しているね」

ジェミーは町の大通りを走りながら言った。

「新しい移住者には魅力的な町だと思いますわ」

マーガレットは口でそう言ったものの、頭の中では別のことを言っていた。

〈昨日までは大嫌いな町だったけど〉

二人は町を離れてバール川沿いの採掘場へ向かった。ちょうど雨期が終わったところで、郊外は色彩豊かな緑の園と化していた。世界のどこにもないこの土地特有の花や植物があちこちに自生している。採掘者の一団とすれ違ったとき、ジェミーは話題を変えた。

「最近どこかででかいダイヤモンド発掘の話はありましたか?」

「ええ、いくつかありました。でも、そういうニュースが広がるたびに何百人もの採掘者が押しかけて、結局は大部分の人が文無しになって戻ってくるんです」

マーガレットは、この人には同じ轍《てつ》を踏んでもらいたくないと思って言った。

「わたしがこう言ったら父は気を悪くするでしょうけど、ダイヤモンド掘りって、ビジネスとしては最悪ですよ、ミスター・トラビス」

「人によってはそう言えるかも」

ジェミーは彼女の意見に同意した。

「こちらにはしばらく滞在されるんですか?」

「ええ」

マーガレットは彼の返事を聞いて心が躍った。

「けっこうですこと」

そう言ってからあわてて言い足した。

「父も喜ぶでしょう」

二人は午前中いっぱい、いろいろなところを見て回った。ジェミーはあちこちで馬車を止め、採掘者たちと言葉を交わした。彼らの多くはマーガレットを知っていて、彼女にはていねいで礼儀正しい言葉をかけていた。彼女のほうも、父親と一緒にいるときは決して見せなかった気さくさで採掘者たちに接していた。

「きみはみんなに知られているね」

ジェミーがそう言うと、彼女の顔がぽっと赤らんだ。

「あの人たちは父と取引しているからですよ。この町で採掘者に必要なものを供給しているのがうちの父ですから」

ジェミーは何も言わなかった。むしろ目にしているものに気を引かれていた。鉄道はこうまでも町の発展に寄与するものなのだろうか。最初にダイヤモンドが発見された土地を所有していた農場主にちなんでつけた名前デビアス。その名を冠した新興の会社《デビアス社》は何百もの小さな会社を吸収合併して巨大な企業に成長しつつあった。最近はキンバリーから遠くないところで金鉱も発見され、同時にマンガンや亜鉛鉱も発見された。ジェミーは確信した。南アフリカは鉱山資源の宝庫であり、本格的な開発はこれからなのだと。先見の明のある者にとっては、とてつもないチャンスが埋まっている土地なのだ。

ジェミーとマーガレットが戻ってきたのは夕方遅くなってからだった。ジェミーはヴァンダミヤの店の前に馬車を止めて言った。

「今夜の夕食はわたしが招待しますから、お父さんと一緒にお見えいただけたら光栄なんですが」

マーガレットは目を輝かせた。

「一応父に聞いてみますけど、喜んでおうかがいできると思います。今日は楽しい一日をありがとうございました、ミスター・トラビス」

彼女は逃げるように去って行った。


三人は新しいグランドホテルの豪華なダイニングルームで夕食をとった。店内は客で混んでいたが、ヴァンダミヤはぶつぶつ文句の言い通しだった。

「この満席の客たちはこんなところで食事して、ちゃんと収入はあるのかね?」

ジェミーはメニューを取り上げ、目を通した。ステーキは一ポンドと四シリング、ジャガイモは四シリング、アップルパイ一切れが十シリングとあった。

「こりゃ、ぼったくりだ」

ヴァンダミヤの文句は止まらなかった。

「こんなところで食事していたら、いずれ貧民救済所で暮らす羽目になるね」

この狸じじいをどうしたら貧民救済所に送れるか、究極の目標がジェミーの頭をかすめた。いずれその方法を編み出さなければならない。三人は料理を注文した。ヴァンダミヤはメニューから一番高い料理を選んだ。マーガレットが注文したのはコンソメスープだけだった。興奮しすぎていて料理などのどを通りそうもなかったからだ。注文してから彼女は自分の手に目を落とし、昨晩したことを思い出して恥ずかしくなった。

「ぼくはちゃんと食事代を払えますから、なんでもお好きなものを召し上がってください」

ジェミーがふざけた調子でそう言うと、彼女は顔を赤らめた。

「ありがとうございます。でも——わたしは本当にお腹が空いていないんです」

ヴァンダミヤは娘が赤面したのに気づいて、ジェミーとマーガレットの顔を目をきょろきょろさせて見比べた。

「うちの娘はめずらしく純情なんです。こんな娘はめったにいませんよ、ミスター・トラビス」

ジェミーはうなずいた。

「わかってます、ミスター・ヴァンダミヤ」

ジェミーの言葉を聞いてマーガレットはますますあがってしまい、スープがサービスされてもなかなか最後まで食べきれなかった。イアン・トラビスの存在感に圧倒されながらマーガレットは、彼の一挙手一投足と一言一句に隠れた意味を読み取ろうとした。彼が笑いかけると、わたしのことが好きなんだと思い、彼が顔をしかめると、わたしのことが嫌いなのかしらと気をもんだ。食事のあいだ中、マーガレットの気持ちは上がったり下がったりをくり返し、まるで感情の寒暖計だった。

「今日は何かおもしろいものに出くわしましたか?」

ヴァンダミヤがジェミーに尋ねた。ジェミーはそっけなく答えた。

「いえ、特に何も」

ヴァンダミヤは身を乗り出して言った。

「わたしの言うことをよく聞いておいてくださいね。これほど急発展を遂げている場所は世界にもないでしょう。今ここに投資する人は利口者です。新しくできた鉄道のおかげでこの町は第二のケープタウンになりますよ」

「さあどうですかね?」

ジェミーは疑わしそうに言った。

「こういうブームの町は結局すたれるって言う人もいるけど。ゴーストタウンに投資するのは御免こうむりたいからね」

「クリップドリフトに限ってそんなことは絶対にありません」

ヴァンダミヤは請け合った。

「ダイヤモンドの発見はつづいているし、それに金鉱もあるんですよ」

ジェミーは肩をすぼめた。

「長つづきしますかね？」

「それは、神さまじゃない限り、誰にも確かなことは言えませんがね」

「そのとおり」

「まあ、あわてて決めなくてもよいでしょう」

ヴァンダミヤはいかにも相談相手らしく言った。

「だけど、みすみすビッグチャンスを逃してもらいたくないですな」

ジェミーは考えるそぶりをして言った。

「おれはちょっと焦っていたかな。明日またお嬢さんに案内してもらおうと思うんですが、いいですか？」

ヴァンダミヤは反対したくて口を開けかかったが、すぐに閉じた。銀行家のトレンソンの言葉が思い出された。

〈〝あの人はうちの店に入ってくるなり、ぽんと十万ポンドを預けたんですよ。気前がいいじゃないですか、サラマン。それに、資金はもっとあるっていうんです〟〉

ヴァンダミヤは欲には勝てなかった。

「もちろん、マーガレットに案内させますよ」

次の日の朝、マーガレットは、ジェミーに見せるためによそいきの支度をした。父親が部屋に入ってきて、彼女を見るなり顔を真っ赤にして怒鳴った。

「ふしだらな女と思われたいのか！　男の目を引くような妙な格好をして！　これはビジネスなんだぞ！　そんな服は脱いで、いつもの仕事着に着替えろ！」

「でも、お父さま――」

「言うとおりにしろ！」

父親には逆らえなかった。

「はい、お父さま」

それから二十分後、ヴァンダミヤは、娘とジェミーが郊外へ向けて発つのを見送った。しかし、なぜか悪い予感がした。これが間違いのもとになるのでは、と。


ジェミーは馬車を昨日とは反対方向に走らせた。建設現場があちこちで見られ、どこへ行っても新たな発展の息吹が感じられた。

〈もし鉱物資源の発見がつづくなら〉

つづくと信じる理由がいくつもあった。それでジェミーは考えた。

〈ダイヤモンドや金の発掘よりも、不動産投資のほうが儲かるのでは？　この町は銀行やホテルや酒場や売春宿がもっともっと必要になる〉

必要なものをリストにしたら際限がないくらいだった。ということは、チャンスも無限にあるということになる。

ジェミーはマーガレットに見つめられているのに気づいた。

「何か変かい？」

「いえ、なんでもないわ」

彼女はあわてて目をそらした。

ジェミーはあらためてマーガレットを観察した。彼女の顔は喜びで満ちていた。彼を異性として意識して胸をときめかせているからだろう。ジェミーは彼女の胸の内を読み取った。

〈この娘は、男を欲しがっている〉

昼になるとジェミーは馬車を小道に入れ、小川が流れる森の中へ入り、バオバブの大木の下で止めた。

ホテルで用意してもらったピクニックランチを持ってきていた。マーガレットはテーブルクロスを広げ、バスケットの中から食べ物を取り出して並べた。コールドローストラムに、フライドチキンに、黄色いサフランライス、マルメロのジャムに、みかんに、桃に、アーモンドをふりかけたスパイスクッキーが出そろった。

「まあ、宴会のごちそうみたいだわ！」

　マーガレットが歓声をあげた。

「わたし、こんな豪華なものをいただく資格はないわ、ミスター・トラビス」

「いや、もっとたくさん用意しようかと思っていたんだ。さあ食べて」

　ジェミーに勧められ、マーガレットは食べ物を取ろうとこちらを向いた。その瞬間を逃さずジェミーは彼女の顔を両手ではさんで引き寄せた。

「マーガレット……おれの顔をよく見て！」

「ああ！　お願い、わたし――」

　彼女は震えていた。

「おれの顔をよく見るんだ」

　マーガレットはそろそろと顔を上げ、彼の目をのぞいた。唇と唇が重なった。ジェミーは自分の体を押しつけ、彼女をしっかりと抱いた。

　しばらくして彼女は身をゆすって抱擁を解いた。そして、首を横に振りながら言った。

「だめよ、こんなことをしては絶対にだめ。わたしたち二人とも地獄へ行くことになるわ」

「天国さ」

「わたし、怖いの」

「怖がることなんて何もないさ。おれの目を見てごらん。おれの目にはきみの内側が見えるんだ。何が見えると思う？　きみはおれに抱かれたいと思っている。そしておれはこれから抱くつもりだ。怖がることなんて何もない。なぜならきみはおれのものだからだ。わかるね？　おれの言う意味が。マーガレット、口に出して言いなさい。わたしはイアンのものです、と。さあ、わたしは――イアンの――ものです」

「わたしは――イアンの――ものです」

二人の唇がふたたび重なった。ジェミーは彼女の背中のホックをはずした。マーガレットはあっという間に生まれたままの姿になって、そよ風のなかに立った。ジェミーは彼女を優しく草の上に寝かせた。少女から女に変わる決定的な瞬間がやってきた――興奮と高揚感でめくるめいた体験は、マーガレットにとって、これまでの人生で一番喜びに満ちた時間になった。

〈わたしはこの日を一生忘れない〉

落ち葉のベッドと、肌を優しくなでていくそよ風と、二人の体に縞模様の影を投げるバオバブの木。そのなかで二人はもう一度愛し合った。結びつきは前にもまして素晴らしかった。マーガレットは幸せを実感した。

〈わたしはこの人を愛してる。世界中でこれほど深く誰かを愛している人はいないと思う〉

営みが終わったあと、ジェミーは彼女を強く抱きしめた。マーガレットはこの瞬間が永遠につづいてくれますようにと願いつつ、上目づかいでささやいた。

「何を考えていらっしゃるの？」

ジェミーはにっこりしてささやき返した。

「腹ぺこだ、って思っていたのさ」

彼女は笑った。二人は起き上がり、木陰でランチを食べた。しばらくしてから川に入って泳ぎ、地面に寝転んで体を日干しした。ジェミーはもう一度マーガレットを抱き寄せた。彼女は祈った。

〈今日という日が永遠につづきますように〉


その夜、ジェミーはサンダウナー酒場の奥のテーブルでヴァンダミヤと向かい合っていた。

「おたくの言うとおりだ」

ジェミーは宣言した。

「この町の可能性は、おれが思っていた以上に大きいのかもしれない」

ヴァンダミヤは目を輝かせた。

「賢いあなたがそれを見逃すはずがないと思っていましたよ、トラビスさん」

「おたくが紹介してくれる投資先って、具体的に何なんですか？」

ジェミーに聞かれて、ヴァンダミヤは周囲を見回し、声をひそめて言った。

「でかいダイヤモンド発見の情報が今日入ったところなんです。場所はプニエルの北ですよ。同じような情報が十件ほど集まっています。それをあなたとわたし、二人で分けませんか？　わたしが五件の採掘権に五万ポンド出資しますから、あなたが残りの五件に五万ポンド出資するというのはどうです？　ダイヤモンドはざくざく出てきますよ。あなたもわたしも一夜にして億万長者というわけです。どうしますか？」

ヴァンダミヤのたくらみは見えすいていた。自分は儲かりそうな方を取り、ジェミーにはカスをつかませるつもりなのだろう。それに、ジェミーは命を賭けて断言できる。このじじいは五万ポンドなどと言っておきながら、実際には一シリングも出さないつもりなのだと。

「おもしろそうだけど」

ジェミーは興味がありそうなふりをした。

「採掘者は総計で何人かかわっているのかな？」

「たった二人ですよ」

「だったら、なぜそんなにでかいカネが必要なんだね？」

ジェミーの率直な疑問だった。

「もっともな質問ですな」

ヴァンダミヤは椅子から身を乗り出してつづけた。

「二人とも採掘権の価値は知っているけど、操業する資金がないんですよ。そこでわれわれの登場と相成るわけです。二人には十万ポンドを預けて、得られる利益の二十パーセントを持っていかせるんです」

ヴァンダミヤが二十パーセントの数字をあまりにもさりげなく言ってのけたので、ジェミーはあやうく聞き逃すところだった。ジェミーには確信があった。採掘者たちは結局はだまされ、ダイヤモンドも現金もみなヴァンダミヤに巻き上げられるのだと。

「これは早い者勝ちですよ」

ヴァンダミヤは警告した。

「この情報がよそに漏れると、たちまち――」

「だったら、それを押さえよう」

ジェミーが焦った口調で言うと、ヴァンダミヤはにやりとした。

「心配しなさんな。これからすぐ契約書を書かせますから」

〈オランダ語でだろ?〉

「ほかにもおもしろそうな物件が二、三あるんですよ、イアン」

パートナーの機嫌をとっておくことが重要なので、ヴァンダミヤは、ジェミーにマーガレットの案内を頼まれても、もう反対しなかった。

マーガレットの愛は日増しに深まっていった。夜眠りに落ちる瞬間までジェミーのことを想い、朝目が覚めて最初に想うのもジェミーのことだった。自分の体にあるとも知らなかった官能。ジェミーによってその世界に目覚めさせられたマーガレットは、肉体がなんのためにあるのかを急に意識するようになった。今まで恥ずべきことと教えられてきたことのすべてが、ジェミーに喜びを与えるための愛の贈り物になった。愛は探検すべき未知の国だった。秘密の峡谷、愛の谷間、甘い蜜の川がある官能の世界。マーガレットは、自分の探検にまだ満足していなかった。

広い田園地帯では人と出会うことが少なく、二人が愛し合える場所はいくらでもあった。そして、いつ愛し合ってもマーガレットの胸のときめきは最初のときと変わらなかった。

父親に教えられてきた古い道徳観がときおり顔を出して、彼女を暗い気分にさせる。サラマン・ヴァンダミヤはオランダ新教教会の長老である。もし彼女の行動を知ったら、絶対に容赦しないだろう。ここは荒っぽい開拓地だ。男たちはところかまわず欲望を満たしている。そんな現実にもかかわらず、彼女の行動が理解されることはないだろう。この世には二種類の女性しかいないというのがこの土地の常識だ——まともな女と、売春婦——そしてまともな女は、結婚相手でないかぎり男性を近づけてはいけないのだ。この定義に従えば、彼女には売春婦のレッテルが貼られることになる。

〈ひどすぎるわ、愛を与えあうのが邪悪だなんて！〉

彼女は心配するあまり、イアンに結婚の意思を確かめねばと思った。バール川沿いを駆けているときだった。マーガレットが言い出した。

「ねえイアン、わたしがあなたをどれだけ――」

彼女はどう表現したらいいのか思いつかなかった。

「あなたとわたしが――」

焦った末、彼女は言ってしまった。

「結婚を、どう思っているの？」

ジェミーは声を出して笑った。

「ぼくはそのつもりだけど、マーガレット。本当にそのつもりさ」

彼女もつられて笑った。マーガレットにとって生涯で一番幸せな瞬間だった。


日曜日の朝、ヴァンダミヤは娘と一緒にジェミーを教会に誘った。地元のオランダ新教教会はゴシック様式の堂々たる建物で、一方の端に説教壇、もう一方の端に巨大なオルガンが置かれていた。三人が教会内に足を踏み入れると、ヴァンダミヤは礼拝者たちから尊敬の眼差しで迎えられた。

「この教会を建てるのにわたしはずいぶん尽力したからね。今ではこの教会の役員に選ばれているんです」

ヴァンダミヤは誇らしげに語った。

その日の説教は旧約聖書から、姦通の罪にまつわる『硫黄と業火』についてだった。ヴァンダミヤはうっとりとなり、牧師の説教を一言一句かみしめるように聞いてはうなずいていた。

〈このじじいは日曜日になると神にすがるわけか〉

ジェミーは吹き出しそうになった。

〈そしてウィークデーは悪魔の手先になるわけだ〉

ヴァンダミヤは若い二人のあいだに座っていたが、マーガレットは説教のあいだ中ジェミーがすぐ横にいることを意識していた。そして、ひとりでにんまりしていた。

〈わたしがいま何を考えているか、牧師さんに知られなくてよかった〉


その夜、ジェミーはサンダウナー酒場に足を運んだ。バーテンのスミットは、カウンターの向こうで飲み物を作っていた。ジェミーが来たのに気づくと、バーテンはにこっとした。

「こんばんは、トラビスさま。何を召し上がりますか？　いつものにしますか？」

「今夜はいいんだ、スミット。おまえに話がある。奥へ行くぞ」

「は、はい、わかりました」

儲け話のにおいを嗅いだスミットは、そばにいたボーイに命令した。

「カウンターを見といてくれ」

サンダウナーの奥の部屋は、クローゼットくらいの広さしかなかった。だが内緒話をするには適当だった。丸いテーブルがひとつと、それを囲んで椅子が四脚あった。テーブルの上にはランプがあり、スミットはそれに火をつけた。

「座れ!」

ジェミーに言われて、スミットは着席した。

「あっしに手助けできることがあったら、なんでも言ってください」

「おれがおまえの手助けをしようと思って来たんだ、スミット」

スミットは目を輝かせた。

「本当ですか!」

「ああ」

ジェミーは細くて長いシガーをくわえ、それに火をつけた。

「おまえを生かしておくことに決めた」

スミットの顔に困惑の表情が広がった。

「な、なんのことでしょう、ミスター・トラビス?」

「トラビスじゃねえ。おれの名前はマクレガーだ。ジェミー・マクレガー。覚えているか?

一年前、おまえにハメられて殺されそうになったっけ。馬小屋でだ。ヴァンダミヤの命令でな」

スミットは急にそわそわしだし、顔をしかめた。

「なんのことを言われているのか、あっしには——」

「黙れ！　おれの話を聞くんだ！」

鞭《むち》の一振りのようなジェミーの声が狭い部屋の中にこだました。スミットが記憶をたどって頭を急回転させているのがジェミーにもわかった。バーテンは、目の前の白髪の男と、一年前の野心に燃える青年の姿を重ね合わせていた。

「おれは生き延びたぞ。しかも、大金持ちになってな。どのぐらい金持ちか教えてやろう。裏街道の男たちを雇ってこの店をおまえもろとも焼き払うなんぞ朝飯前だ。聞いているのか、スミット？」

スミットは弁解しはじめたが、ジェミー・マクレガーの目の中に危険な色を見てやめた。代わりに、どっちとも取れる生半可な返事をした。

「はい、そうでした……」

「ヴァンダミヤに雇われて採掘者たちをカモにしていたんだな？　たいしたタマだよ、おまえらは。それで、おまえはいくらもらうことになってるんだ？」

沈黙が流れた。スミットは二人の権力者にはさまれ、どっちについたらいいか決めかねている様子だった。

「言え！　いくらなんだ？」

　スミットは渋々口を開いた。

「二パーセントですけど」

「おれはおまえに五パーセントやる。これからは有望な採掘者が現れたらおれのところへ送れ。おれが資金援助してやる。ヴァンダミヤとおれの違いはな、おれのところに来た採掘者にはちゃんと正当な分け前を払ってやるところだ。おまえはヴァンダミヤから本当に二パーセントもらえると思っていたのか？　だとしたら、おまえは間抜けだ」

　スミットはうなずいた。

「わかりました、トラ、いやマクレガーさん。よくわかりました」

　ジェミーは立ち上がりながら言った。

「おまえはまだ本当にはわかっていない」

　彼はスミットに顔を近づけてつづけた。

「おまえは今の話をヴァンダミヤに報告するつもりだろう。そうすれば、やつからカネをもらえるかもしれないからな。だが、それにはひとつ問題があるぞ」

　ジェミーは声をひそめてささやいた。

「それをやったら、おまえはオダブツだ」

# 第七章

ジェミーが着替えをしているときだった。ドアをためらいがちにノックする音が聞こえた。耳を澄ますと音はまた鳴った。ジェミーは歩いて行きドアを開けた。そこに立っていたのはマーガレットだった。

「お入り、マーガレット。どうしたんだい?」

彼女がジェミーのホテルに来たのは今日が初めてだった。部屋に足を踏み入れたマーガレットは、彼に面と向かい合っても、なかなか切り出せなかった。この知らせを彼にどう伝えようか考えあぐねて昨晩は一睡もできなかった。もし話したら、もう会ってもらえないのではと、そのことが怖かった。

彼女はジェミーの目をのぞきこんだ。

「イアン、わたし、わたしに赤ちゃんができたの」

ジェミーの表情に変化がないのを見て、マーガレットはやはり捨てられるのだと思いパニックになった。ところが、次の瞬間、無表情だった彼の顔が歓喜の色に染まった。マーガレットの心配はたちどころに消えた。ジェミーは彼女の腕をつかんで声を弾ませた。

「素晴らしいぞ、マギー！　素晴らしい！　もうお父さんには話したのか？」

マーガレットは危険なものにでも触れたかのように身を引いた。

「いいえ、まだよ。父は――」

そう言いかけて彼女はヴィクトリア朝風のソファのところへ行き、そこに深々と座った。

「あなたはうちの父のことを知らないのよ。父は、あの人は、絶対にわかってくれないわ」

ジェミーは急いでシャツを着た。

「じゃあ、彼のところに今すぐ行こう。二人で一緒に話すんだ」

「それで万事うまくいくと思うの、イアン？」

「万事予想以上にうまくいっている」

ジェミーとマーガレットはどかどかと足音をたてながら店に入って行った。ヴァンダミヤは採掘者に干し肉を量り売りしているところだった。

「やあ、イアン。ちょっと待ってください、すぐ終わりますから」

ヴァンダミヤは量り売りを手早く済ませ、ジェミーの前にやって来た。

「今日はいい天気ですね。ご機嫌はいかがですか?」

「今日ほどご機嫌な日はないね」

ジェミーはうれしそうに言った。

「おたくのマギーに赤ちゃんが生まれるんだ」

空気が凍りついた。

「な、なんのことか、わ、わかりませんな」

ヴァンダミヤはどもった。

「話は簡単。おれがおたくの娘を孕《はら》ませたんだ」

ヴァンダミヤの顔がさっと青ざめた。彼は首を細かく振り、目の前の二人の顔を何度も見比べた。

「ほ、本当なのか?」

相反する感情の激流がヴァンダミヤの頭の中で渦巻いていた。愛娘が純潔を失い、それどころか妊娠しているなんて、気が遠くなりそうなショックである。これで彼は間違いなく町の笑いものになるだろう。だが、視点を変えて考えれば、イアン・トラビスは億万長者である。二人がこのまま結婚してしまえば……ヴァンダミヤはジェミーに向きなおって言った。

「すぐ結婚するんでしょうな、当然」

ジェミーは相手を見つめてびっくりした顔をした。

「結婚だって？　あんたは、可愛い娘を、自分の分け前をだまし取られるような頭の弱い男と結婚させるつもりなのかい？」

ヴァンダミヤの頭の中が回転しだした。

「なんの話をしているんだね、イアン？　わしは一度も――」

「おれの名前はイアンじゃねえ」

ジェミーの口調が急に荒っぽくなり、スコットランドなまりが丸出しになった。

「おれはジェミー・マクレガーだ。わかんねえのか、おまえ？」

ヴァンダミヤの戸惑っているのがその表情からうかがえた。

「わかんねえのも当然だ。あの少年は死んだんだからな。おまえが殺したんだ。だけど、おれは人を恨むような男じゃねえ。だから、おまえに贈り物をやるんだ。おれの胤《たね》をおまえの娘の腹の中に植えてやったからな」

そう言い捨てると、ジェミーはどかどかと足音も荒く、ヴァンダミヤの店を出ていった。その後ろ姿を、残された二人はあっけにとられて見つめていた。

マーガレットは信じられない思いで二人の会話を聞いていた。大ショックだった。

〈あんなこと言ったけど、あれはあの人の本音じゃない。わたしをあんなに愛してくれて――〉

怒り心頭のヴァンダミヤは苦しい胸を押さえて娘に向きなおった。

「売女め！」

彼はわめき散らした。

「おまえは売女だ！　出ていけ！　すぐここから消えていなくなれ！」

マーガレットはいま起きていることの意味がのみ込めず、その場に立ちつくした。イアンは父親との取引のことで彼女を非難していた。彼女を何か悪だくみの一味だと誤解してのことだ。

〈ジェミー・マクレガーって誰だったかしら？　いったい誰――？〉

「早く行け！」

ヴァンダミヤは娘の顔を思いきり殴った。

「おまえの顔なんぞ二度と見たくない！　おれの目が黒いうちは戻ってくるな！」

マーガレットは足に根が生えたかのようにその場から動けなかった。心臓がどきどき鳴って、呼吸するのもやっとだった。父親が見せた狂気の表情は、マーガレットが受けたショックをさらに倍加させるものだった。彼女はくるりと背を向けると、逃げるように店を出ていった。振り返ることもなかった。

絶望感に打ちひしがれて、ヴァンダミヤは、娘が出ていくのをただ見つめるだけだった。不始末をしでかした娘たちがどんな目に遭わされるか、前例を何度も見てきてよく知っている。彼女たちは教会に集まった信者たちの前に立たされ、晒《さら》しものにされ、結局はコミュニティーから追放されるのだ。ふしだらなことをしたのだからその程度の罰はあたりまえである。だが、彼の娘には、神を敬い、礼儀作法を身につけるよう教育したはずではなかったか。

〈それなのに、どうしてこんな裏切り方をするんだ？〉

ヴァンダミヤは丸裸の娘が獣のように男と絡み合っている痴態を頭に浮かべた。彼の股間が素直に反応しはじめた。

その日、ヴァンダミヤは働く気力をなくし、店先に《休業》の看板を出すと、ベッドに転がり部屋に閉じこもった。うわさが町に広がったら彼は笑い種《ぐさ》にされるだろう。ふしだらな娘を持った男に同情する者もいるだろうし、非難する者もいるだろう。どちらにしろ耐えられないことだ。だったらスキャンダルをいっさい漏れないようにすればいい。そうだ、あの娘を勘当しよう。人の目の届かないところに追っぱらうしかない。ヴァンダミヤはひざまずいて祈った。

〈主よ、わたしのような忠実な僕《しもべ》になぜこのような仕打ちをされるのですか？　なぜわたしを見捨てられるのですか？　あの娘に死をお与えください。あの二人に死を……〉

サンダウナー酒場は昼の客でにぎわっていた。ジェミーは店に入るとまっすぐカウンターへ行き、くるりと振り向いて客たちと向かい合った。

「みなさん、こちらに注目！」

ざわめきがやみ、店内は静かになった。

「店のおごりだ！　好きなものを飲んでくれ！」

「なんの祝いですか？」

スミットが寄ってきて尋ねた。

「またダイヤモンドでも当てたんですかい？」

ジェミーは笑った。

「まあ、当たらずとも遠からずだ、相棒。ヴァンダミヤの未婚の娘が孕んだんだ。ヴァンダミヤさんはみんなに祝ってもらいたがっている」

スミットは大きな声でつぶやいた。

「ああ、神さま」

「神さまなど関係ねえ。あの娘を孕ませたのは、このジェミー・マクレガーさまだ」

うわさがクリップドリフトの町中に広がるのに一時間とかからなかった。イアン・トラビスは実はジェミー・マクレガーだったこと、その彼がどういうふうにヴァンダミヤの娘を孕ませたのか、マーガレット・ヴァンダミヤが何食わぬ顔で地域の人たちを欺いていたことなどなどの話が町の全員の知るところとなった。

「そんなふしだらな女には見えなかったけどな」

「静かな川は底が深いって言うじゃないか」

「あの娘といい思いした男がもっとたくさんいるんじゃないのか？」

「そう言えばあの娘はいい体してるもんな。おれもおこぼれにあずかりたかった……」

「だったら押してみたらよかったじゃないか。けっこう応じてくれたかもしれないぞ」

町の男たちは、下卑《げび》たうわさをしては笑い合った。


ヴァンダミヤは自分を破滅に導く恐ろしい災難からなんとか立ち直り、その日の午後には家を出た。次の便でマーガレットをケープタウンに送り届けるつもりだった。人のうわさもそう長くはつづくまい。私生児をあの大都会で産ませれば、クリップドリフトの住民も、じき忘れてくれるだろう。ヴァンダミヤが秘密の解決策を胸に外を歩き出したときは、その顔にはかすかな笑みさえ浮かんでいた。

「こんにちは、ヴァンダミヤさん。子ども服をたくさん仕入れているんだって？」

「よう、サラマン。あんたの店に手伝いがひとり増えるそうだね？」

「やあ、こんにちは、サラマン。バール川で新種の鳥が見つかったそうだよ。そう、コウノトリさ」

ヴァンダミヤはくるりと向きを変えると転がるようにして店に戻った。そして、ドアに閂《かんぬき》をかけた。


サンダウナー酒場ではジェミーがウイスキーをちびりちびりとやりながら、うわさの洪水に耳を傾けていた。この一件はクリップドリフト始まって以来のスキャンダルだったので、住民のおもしろがりようは尋常でなかった。バンダをこの場に呼んで楽しんでもらいたかった、とジェミーは思った。これは、ヴァンダミヤが、ジェミーやバンダの妹や、その他大勢の善良な人々にした残酷な仕打ちへの代償である。しかし、こんなのはヴァンダミヤがしたことに比べればほんの些細《ささい》な仕返しにすぎない。ジェミーの復讐はヴァンダミヤを完全に破滅させるまでは終わることはないだろう。

復讐の鬼と化したジェミーのなかで、マーガレットに対する同情心は湧いてこなかった。あの娘もグルだったのだから。最初に店で出会ったときの彼女はなんて言ったっけ？

〈〝うちの父が力になってあげられるかも。父はなんでも知っているわ〟〉

彼女もヴァンダミヤの一味なのだ。破滅させるなら二人一緒でなくては！

スミットがジェミーのテーブルにやって来た。

「ちょっとお話ししたいんですけど、いいですか、ミスター・マクレガー？」

「なんだ？」

スミットは咳払いしてから切り出した。

「プニエルの近くで十か所に採掘権を確保したダイヤモンド掘りを二人知っているんですが、連中には資金がなくて、仕事を進めたくても用具が買えないんです。ダイヤは間違いなく出ます。誰かパートナーになってくれないかという話なんですが、いかがですか？　興味ありませんか？」

ヴァンダミヤから聞いたあの話はやはりこいつの紹介だったのだ。

ジェミーはスミットの様子を観察した。

「おまえ、もうこの件はヴァンダミヤに話したんだろ？　どうだ、図星だろ？」

スミットは驚いてうなずいた。

「は、はい。そうですけど。旦那から提案された条件を考えましてね。あっしは旦那と組みたいんです」

ジェミーは細長いシガーを取り出して口にくわえた。スミットはあわててそれに火をつけた。

「話してみろ」

スミットは詳しく話した。

どんな都会でも売春は自然発生的に始まる。クリップドリフトとて例外ではなかった。当初、売春婦の多くは黒人女で、裏通りのみすぼらしい売春宿で客を取っていた。町に現れた最初の白人売春婦は時給で働く酒場女たちだった。しかし、ダイヤモンドの発見がつづき、町が拡大するにつれ白人売春婦たちの数も増えていった。

今では六軒ほどの売春宿が町はずれで営業している。どの宿もみすぼらしく、材木を粗っぽく打ちつけたトタン屋根の掘っ立て小屋である。

唯一の例外はブリー通りに堂々と建つ二階建てのマダム・アグネスの売春館だった。表通りをはずれていたから、町の奥方がその前を通って不快な思いをすることはなかった。マダム・アグネスの館は、そんな奥方たちの旦那方や、町を訪れる金持ちたちを顧客にして繁盛していた。料金は高かったが、相手をしてくれる女の子たちはみなピチピチしていて、男たちのわがままを聞いてくれるので、金額に見合う価値は充分にあった。ほどよく内装された部屋では酒がふるまわれ、マダム・アグネスの厳しい指導で、客が適当に扱われたり釣り銭をごまかされるようなことは決してなかった。

赤毛のマダムは陽気で丈夫そうな三十代半ばの女盛りである。もともとロンドンの売春宿で働いていた彼女だが、ダイヤモンドの発見がつづくクリップドリフトへ行けば荒稼ぎできると聞いて南アフリカへやって来たのだった。こつこつ稼いだ資金は自分の館を建てるまでに貯まり、店は滑り出しから成功だった。

マダム・アグネスは男を知りつくしていると自負していた。だが、ジェミー・マクレガーだけは謎だった。彼は頻繁にやって来てカネを気前よく使い、いつも女たちに優しかった。が、どこか引っ込み思案で近寄りがたいところがあった。アグネスが魅せられたのは彼の目だった。灰色で、冷たくて、底知れぬ何かを感じさせる。館にやって来るほかの客と違い、彼は自分のことや自分の過去を決して語ろうとしない。

ジェミー・マクレガーがヴァンダミヤの娘を孕ませたうえ結婚を拒否した、とのうわさがマダム・アグネスの耳に入ったのはつい数時間前だった。

〈ろくでなし!〉

そうは思っても、魅力あるろくでなしだと認めざるをえなかった。そのジェミーがいま赤いじゅうたんの階段をゆっくり下り、礼儀正しく「おやすみなさい」を言って立ち去るのをマダム・アグネスはしげしげと見つめていた。

ジェミーがホテルに戻ると、マーガレットが部屋に来ていて窓の外を眺めていた。ジェミーが入って来たのに気づいて彼女は振り向いた。

「こんにちは、ジェミー」

マーガレットの声は震えていた。

「なんでここにいるんだい?」

「聞いてもらいたいことがあるの」

「おれたちのあいだに話すことなんて何もないじゃないか」

「どうしてあなたがこんな態度をとるのかわかったわ。父を憎んでいるんでしょ?」

マーガレットはジェミーに近寄った。

「でも、わかってほしいの。父があなたに何をしたにせよ、お願い、信じてちょうだい、わたしは何も知らなかったのよ。わたしを憎まないで。わたしはあなたを心の底から愛しているわ」

ジェミーの冷たい目が彼女をにらんだ。

「そう思うのはおまえの勝手だ」

「お願い、わたしをそんな目で見ないで。あなただってわたしのことを愛して……」

ジェミーは聞いていなかった。彼は頭の中で、あの壮絶な徒歩旅行へふたたび出発していた。何度死にかけただろう。パーズパンへの道なき道……ぶっ倒れるまで川岸の巨石をどかしては掘りつづけた毎日……ようやく奇跡的にダイヤモンドを発見して……ヴァンダミヤに渡したらあいつはこんなことを言いやがった。

〈〃おまえさんは何か勘違いしているんだよ、あんちゃん。わしはパートナーなど必要としてない。おまえさんはわしに雇われて働いただけなんだ……さあ、給料を持ってとっとと出ていきな〃〉

そのあとで受けたすさまじいリンチ……ハゲワシの生臭いにおいが今も鼻先から消えない。鋭いくちばしが彼の生身を突き刺したときのあの痛み……。

マーガレットの声がはるか遠くから聞こえていた。

「覚えているでしょ？　わたしは——あなたのものよ。愛しているわ」

ジェミーは記憶の旅を頭から振り払い彼女を見つめた。

〈愛？〉

その言葉が何を意味するのか、ジェミーの精神状態ではもはや理解不可能だった。憎しみ以外の感情のすべてがヴァンダミヤによって焼き尽くされてしまっていた。あれ以来今日までジェミーは憎しみを糧に生きてきた。憎しみこそが妙薬であり、彼の活力源だった。彼が今日まで生きながらえたのは憎しみのおかげと言っても過言ではない。サメと闘ったのも、カミソリの刃のような岩礁を乗り越えたのも、ダイヤモンド・ビーチの地雷原を這いずりまわったのも、ヴァンダミヤを憎めばこそだった。

詩人は愛を語り、歌手は愛を歌う。ゆえに愛は現実に存在するのだろう。だが愛は他人のものであって、ジェミー・マクレガーの心のなかには見当たらなかった。

「おまえはヴァンダミヤの娘で、おまえの腹の中にいるのはヴァンダミヤの孫だ。出ていけ！」

マーガレットに行く当てなどなかった。父親を愛していたから、許してもらえればそれが一番よかったが、父親が決して許さないことはわかりきっていた。むしろ彼女を生き地獄に突き落とすに違いない。しかし、マーガレットに選択肢はなかった。

マーガレットはホテルを出ると、父親の店に向かった。すれ違う人たちの好奇の目にさらされながら歩きつづけた。男たちのなかには意味ありげに笑いかけてくる者もいた。だが彼女は顔を上げてまっすぐ歩いた。店に着いた彼女はちょっとためらっていたが、覚悟を決めて店内に入った。店には誰もいなかった。しばらくしてから父親が奥から出てきた。

「お父さま……」

「てめえ！」

父親の軽蔑したような口調は娘にとっては殴打に等しかった。近寄って来た父親が吐く息はウイスキー臭かった。

「町から出ていけ！　今夜中にだ！　出てったら二度と町に近づくな！　聞いてるのか！　二度と戻ってくるんじゃないぞ！」

ヴァンダミヤはポケットから札を何枚か取り出すと、それを床に投げ捨てた。

「これを持ってとっとと出ていけ！」

「わたしのお腹にはお父さんの孫がいるのよ」

「おまえの腹の中にいるのは悪魔の子だ！」

娘に詰め寄るヴァンダミヤの手はこぶしを握っていた。

「他人さまはな、おまえが売春婦気どりで歩くのを見るたびにわしの恥を笑うんだ。おまえがいなくなれば、他人さまも忘れてくれる」

マーガレットはしばらく父親を見つめていた。彼女のほうこそ、こんなつらい時間は早く忘れたかった。やがてマーガレットはくるりと背を向けると、よろけながら店を出ていった。

「ほら、カネを忘れてるぞ！　売女め！」

父親の怒声が彼女の背を追った。


町はずれに安い下宿屋が一軒あった。マーガレットはその下宿屋へ向かっていた。頭の中は真っ白だった。下宿屋の玄関に着くと、彼女は家主のオーエンス夫人を呼んでもらった。オーエンス夫人はでっぷりと太った笑顔の似合う五十代の女で、夫に従ってはるばるやって来たこのクリップドリフトで夫に捨てられたという悲しい経歴の持ち主だった。並の女だったら、そこでつぶれていただろうに、どっこい、オーエンス夫人は生き延びた。

この町に来てからこれまで、彼女は災難にあった人たちを何人も見てきた。だが、いま目の前に立っている十七歳の少女ほど大きな災難にあった人は見たことがなかった。

「わたしにご用ですか？」

「はい、もしかしたら――ここで働かせてもらえるんじゃないかと思って……」

「働く？　あなた何ができるの？」

「なんでもします。料理も得意ですし、お給仕もできます。ベッドメイクもします。わたし、なんでも――」

彼女の声には必死さがにじんでいた。

「お願いです。何かさせてください」

オーエンス夫人はマーガレットを見つめた。震えながら立つ十七歳の少女の姿は夫人の胸をえぐった。

「そうねえ、もうひとりお手伝いが欲しいと思っていたところなの。いつから働けるの？」

少女の顔がぱっと明るくなるのが夫人にもわかった。

「今すぐ始められます」

「では、あまりあげられないんだけど、お給金は――」

夫人は数字を言いかけたところで奮発した。

「月一ポンド二シリングと十一ペンス。住み込み・食事付きでね」

「充分すぎるくらいです」

マーガレットは感謝を込めて言った。


ヴァンダミヤはめったに町へ出なくなった。買い物客が店に来ても、休業の看板が出ていることが日増しに多くなっていた。しだいに得意客たちも離れていった。

それでもヴァンダミヤは日曜ごとに教会へ行くのはやめなかった。教会へ行くのは祈るためではなく、自分のような忠実な僕に降りかかった不当な災難を神に質《ただ》すためだった。これまで教区民たちからカネと権力のある男として尊敬されてきたヴァンダミヤだが、今では陰口と蔑みの対象になりさがっていた。教会内でいつも同じベンチに座っていた一家も別の列へ移っていった。彼はすっかりのけ者になっていた。

その日の牧師の説教がふるっていた。『出エジプト記』と『エゼキエル書』と『レビ記』を都合よく組み合わせたものだった。

「われは主なり、汝の神であり、不信心を許さない神である。父親の非道の報いを子どもたちに課すものなり。しからば売春婦よ、主の言葉に耳を傾けよ。汝、不潔さをまき散らし、汝の愛人と姦淫して汝の裸体を世間にさらし……主はモーゼに言いたもうた、〝汝の娘を汚して売春婦にしてはいけない。この地が堕落し、悪に満ちないように……〟」

雷鳴のようなこの説教で、ヴァンダミヤの精神は完全に打ち砕かれた。以来日曜が来ても、彼は教会にいっさい顔を見せなくなった。

ヴァンダミヤの商売が急速に枯れていく一方で、ジェミー・マクレガーは繁栄していった。発掘ダイヤモンド発掘にかかる費用は、発掘現場が地下深くになるにつれて増大していった。発掘権を持った者たちが資金難に陥ることも少なくなかった。そこにきて、ジェミー・マクレガーが、発掘したものとの交換で資金援助してくれるとのうわさが広まったから、新事業のタイミングとしても絶好だった。この仕組みはジェミーに大きな利益をもたらした。彼はそのほかに不動産や金や商取引にも投資した。また、取引に際してごまかすようなことはいっさいしなかったので、彼の評判は高まり、より多くの人を傘下におさめることができた。

町には銀行が二つあった。そのうちの一行が放漫経営のためうまくいかなくなると、ジェミーは自分の名前を伏せてその銀行を買い取り、部下を送り込んで経営を立て直した。

ジェミーが手がけると、どんな事業もうまくいった。少年時代に夢見た富や成功よりもはるかに大きな成果だった。しかし、彼にとって成功も富もたいした意味を持たなかった。ジェミーの成功の秤《はかり》はたったひとつ。ヴァンダミヤをどこまで破滅させるか、それしかなかった。復讐はまだ始まったばかりだった。

町でマーガレットとすれ違うこともあったが、ジェミーは知らんぷりを通した。

彼のそんな態度がマーガレットをどれほど追い詰めているかなど、ジェミーには知る由もなかった。彼の姿を見ただけでマーガレットは呼吸が苦しくなり、しばらくじっとしていなければならないほどだった。彼女はジェミーをまだ心底愛していた。自分がどんな目に遭わされても、その思いは変わりそうになかった。ジェミーが父親に復讐するために彼女の体を利用したにせよ、それが両刃の剣になることにマーガレットは気づいていた。もうじき赤ちゃんが生まれる。ジェミーの赤ちゃんだ。今はどんなに邪険にしても、自分の血肉を分けた赤ん坊を見たら彼も考えを変えてわたしと結婚してくれ、子どもにも彼の姓を与えてくれるはずだ。マーガレットは、もしマクレガー夫人になれるのなら、ほかに何も欲しくなかった。夜寝る前など、彼女は自分の大きくなったお腹をさすりながら赤ん坊に語りかける。

「あなたはジェミーとわたしの坊やなのよ」

「坊や」と呼びつづければ男の子が生まれるというのは愚かな迷信である。だが彼女としては、迷信であろうがなかろうが、どんな可能性にもかけてみたかった。男というのは、娘よりも息子を欲しがるものなのだから。

子宮の膨らみがさらに大きくなると、マーガレットの不安も増大した。誰か相談できる人が欲しかった。が、町の女性たちは一様に彼女に冷たかった。彼らが信じている宗教は、懲罰を教えることはあっても許しを教えることはない。マーガレットは大勢のなかにいながら独りぼっちだった。夜になると、惨めな自分の境遇を思い、まだ見ぬ子の将来を思って泣いた。

ジェミーは町の中心地に二階建てのビルを購入して、それを、成長をつづける自分の会社の指令本部として使うことにした。ある日、会社の経理部長であるハリー・マクミランが、話したいことがあると言ってやって来た。

「現在いくつかに分かれている会社を統合する作業をしているところなんですが」

経理部長は説明した。

「できあがった会社に名前をつける必要があります。何かいい考えはありますか?」

「考えておこう」

ジェミーは考えた。考える彼の頭にこだまするのは、ダイヤモンド・ビーチの海霧のなかで聞こえたあの呼び声だった。これしかないと決めた彼は、経理部長を呼んで伝えた。

「新しい会社の名前は(クルーガー・ブレント)。クルーガー・ブレント株式会社だ」

ジェミーの銀行の支配人であるアルビン・コーリーが報告にやって来た。

「ヴァンダミヤさんへの貸付金の件ですが」

支配人は説明した。

「彼の負債がずいぶん増えています。以前はこんなことはなかったのですが、状況が根本的に変わってしまいました、ミスター・マクレガー。われわれとしては貸付金の返還を求めるべきだと思いますが」

「その必要はない」

支配人は驚いてジェミーを見た。

「彼は今朝もやって来ましてね、もっと融資してくれって言うんです」

「貸してやれ。やつが欲しいだけ貸してやればいいんだ」

支配人は立ち上がった。

「おっしゃるとおりにします、ミスター・マクレガー。彼には話してやります、社長が――」

「何も話さなくていい、融資だけしてやれ」

マーガレットは毎朝五時に起き、おいしそうな匂いのする大きなパンとビスケットを焼く。そして、下宿人たちが朝食をとりにどやどやと食堂へ入ってくると、オートミールやハムエッグやスイートロールや、ポットに入れた熱いコーヒーを給仕する。下宿人の大半は、これから発掘権を登記に行くか、登記を済ませて戻ってきた者たちである。彼らは、クリップドリフトにしばらく滞在して、そのあいだにダイヤモンドを鑑定してもらい、風呂に入り、ウイスキーをひっかけて酔っぱらい、町の売春宿にくり出すのが相場である。だいたいこの順序で行動する粗野で無学な冒険者たちなのだ。

クリップドリフトの男社会には、身持ちのよい女性には手を出してはいけない、という不文律があった。男が女を欲しいときは売春宿へ行くのが常識だった。しかしながら、マーガレットは身持ちのよい女性にも売春婦にもあてはまらなかったから、男たちにとっては登ってみるべき山だった。未婚のちゃんとした女の子なら、妊娠したりなどしないはずだ、と、そこから始まり、男たちの思い込みはエスカレートしていく。いったん身を崩したのだからほかの男とも簡単に寝るのではないか、あとはちょっかいを出せばすぐ落ちるはずだ、と決めつけて、実際にちょっかいを出す男があとを絶たなかった。下宿人のなかには、あけっぴろげで図々しい者もいたし、ズルく立ち回る者もいた。マーガレットは、そんな男たちの誘いを無言の威厳ではねのけていた。ところがある夜、オーエンス夫人が眠りに就こうとしたとき、下宿の奥のマーガレットの部屋から悲鳴が聞こえた。夫人は廊下を突進し、マーガレットの部屋に飛び込んだ。下宿人のひとりで、飲んだくれの採掘者が、マーガレットのナイトガウンを引き裂き、彼女をベッドに押し倒して、その上に乗っていた。

大男を相手にオーエンス夫人は虎のように立ち向かった。火ゴテをふり上げ、男を何度も殴りつけた。男は彼女の倍もありそうな巨体だったが、そんなことで尻込みする彼女ではなかった。烈火のごとく怒った彼女は酔っぱらいを殴りつづけ、相手が気絶すると、その巨体を引きずって、廊下から外へ放り出した。それから、急いでマーガレットの部屋へ戻った。十七歳の少女は手をわなわなと震わせながら、男に噛みつかれた唇から流れる血を拭いていた。

「あなた、大丈夫、マギー?」

「はい。わたし……どうもすいません、奥さま」

マーガレットの目から涙がどっとあふれ出した。町の人たちはろくに口もきいてくれないのに、この人はこんなにまで親切にしてくれる。

オーエンス夫人は、マーガレットの大きくなったお腹を見て思った。

〈かわいそうに。ジェミー・マクレガーが結婚するはずなどないのに。この娘はその夢を捨てきれないでいる〉


出産の日が近づいていた。近ごろのマーガレットは疲れやすく、かがんだり起き上がったりするのも難儀になっていた。彼女の唯一の喜びは、お腹の赤ちゃんが動くのを感じるときだった。息子とマーガレットは、広い世間で独りぼっちだった。だから彼女は暇さえあればお腹の赤ちゃんに語りかけた。

「坊やが生まれてくるこの世界は素晴らしいことでいっぱいなのよ」

その夜、夕食が終わって間もないころ、黒人の少年がひとり下宿にやって来て、マーガレットに封をした手紙を手渡した。

「この場で返事をもらうように言われています」

マーガレットは手紙を読んだ。そして、もう一度ゆっくり読み返した。

「いいわよ」

マーガレットは少年に答えた。

「返事はイエスよ」


次の金曜日、十二時きっかりにマーガレットはマダム・アグネスの館の前に着いた。玄関には〝閉館〟の看板がかかっていた。通行人の不審の目を無視して、彼女はおっかなびっくりドアをたたいた。こんなところへ来てはいけなかったのではと、まだ迷っていた。手紙を受け取ったときもどうしようか迷った。でも、あまりにも寂しかったのでイエスと返事したのだった。手紙の文面はこうだった。

親愛なるヴァンダミヤさま
わたしにかかわりないこととはいえ、うちの女性たちとわたしは、あなたが受けた仕打ちとあなたが置かれている不幸で不当な状況について語り合いました。みんなは、あってはいけないことだと言っています。わたしたちは、あなたとあなたの赤ちゃんに何かお手伝いできないかと思っています。もしよろしければ、わたしたちと一緒にひとときを過ごしませんか？　あなたを昼食にご招待できれば光栄です。金曜日正午のご都合はいかがでしょうか？

尊敬の念をこめて
マダム・アグネス

追伸。他言はいたしませせぬのでご心配なさらぬよう。

マーガレットが帰ろうかどうか迷っていたとき、内側からドアが開き、マダム・アグネス本人が現れた。マダムはマーガレットの腕をつかんで言った。

「さあ、お入りなさい。なんていう暑さでしょう、すぐ涼しくしてあげますからね」

マダム・アグネスは、ヴィクトリア朝風の赤いソファや椅子やテーブルが置いてある応接間にマーガレットを案内した。部屋はリボンやテープや――どこから手に入れたのか――色とりどりの風船で飾られていた。天井からは下手な字で書かれた厚紙もぶら下がっていた。字は、〝ようこそ赤ちゃん……きっと男の子よ、誕生おめでとう〟と読めた。

応接間には館で働く女の子が八人集まっていた。彼女たちは年齢も身長も肌の色もさまざまだった。だが全員、マダム・アグネスの言いつけどおり、この場にふさわしい装いをしていた。つまり、地味な普段着姿で、化粧もしていなかった。彼女たちを見てマーガレットは思った。〈町の奥さんたちより、この人たちのほうがよほど立派だわ〉

マーガレットはどう振る舞っていいのかわからず、部屋を埋めている娼婦たちを見回した。見覚えのある顔もあった。父親の店で働いていたとき応対した相手だ。若くてかなりの美人もいた。髪を染めた、年増で色気たっぷりの女性もいた。だが、彼女たちには共通点があった。それは、マーガレットに示す好意である。誰もが親しげで、温かくて、優しくて、マーガレットを幸せな気分にさせようとしているのがよくわかった。

彼女たちは、マーガレットを傷つけるような言葉を口にしないように気をつかっていた。町の人たちがなんと言おうと、この人は育ちのいいレディーで、自分たちとは身分が違うのだと心得ていた。マーガレットが来てくれたのは、彼女たちにとっては真に光栄なことだった。だからこそ、せっかくのパーティーを台無しにしまいと、みな一生懸命だった。

「おいしい昼食を用意しましたからね」

マダム・アグネスの声も優しさにあふれていた。

「おなかは空いてる?」

それからすぐマーガレットは食堂に案内された。そこに向かう途中、二階の寝室に通じる階段が目にとまった。ジェミーがこの館に出入りしていることを知っていた彼女は、どの女の子が彼の相手をしたのかと気になった。もしかしたら全員かもしれない。そう思って、マーガレットは改めて彼女たちのしぐさを観察した。

〈わたしになくて、ジェミーがこの人たちに感じるものは何なのかしら?〉

食堂に足を踏み入れると、テーブルにはお祭りのようなごちそうがたくさん並べられていた。そして、彼女の席の前にはシャンパンのボトルが置かれていた。


気軽な昼食会のはずが、大宴会になった。冷たいスープとサラダに始まり、次は新鮮な鯉《こい》料理。さらに、ポテトと野菜を添えたマトンと鴨肉の料理とつづいた。締めはティプシーケーキに、チーズとフルーツとコーヒーだった。どれもおいしかったし、食欲もあったのでマーガレットはパクパク食べた。テーブルの主賓席にはマーガレット、その右側にマダム・アグネスが、左側には十六歳そこそこのブロンドの美女マギーが座っていた。最初のうち、会話はぎこちなかった。彼女たちには、おかしな艶話《つやばなし》ならいくつもあったが、どれもマーガレットに聞かせられるような内容ではなかったので、話題はつい、天候や、町の発展や、南アフリカの将来といったお堅いものになってしまった。それにしても、彼女たちは政治や経済やダイヤモンドの採掘について驚くほど詳しかった。というのも、仕事を通じて当事者たちからじかに情報を聞かされているからだ。

ブロンドの美女マギーが、うっかり口を滑らせてしまった。

「ジェミーが新しいダイヤモンド鉱床を発見したそうよ！」

おしゃべりは急にやんだ。マギーはまずいと思い言い直した。

「ほら、わたしの叔父のジェミーよ、叔母と結婚した人……」

マーガレットは、意思に逆らって嫉妬する自分に驚いた。マダム・アグネスはあわてて話題を変えた。

食事が終わると、マダム・アグネスは立ち上がってマーガレットの手を取った。

「こっちへいらっしゃい、あなた。みんなも一緒に！」

マーガレットと女性たちは、マダム・アグネスに従って二つめの応接間に入った。部屋にはプレゼントが山のように用意されていた。どれも綺麗に包装されていた。マーガレットは自分の目を疑った。

「わたし――なんてお礼を言ったらいいのか」

「開けてごらんなさい」

マダム・アグネスに催促されて、マーガレットは包みを開けた。出てくるわ出てくるわ。ゆりかごに、手作りの靴、赤ん坊の上着、刺繍入りのカシミヤのコート、子ヤギ革のボタンつきの靴、子ども用の銀カップ、純銀の柄がついたブラシ、等々。母子が喜びそうなものがどっさり出てきた。中でも一番きれいだったのは、洗礼のときに着せる純白のドレスだった。

まるでクリスマスだった。すべてがマーガレットの想像をはるかに超えていた。孤独感と不幸にさいなまれてきたこの数か月間の想いが一挙に爆発して、マーガレットはとうとう泣き出してしまった。マダム・アグネスは彼女の腕に手を置き、ほかの女の子たちに言った。

「あなたがたはもういいから、二人だけにしてちょうだい」

女性たちは静かに部屋を出ていった。マダム・アグネスはマーガレットをソファに座らせ、自分もその横に座り、泣きやむまで彼女を抱きつづけた。

「ご、ごめんなさい」

マーガレットはどもった。

「わ、わたしって——どうしちゃったのかしら」

「いいのよ、ハニー。この部屋にはね、いつもいろんな問題が出たり入ったりしているのよ。それを見てきて、わたしはつくづく思うの。どんな難しいことでも、最後はちゃんと帳尻が合うものだって。あなたと赤ちゃんも絶対に大丈夫よ、なんとかなるって」

「ありがとうございます」

マーガレットはささやき声で答え、プレゼントの山を指さした。

「こんなことしていただいて、わたし、一生感謝しても感謝しきれません」

マダム・アグネスはマーガレットの手をぎゅっと握った。

「そんなふうに考えなくてもいいのよ。わたしたちは、ワーワー言いながらこれを用意するのを存分に楽しんだんですから。こんなパーティーをする機会もあまりないでしょう？　わたしたちが妊娠などしたらそれこそ大問題――」

マダム・アグネスはあわてて口を手でふさいだ。

「あら、ごめんなさい！」

マーガレットはにっこりした。

「今日はわたしの人生で最良の日でした」

「あなたが来てくれて本当に光栄だったのよ、ハニー。わたしに言わせれば、この町の女たちを全部たばねてもあなたひとりのほうが価値があるわ。なんだっていうの、あの売女ども！　あなたに対してしたことを思うと、殺してやりたいくらいよ。それから、もし気にしないなら言わせてくれる？　あのジェミー・マクレガーっていうやつ、本当にゲスだわ」

彼女は立ち上がって、なおも言った。

「男ってどうしようもないわね。男たちがいなかったらこの世界はどれだけ楽しいものになるかしら。でも、やっぱりちょっと寂しいかな？　そんなこと誰にもわからないわね」

やがて自分を取り戻したマーガレットは立ち上がってマダム・アグネスの手をしっかり握った。

「わたし、今日のことは絶対に忘れません。わたしが生きているかぎりは。いつか息子が大きくなったとき、このことを話して聞かせます」

マダム・アグネスは顔をしかめた。

「子どもに聞かせるのはどうかしら?」

マーガレットはにっこりして答えた。

「わたしは話してやるつもりですけど」

マダム・アグネスはマーガレットを出口まで送った。

「このプレゼントはみな馬車であなたの下宿まで届けさせますからね。幸運をお祈りしているわ」

「ありがとうございます。本当にありがとうございます」

マーガレットは館をあとにした。

マダム・アグネスは戸口に立ち、マーガレットが体を重そうにしながら歩いて行くのを見送った。それから、くるりと向きを変えて館の中に入ると、大声で号令をかけた。

「さあ、みんな、仕事よ!」

一時間後、マダム・アグネスの館は通常どおりの営業に戻った。

# 第八章

罠の仕掛けを締めるときがきた。

この半年のあいだに、ジェミーはヴァンダミヤのさまざまな事業のパートナーたちをひそかに買収し、今では彼らを意のままに操れるようになっていた。ジェミーがどうしても欲しかったのはナミブ砂漠のダイヤモンド・ビーチだった。血と勇気、さらには命まで賭けた鉱床だ。バンダと二人でそこから盗み出したダイヤモンドで事業を興し、その成功の勢いでヴァンダミヤを追い詰めることができた。だが、ジェミーの復讐はこれからが本番だった。

ヴァンダミヤは借金地獄の深みにはまってもがいていた。クリップドリフトでは彼にカネを貸す者はもはやひとりもいなかった。ジェミーがひそかに保有する銀行だけが融資をつづけていた。銀行の支配人へのジェミーの指示は決まっていた。

「ヴァンダミヤが欲しがるだけ貸してやれ」

雑貨店はほとんど毎日閉まったままだった。ヴァンダミヤ自身は朝っぱらから酒びたりで、夕方になるとマダム・アグネスの館へ出かけ、ときには泊まることもあった。ある朝、マーガレットが肉屋のカウンターでオーエンス夫人に頼まれたチキンを買っていたとき、窓にちらりと目をやると、父親がマダム・アグネスの館から出てくるのが見えた。髪をぼさぼさにして道をとぼとぼと行く老人の姿は、父親だとはとても思えなかった。

〈わたしのせいだわ。ああ、神さま、お許しください。わたしが父をあんなふうにしてしまったんです〉

ヴァンダミヤ自身は、自分の身に何が起きているのかよくわかっていなかった。ただ、自分が悪いことをしたわけではないのに人生が破滅に向かっている、そのことだけは気づいていた。神は自分を選ばれたのだ――主への忠誠心をお試しになるために、かつてヨブを選ばれたように。しかし、最後にはこの見えぬ敵に勝利することができる、とヴァンダミヤは信じていた。いま必要なのは時間である――時間とさらなる資金。それがあればなんとかなる。ヴァンダミヤは雑貨店をはじめ、六つの小さなダイヤモンド鉱床の持ち株、さらには、馬や馬車まで抵当に入れた。最後に残ったのはダイヤモンド・ビーチだけになった。それさえも担保物件になったとき、ジェミーは猛然と襲いかかった。

「やつに対する貸付金を全部回収しろ」

ジェミーは銀行の支配人に命じた。

「全額返済の猶予を二十四時間だけやれ。だめなら抵当流れにする」

「あの男がそれだけの額をそろえるのは無理ですよ、ミスター・マクレガー。彼は――」

「二十四時間だ」

次の日の午後四時きっかり、銀行の副支配人が、サラマン・ヴァンダミヤの全財産の差押え令状を携えた執行官を伴って雑貨店の前に現れた。ジェミーは、通りをはさんだ向かいのビルの自室からヴァンダミヤが店から追い出されるのを眺めていた。老人はなすすべもなく、頼るべきところもなく、日差しのなかで目をしばたきながら外に突っ立っていた。その姿はいかにも弱々しそうだった。

〈ついにあいつを身ぐるみはがしたぞ!〉

ここにジェミーの復讐は完結した。

〈でも、なぜなんだ?〉

ジェミーは自問した。

〈勝利の快感が湧かないのはなぜなんだ?〉

人間としてのジェミーの内面は、実はからっぽになっていた。ジェミーの心はとっくに死んでいた。ヴァンダミヤの破滅と差し違えていたのだ。

その夜ジェミーがマダム・アグネスの館を訪れると、ニュースが女主人の口から伝えられた。

「聞いた、ジェミー？　一時間前にサラマン・ヴァンダミヤが頭をぶち抜いて自殺したって」


　葬儀は町はずれのうら寂しい墓地でとりおこなわれた。埋葬人足を除けば、立ち会った者はたった二人だった。マーガレットとジェミー・マクレガーである。マーガレットは突き出たお腹を隠すためにくびれのない黒いドレスを着ていた。身重のせいだろう、顔色が悪かった。反対にジェミーのほうは血色もよく、自分には関係ないことだと言わんばかりに終始そっぽを向いていた。すらりとしたその立ち姿はむしろ優雅だった。二人は墓穴の両側に立ち、粗末な松材の棺が下ろされるのを見ていた。土が棺にバサッバサッとかけられるたびに、マーガレットには「売女め！……売女め！」と聞こえた。

　マーガレットは墓穴越しにジェミーを見た。二人の視線がからんだ。ジェミーの眼差《まなざ》しは知らない他人を見るかのように冷たくて無表情だった。このとき初めてマーガレットはジェミーを憎いと思った。

〈あなたはそこに立っていて何も感じないの？　あなたもわたしも同罪なのよ。二人で父を殺したんですから。あなたとわたし二人でね。神さまから見ればわたしたちは夫婦。でも、実は殺人の共犯者〉

マーガレットは墓穴の底を見つめた。棺に最後の土がかけられるところだった。

「安らかに眠ってください、お父さま」

ささやき声で祈ったあと、彼女が顔を上げると、ジェミーはもうそこにいなかった。


クリップドリフトには病院として使われていた木造の建物が二棟あった。しかし、不衛生きわまりなかったので、いったんその門をくぐったら、元気になって出てくる者よりも遺体となって出てくる者のほうが多かった。だから、赤ちゃんは自宅で産むのがあたりまえになっていた。マーガレットの出産日が近づくと、オーエンス夫人は黒人産婆のハンナを呼び寄せた。陣痛は午前三時に始まった。

「こらえるんですよ」

ハンナは妊婦に指示した。

「あとは自然にまかせればいいんですからね」

最初の痛みに襲われたとき、マーガレットの唇には笑みがあった。いよいよ息子をこの世に送り出せるのだ。ジェミーに自分の子であることを認めさせて、息子には彼の姓がつけられるようにしてやらなければ。両親のあいだに何があったにせよ、生まれてくる赤ちゃんに罪はないのだ。

陣痛は何時間もつづいた。マーガレットの部屋に様子を見に来た下宿人たちはオーエンス夫人によってみな追い払われた。

「これは他人さまには関係ないことなんですよ」

産婆のハンナはマーガレットに教えた。

「あなたと、神さまと、あなたをこんな厄介事に巻き込んだ悪魔とのあいだの出来事なんです」

「男の子かしら？」

マーガレットは荒い息づかいのなかで言った。ハンナはマーガレットの額の汗を布で拭いてやった。

「顔が見えたらすぐ教えてあげますからね。さあ、いきんで！　強く！　もっと強くいきんで！」

陣痛の波の間隔が狭くなり、激痛がマーガレットの体を貫いた。

〈ああ、神さま、何かがおかしいわ〉

マーガレットがそう思ったとき、ハンナが妙な叫び声をあげた。

「よじれてる！　これじゃあ引っぱり出せない！」

ぼんやりした赤い霧を通してマーガレットの目に映ったのは、彼女の上に乗り、彼女の体をよじろうとしている産婆の姿だった。やがて部屋全体が霞み、痛みとともに消えてなくなった。

マーガレットは暗いトンネルの中で空中に浮いていた。遠くの出口からは明かりがこぼれ、そこで誰かが手招きしている。なんとジェミーではないか。

「おれはここだよ、マギー、ダーリン。おれに息子を授けてくれるんだね」

彼はとうとう戻ってきてくれた！　わたしはもう憎んでなんていない。本当は憎んだことなど一度だってなかったんだわ。

誰かの声が聞こえた。

「もうちょっとですよ」

マーガレットは突然身を引き裂かれるような激痛を感じた。あまりの痛さに大声で叫んだ。

「たすけてえ！」

彼女の悲鳴を無視してハンナが叫んだ。

「さあ、生まれますよ！」

次の瞬間、マーガレットは、濡れたものが自分の股間から流れ出すのがわかった。ハンナは歓声をあげ、赤い塊《かたまり》を取り上げてそれに語りかけた。

「クリップドリフトへようこそ」

産婆はマーガレットを振り返って言った。

「男の赤ちゃんですよ」

マーガレットはその場で赤ん坊にジェミーと名付けた。

息子誕生のニュースはジェミーの耳にすぐ届くはずだ。マーガレットは彼から呼び出されるのを心待ちにしていた。だが、数週間過ぎてもなんの音沙汰もなかった。やむなく使いの少年に託してジェミーにメッセージを届けたが、メッセージは三十分後に戻されてきた。

マーガレットの我慢も限度ぎりぎりだった。彼女は少年に質した。

「マクレガーさんには会ったの?」

「はい、マーム」

「それでメッセージはちゃんと渡したの?」

「はい、マーム」

「彼はなんて言ったの?」

少年は困惑しながら答えた。

「あの人は――あの人は、息子などいないと言っていました、ミス・ヴァンダミヤ」

その日、彼女は赤ん坊と一緒に部屋に閉じこもり、夜になっても出てこようとしなかった。

「お父さまはちょっと機嫌が悪いのよ、ジェミー。お母さんが悪いことをしたと思いこんでいるの。でも、あなたはお父さまの息子ですから、あなたの顔を見たら、お父さまもあなたが可愛くなって、お母さんと一緒にお父さまの家に住まわせてくれるはずよ。きっと、わたしたちを大切にしてくれるわ。見ていなさい、ダーリン。すべてはうまく行くから大丈夫よ」

朝になり、オーエンス夫人がノックするとマーガレットがドアを開けた。マーガレットはとても落ち着いていた。それがかえって妙だった。

「あなた大丈夫なの、マギー？」

「ええ、大丈夫です。ご心配おかけしてすみません」

マーガレットはジェミーに新しい服を着せているところだった。

「これからジェミーを乳母車に乗せて散歩に行ってきます」

マダム・アグネスから贈られた乳母車はとても豪華だった。綺麗なリボンで飾られた車体は上等な葦《あし》で編まれ、底は籐で補強され、手元には、木を曲げて作った頑丈なハンドルがついていた。

マーガレットは乳母車を押して狭いループ通りを歩いた。見知らぬ人が赤ん坊にほほえみかけてくれることもあったが、多くの女たちはマーガレットから目をそむけるか、道の反対側へ逃げて行った。

マーガレットはそんなことは気にしなかった、というよりも、気づかなかった。彼女が求めているのはたったひとりの人間だった。

天気のいい日は毎日、赤ん坊によそいきの服を着せてベビーカーに乗せて出かける。同じ行動を一週間つづけたが、ジェミーとは一度も出くわさなかった。彼が意識的に避けているのだとマーガレットは理解した。

〈いいわ、父親が息子に会いに来ないなら、息子のほうから会いに行くまでよ〉

次の日の朝、マーガレットはオーエンス夫人に頼みこんで、一週間のお休みをもらった。夫人は快く許してくれた。

「でも赤ちゃんを連れて旅行なんてちょっと無理じゃない、マギー？　あの子はまだ――」

「赤ちゃんは置いていきます」

オーエンス夫人は顔をしかめた。

「ここに置いていくつもり？」

「いいえ、奥さま。ここではありません」


ジェミーが建てた家は、クリップドリフトの町を見渡せる丘のてっぺんにあった。平屋建て、急勾配の屋根をいただくバンガロー風の建築で、母屋から二つの別棟がつばさのように左右に伸びているのが特徴だった。別棟と母屋は広いベランダでつながれ、屋敷は、きれいに手入れされた芝生や、いろいろな種類の樹木や、バラ園などで囲われていた。屋敷の裏手は、馬車置き場と使用人用の居住部分に使われていた。屋敷の家事いっさいを取り仕切るのは、中年の未亡人、ユージニア・ターレイ夫人だった。夫人は六人の子を育てた猛女で、子どもたちはみな成人して英国に住んでいた。

マーガレットは、主が家にいない時間を見はからい、赤ちゃんを抱いて午前十時にジェミーの屋敷を訪れた。ドアを開けたターレイ夫人は、マーガレットと赤ん坊を見ると、目をまん丸にした。彼女が誰で、赤ん坊が誰の子であるか、半径百マイル以内に住む人間なら知らない者はいない。ターレイ夫人とて例外ではなかった。

「ごめんなさい、マクレガーさんはいま留守にしているんです」

家政婦はそう言うと、ドアを閉めかけた。マーガレットはそれを止めた。

「マクレガーさんに会いに来たわけではありません。あの人の息子を連れてきたんです」

「そんなこと言われても困ります、その件についてはいっさい存じませんので。あなたが――」

「わたし、一週間ほど出かけて、戻ったらこの子を引き取りに来ます」

マーガレットは赤ん坊を差し出した。

「この子の名前はジェミーです、よろしく」

ターレイ夫人の顔に恐怖の表情が広がった。

「赤ちゃんをここに置いて行くなんて、やめてください！　マクレガーさんがきっと――」

「どちらになさいますか？」

マーガレットは一歩も譲らなかった。

「この子を家の中に連れていかれますか？　それとも、この子をドアの外に置き去りにしていきましょうか？　どっちにしろマクレガーさんは嫌がるでしょうけど」

マーガレットはそれ以上何も言わずに、赤ん坊を家政婦の腕の中に押しつけると、さっさと立ち去ってしまった。

「ちょっと待ってください！　困ります！　戻ってきてください！　ミス――」

マーガレットは一度も振り返らなかった。ターレイ夫人は小さな包みを腕に抱き、途方にくれてその場に立ちつくした。

〈さあ、大変なことになったわ。ああ、神さま。マクレガーさんはさぞお怒りに――〉


主人がこれほど我を失っている姿を、家政婦は見たことがなかった。

「よくもこんな間抜けなことをしでかせるな！」

ジェミーの怒鳴り声がそこら中に響いた。

「あの女の前でドアをぴしゃりと閉めれば、それで済んだことじゃないか！」

「わけがわからないうちに、あの方はあっという間にいなくなって――」

「あの女の子どもなど、この家には置かないぞ！」

ジェミーは部屋を行ったり来たりしながら怒鳴り散らし、この貧乏くじを引いた家政婦の前で足を止めては彼女をにらみつけた。

「これでクビにされても、あんたは文句は言えないぞ」

「あの方は、一週間したら引き取りに来るって言っていました」

「あの女がいつ戻ってくるかなど、おれはどうでもいい」

ジェミーは怒鳴った。

「この赤ん坊を家の外に出せ！　今すぐにだ！　どこかへ連れて行け！」

「どこへ連れて行けばいいんでしょうか？　ミスター・マクレガー」

家政婦は開き直って言った。

「どこかへ預けてくればいい。町にはそういう施設があるはずだ」

「どこにあるんでしょうか？」

「おれがそんなこと知るはずないだろ！」

大人の怒鳴りあいで、赤ん坊が泣き出した。ターレイ夫人は、抱えている小さな包みに目を落として言った。

「この町には孤児院なんてないんです」

夫人は腕をゆらして赤ん坊をあやそうとしたが、赤ん坊の泣き声は激しくなるばかりだった。

「誰かがこの子の面倒を見るしかありません」

いらいらを募らせて、ジェミーは髪の毛をかきむしった。

「もういい！　なら、こうしろ！」

ジェミーは決断した。

「赤ん坊を受け取るほどあんたは情け深いんだから、あんたがその子の面倒を見たらいい」

「承知しました」

「早くそいつを泣きやませろ！　いらいらする。それから言っておくが、その子をおれの目の届かないところに置いておけ。そいつが家にいるなんて、おれは考えたくもない。それともうひとつ、母親がその子を連れに戻ってきても、おれは彼女に会わないからな。わかったな！」

　しばらく泣き疲れていた赤ん坊は、元気を取り戻してまた泣きはじめた。

「承知しました、ミスター・マクレガー」

　そう言うと、家政婦はあわてて部屋から出ていった。

　ジェミーはひとりで居間に座り、ブランデーをちびりちびりやりながらシガーをふかした。〈愚かな女だ。赤ん坊を見たらおれの気が変わるとでも思ったのか。おれが彼女のところに駆けつけて、「愛してるよ、おまえも赤ん坊も。だから結婚してくれ」とでも言うと思ったのか〉

　そんな筋書きは彼には通用しなかった。ジェミーは赤ん坊の顔を見ようともしなかった。子どもは彼に関係ないのだ。愛情があって産ませたわけでも、欲望に負けて産ませたわけでもなかった。すべては復讐のためだった。娘の妊娠を知らされたときの、ヴァンダミヤのあの表情が忘れられない。あれが復讐の始まりだった。松材の棺に土がかぶせられるところで終幕となった。バンダを捜して、二人のミッションが終了したことを告げなければ。

ジェミーは虚しかった。もぬけの殻になってしまった自分が嫌でたまらなかった。

〈何か新しい目標を定めなければ〉

ジェミーはすでに信じられないほどの富を手にしていた。資源を埋蔵する土地を百数十ヘクタールも所有し、ダイヤモンドを当て込んで買った鉱床のなかには、金やプラチナなどの希少金属を産出しているものもあった。ジェミーの銀行は町の財産の半分を押さえていたし、彼が所有している土地はナミブからケープタウンに至るまで切れ目なくつづいていた。彼は富に満足していたものの、精神生活は空虚と言ってよかった。両親にこちらで一緒に暮らさないかと頼んでみたが、スコットランドを離れたくないからと断られてしまった。すでに伴侶を得ている兄たちや姉の生活基盤はスコットランドにあった。ジェミーは両親に多額の送金をして、そのことで満足感はあったが、自分の生活は退屈きわまりなかった。何年か前の生活は、山あり谷ありでおもしろみがあった。生きている実感があった。バンダとともに筏に乗り、岩礁を越えたときは真に生きがいがあった。地雷の上を這って砂漠を抜けたときも、生きている喜びがあった。だがもう長いことそんなスリルは味わっていない。ジェミーは自分が孤独だとは認めたくなかった。

ジェミーはブランデーのデカンタに手を伸ばしたが、中は空だった。知らぬ間に飲みすぎたのか、それともターレイ夫人が用意を怠ったのか。ジェミーは立ち上がり、ブランデーグラスを手に、酒類が保管されている配膳室へぶらぶらと向かった。ジェミーがブランデーボトルの封を切ろうとしたとき、キャッキャッという赤ん坊の笑い声が聞こえた。

〈あいつだ。ターレイ夫人はあのガキを台所の隣の使用人棟へ連れて行ったらしい〉

夫人は主人の命令を忠実に実行していた。そのおかげでジェミーはこの二日間、闖入者《ちんにゅうしゃ》である赤ん坊の顔も見なければ、泣き声も聞かずに済んでいた。ところがいまジェミーの耳に届いているのは、まごうことなくあの子の声であり、歌うようなターレイ夫人のあやす声である。

「あんたはハンサム坊やでチュねえ。まるで天使みたいでチュね。間違いなく天使でチュ」

赤ん坊はさっきと同じようにキャッキャッと笑っていた。ジェミーは家政婦の寝室へ行き、ドアを開けて中をのぞいた。どこから手に入れたのか、ベビーベッドが置いてあり、赤ん坊はその中に寝かされていた。ターレイ夫人は赤ん坊の上にかがみこみ、自分の指を赤ん坊に握らせていた。

「あんたはものすごく強いでチュね、ジェミー。きっと大物に――」

雇い主がドア口に立っているのに気づいて、夫人は言葉をのんだ。

「まあ！」

夫人は口ごもった。

「気づかずに失礼しました。何かご用意いたしましょうか？」

「いや、いらない」

ジェミーはベビーベッドに近寄り、中をのぞきこんだ。

「ここの騒ぎが気になってね」

ジェミーは初めて息子の顔をまともに見た。赤ん坊は発育がよく、想像していた以上に大きかった。しかも、ジェミーを見上げて笑っているように見えた。

「すみません、ミスター・マクレガー。この赤ちゃんは健やかでとてもいい子です。ちょっと指を握らせてみてください。力持ちだというのがわかりますよ」

ジェミーはくるりと後ろを向くと、一言も言わずに夫人の寝室を出ていった。


ジェミーには五十人以上のスタッフがいて、各自は彼が経営するさまざまな企業の運営にあたっていた。配達の少年から重役に至るまで、クルーガー・ブレント社がいかにして今日の名声を得るに至ったか、知らぬ者はいなかった。全員が、ジェミー・マクレガーの下で働くことに誇りを持っていた。ジェミーは最近、十六歳のアメリカ人の少年を採用した。デビッド・ブラックウェルという名のこの少年は、米国オレゴン州からダイヤ掘りに南アフリカにやって来た職人頭の息子だった。父親のブラックウェルはカネを使い果たしてしまった関係で、ジェミーに雇われ、鉱床のひとつの監督を任されていた。息子もひと夏だけ一緒に働いた。そのときの少年の働きぶりがジェミーの目にとまり、正社員として採用されたというわけである。デビッド・ブラックウェル少年は頭もよくてハンサムで、積極的な性格をしていた。また、口も堅かったので、ジェミーから個人的な使いを頼まれることがよくあった。

「デビッド、オーエンス夫人の下宿までひとっ走りしてくれないか。マーガレット・ヴァンダミヤという女が住み込みで働いている」

たとえ彼が、彼女の名前やその間の事情を知っていたとしても、それをおくびにも出さないのがデビッド少年だった。

「イエス、サー」

「その女に直接会って話してこい。その女はうちの家政婦に自分の子どもを預けていったけど、今日こそ引き取りに来いって」

「はい、ミスター・マクレガー」

三十分後に使いの少年が戻ってきた。ジェミーは机から顔を上げた。

「申し訳ありませんが、言われたとおりのことはできませんでした」

ジェミーは立ち上がった。

「どうしてなんだ？　簡単な用事じゃないか」

「ヴァンダミヤさんは下宿にはいませんでした」

「だったら探せばいい」

「あの人は二日前に町から出て、あと五日しないと戻ってこないそうです。それ以上のことをお調べになりたいなら――」

「いや、もういい」

マーガレットに関する調査など、ジェミーとしては一番やりたくないことだった。

「そこまででいい、デビッド」

「はい、わかりました」

少年はオフィスを出ていった。

〈クソ女め！　戻ってきてびっくりするなよ。ガキをたたき返してやるからな！〉

ジェミーはその夜自宅で食事をとっていた。ひとりだった。書斎でブランデーをすすっていたとき、ターレイ夫人がやって来て家事についての相談をもちかけてきた。話し合いの最中に、彼女は急に口を閉じて耳を傾けた。

「すみません、ミスター・マクレガー。ジェミーが泣いているようなので」

彼女はそう言うと、あわてて部屋から出ていった。ジェミーは手にしていたブランデーグラスを床に投げつけた。ガラスとブランデーが飛び散った。

〈あのガキめ！　うちの家政婦までがジェミーなどと呼びやがった。どう見たっておれには似てないぞ。誰にも似てやしない〉

十分後、ターレイ夫人が書斎に戻ってきた。ブランデーが飛び散っているのを見て、彼女は言った。

「新しいのを持ってきましょうか?」

「その必要はない」

ジェミーは冷めた口調で言った。

「あんたに必要なのは、誰に雇われて誰のために働いているのか認識することだ。おれはあんなガキのために用事を中断されたくない。わかったかな、ターレイ夫人?」

「はい、わかりました」

「あんたがこの家に入れたあの赤ん坊を追っぱらうのは、早ければ早いほどいい。わかったかな?」

夫人は口をきっと結んだ。

「はい、わかりました。ほかに何かありますか?」

「いや、それだけだ」

彼女はくるりと背を向け、書斎から出ていこうとした。

「ミセス・ターレイ……」

「はい、ミスター・マクレガー?」

「赤ん坊が泣いていると言っていたな、病気じゃないだろうな?」

「いえ、おしっこを漏らしただけです。おむつを替えてもらいたくて泣いていたんです」

ジェミーにはついていけない話題だった。

「もういい」

この数日間、屋敷内の使用人たちが、ジェミーと同じ名前の息子についてのうわさ話に熱中していることを知ったら、ジェミーのいらいらは爆発していたことだろう。最近の主人の振舞いは尋常でない、と使用人の誰もが思っていた。だが、そんなことを一言でも口にしたら即クビにされてしまうだろう。他人の忠告などに耳を傾けないのがジェミー・マクレガーという男なのだ。


次の日の夜、ジェミーは商談で帰宅が遅くなった。彼は新しい鉄道に投資していたので、その件での会議だった。

南アフリカに鉄道が開設されたのは一八六〇年で、ダーバンからポイントまでの線だった。以来新線の敷設がつづいた。ケープタウンとウェリントンもつながった。いまや鉄道は人や商品を南アフリカ中に送り届ける鉄の血管となっていた。この鉄道事業に一枚加わるのがジェミーの長いあいだの夢だった。ただし、それも彼の遠大な計画の手始めでしかなかったが。

〈鉄道の次は商船だ。自分の船団を所有して、アフリカの資源を世界中に運ぶんだ〉

帰宅したのは深夜過ぎだった。服を脱いでベッドに潜りこんだ。彼の部屋はロンドンから呼んだデザイナーの手で男性的に内装されていた。大きなベッドに彫られた模様はケープタウンの名工の手によるものである。部屋のすみには古いスペイン製のチェストが置いてあり、部屋に二つある巨大な衣装室には五十着以上のスーツと三十足以上の靴が置いてある。ジェミーは衣服などに関心はなかったが、いつでも着られるようそこにあるのが彼にとっては重要だった。どちらかと言うと彼はボロをまとっていたほうが気が楽だった。これまでの人生の大部分がそういった格好だったのだから。

うとうとしはじめたとき、泣き声を聞いたような気がした。ジェミーは半身を起こし、耳をすませた。何も聞こえなかった。例の赤ん坊か？　ベビーベッドから落っこちでもしたら大変だ。家政婦の眠りが深いことをジェミーは知っている。彼の家の中で赤ん坊に何かあったら厄介なことになる。責任は当然ジェミーに押しつけられる。

〈あのクソ女め！〉

ジェミーはローブをはおり、スリッパをつっかけ、長い廊下を渡ってターレイ夫人の部屋へ急いだ。夫人の部屋のドアに耳をあててみたが、何も聞こえなかった。ジェミーはドアをそっと押し開けた。案の定ターレイ夫人は毛布にくるまりグーグーいびきをかいて眠っていた。ジェミーはベビーベッドに歩み寄った。赤ん坊はあおむけになり、目をまん丸にして宙を見つめていた。ジェミーは身を乗り出して、近くから赤ん坊をのぞいた。うり二つだった。口元もあごの形も。ジェミーそのものではないか。目は青かったが、生まれたての赤ん坊は青い目をしているものなのだ。この子の目はいずれ灰色になる、とその様子から判断できた。赤ん坊はちっちゃな手を上下させて、キャッキャッと奇声を発しながらジェミーに笑いかけた。

〈なかなか勇敢なヤツだ〉

それがジェミーの第一印象だった。

〈こんなところで寝かされているのに、むずかりもせず、ひとりで機嫌よくしている。普通の子ならギャーギャー泣きわめくだろうに〉

ジェミーはさらに顔を近づけて見た。

〈こいつはマクレガーだ、間違いない〉

彼はおずおずと人差し指を差し出してみた。赤ん坊はその指を両手で握った。

〈こいつは雄牛みたいに強いぞ〉

ジェミーがそう思ったとき、赤ん坊の表情が変わり、顔がゆがんだ。酸っぱいにおいがジェミーの鼻をついた。

「ターレイ夫人!」

家政婦は跳び起きると、何ごとかと辺りをきょろきょろ見まわした。

「なに——なにごとでしょうか?」

「赤ん坊の世話をしてもらいたい。何もかもおれにやらせるのかね、この家は」

ジェミーはそう言い捨てると、そそくさと部屋を出ていった。

「デビッド、おまえ赤ん坊に詳しいか?」

主人に問われて、ブラックウェル少年は答えた。

「赤ん坊のどんな方面についてですか?」

「たとえば、赤ん坊が好きなおもちゃとか、そういうことだ」

若いアメリカ人は答えた。

「まだ乳飲み子のときはガラガラなんかがいいと思います、ミスター・マクレガー」

「それを十個ほど買ってきてくれ」

「かしこまりました」

ブラックウェル少年は決して余計な質問はしない。ジェミーは彼のそんなところが好きだった。若いアメリカ人は出世階段を昇りつつあった。

その夜、ジェミーは茶色い包みをかかえて帰宅した。ターレイ夫人が彼を迎えて言った。

「昨晩はすみませんでした、ミスター・マクレガー。ついうっかり眠りこけてしまいまして。

赤ちゃんは相当大きな声で泣き叫んだみたいですね。旦那さまの耳に届いたくらいですから。ご迷惑をおかけしました」

「気にしなくていい」

ジェミーはあっさりしていた。

「誰かが気がつけばそれでいいんだ」

ジェミーは包みを家政婦に渡した。

「これをあいつにあげてくれ。ガラガラだ。囚人みたいに一日中ベッドに閉じ込められていたんでは退屈だろうから」

「あの子は囚人なんかじゃありませんよ。わたしがときどき外へ連れ出していますから」

「連れ出すって、どこへ?」

「お庭にですけど。あそこならわたしの目が届きますからね」

ジェミーは顔をしかめた。

「昨晩はあの子、元気がなかったな」

「元気がなかったんですか?」

「うん。顔色が悪かった。母親が引き取りに来る前に病気にでもなられたら困るな」

「そ、それはそうですね」

「もう一度見ておいたほうがよさそうだな」

「そうなさいまし。では、ここへ連れてきましょうか?」

「そうしてくれたまえ、ターレイ夫人」

「はい、ではすぐ」
二、三分すると、夫人が小さなジェミーを抱きかかえて戻ってきた。赤ん坊は、青色のガラガラを握りしめていた。夫人は言った。
「顔色は悪くありませんけど」

「すると、おれの勘違いかな。どれどれ、ちょっとおれに抱かせてみてくれ」

夫人は赤ちゃんを大事そうに手渡した。ジェミーにとっては初めて抱くわが子だった。そのとき彼の体を貫いた感触は驚きの一言だった。まるでこの瞬間を待ち望んでいたような、この瞬間のためにこれまでの人生があったような、そんな不思議な感動が彼を包んだ。いま彼がその腕に抱いているのは、自分の血であり肉である、わが息子ジェミー・マクレガー・ジュニアだ。もし後を継ぐ者がいないなら、大帝国を打ちたてることになんの意義があろう。ダイヤモンドやカネをいくらためても、鉄道網をどれだけ増やしても、後継ぎがいないなら無駄働きではないか。

〈おれはなんてバカだったんだ〉

自分の人生のなかで大切なものが欠けていたのを、彼はこのときになって初めて悟った。今までは憎しみのあまり、ものが見通せなくなっていた。無邪気に笑うちっちゃな顔を見つめているうちに、ジェミーの心の奥底に固まっていた頑固なしこりはみるみる溶けていった。

「この子のベッドをおれの寝室に移してくれないか、ターレイ夫人」


それから三日後、マーガレットがジェミーの屋敷の玄関に現れた。ターレイ夫人が応対した。

「マクレガーさまは会社に行かれました、ミス・ヴァンダミヤ。でも、あなたが赤ちゃんを引き取りに来たとき、呼ぶように言われています。旦那さまはあなたとお話がしたいそうです」

マーガレットは小さなジェミーを抱き、居間でジェミーが来るのを待っていた。赤ちゃんと離れていたこの一週間というもの、彼女は本当に寂しかった。決心が鈍り、クリップドリフトへ舞い戻ろうとしたことが何度あったろう。赤ちゃんに何かありはしないか、病気にでもなっていないか、事故に遭ったりしていないか、心配で心配でいてもたってもいられなかった。だが、意志を強く持ってそういう自分を抑えたから、計画はうまくいった。ジェミーが話し合いたいと言っている！　すべてが順調だ。これでやっと、親子三人が一緒になれる。

ジェミーが居間に現れた瞬間、マーガレットの胸にあの懐かしい感情がよみがえった。

〈ああ神さま、わたしはこの人をまだこんなにも愛しているんだわ〉

「やあ、こんにちは、マギー」

マーガレットは幸せそうな温かい笑みを返した。

「こんにちは、ジェミー」

「おれは息子が欲しい」

彼女の胸は躍った。

「あなたが息子を欲しいと思うのは当然だわ、ジェミー。そうあって欲しいと、わたし前から思っていましたもの」

「おれが責任を持って育てる。おれならいろんなことがしてあげられるし、こいつにとってもそのほうがいいだろう。もちろん、おまえの世話も充分にする」

マーガレットは困惑した表情でジェミーを見た。

「わたし――どういうことかわかりませんけど」

「おれは息子が欲しいって言ったはずだ」

「ということは――あなたとわたしが――」

「違う違う、おれが欲しいのは息子だけだ」

マーガレットは急に腹が立ってきた。

「そういうことなの。わかったわ。だったら、赤ちゃんは絶対に渡しません」

ジェミーは彼女の反応を見ていた。

「よし。では妥協案を話し合おうじゃないか。おまえはジェミーと一緒にこの家にいていい。ただし、家政婦としてだ」

ジェミーは相手の様子をうかがった。

「それでどうだ?」

「わたしはこの子に姓を与えてやりたいの」

マーガレットには、結婚以外に妥協策などありえなかった。

「この子の父親の姓をね」

「わかった。だったら養子にしよう」

マーガレットは軽蔑した目でジェミーを見つめた。

「わたしの赤ちゃんを養子にするですって? お断りだわ。あなたには気の毒だけど、子どもは渡しません。大金持ちの権力者、偉大なジェミー・マクレガーに後継ぎはいないわけね。かわいそうな人」

マーガレットは立ち上がると、息子を抱いてさっさと屋敷から出ていってしまった。ジェミーも立ち上がって、彼女の後ろ姿を見送った。

次の朝、マーガレットは米国行きの準備を始めた。

「逃げても問題は解決しませんよ」

オーエンス夫人は、思いとどまらせようとマーガレットを説得した。

「逃げ出すわけじゃありません。わたしとこの子のために、生まれ変われるような場所が欲しいんです。わがままを言って申し訳ありません」

彼女は、ジェミー・マクレガーが提案した屈辱的な条件に従うつもりなど毛頭なかった。

「では、いつ出発なさるの？」

「できるだけ早くです。ここからウースターまで馬車で行き、そこから列車でケープタウンに向かいます。おかげさまで貯金もたまりましたから、ニューヨークまでの船賃は払えます」

「ずいぶん遠くまで行くのね。それは大変」

世話になったオーエンス夫人には申し訳ないが、子どものためを思っての決断だった。

「行くだけの価値はあるはずです。アメリカはチャンスの国だってみんなが言うじゃないですか。父親のいない息子にはそのチャンスが必要なんです」


どんな状況下でも自分を失わず、冷静で、決して感情的にならないのがジェミーの自慢だった。ところが、今の彼は目に入る者だれかれなく怒鳴り散らし、毒づく始末だった。そのため、彼の事務所内は大騒ぎになっていた。誰がどうなだめてもジェミーの機嫌は直らなかった。彼は自分を抑えることができずに、どんなことにも大声でケチをつけていた。それにもう三日三晩ほとんど寝ていなかった。そのあいだ、彼は、あの日マーガレットと交わした会話を頭の中で何度も何度もくり返していた。

〈あのバカ女め！〉

　結婚話を持ち出してくるなんて、こちらもその時のための作戦を練っておくべきだった。ズル賢い女だ。父親にそっくりだ。

〈あんな話になったのはおれのドジだった〉

　彼女には世話をしてやると言ったが、どんな世話なのか具体的に提示しなかったのがいけなかったのかもしれない。金額を提示すべきだった。千ポンドではどうだろう——いや、一万ポンドくらいは——いやいや、それ以上でなくては。

「ちょっと難しい仕事を頼みたいんだ」

　ジェミーはブラックウェル少年を呼んで言った。

「はい、なんでしょう、社長？」

「ヴァンダミヤさんのところへ行って、直接話してきてほしい。ジェミー・マクレガーが二万ポンドあげたいと。それでおれが何を欲しがっているのか彼女はわかっているから、その件は言わなくていい」

　ジェミーはその場で小切手を書いた。人は誰でも現金に弱いことを彼は経験から知っていた。

「これを彼女に渡してくれ」

「かしこまりました」

デビッド・ブラックウェル少年は速足で立ち去った。

十五分後に戻ってきたブラックウェル少年は、小切手を雇い主の手に戻した。小切手は真っ二つに引き裂かれていた。ジェミーは自分の顔が赤く染まるのがわかった。

「ご苦労だった、デビッド。もう下がってよい」

マーガレットのやつ、もっと欲しくてゴネているな。いいだろう、欲しいだけやろうじゃないか。だが、今度は自分で行って渡そう。

その日の夕方、ジェミーはオーエンス夫人の下宿屋まで足を運んだ。

「ヴァンダミヤ嬢に会いたいんですが」

ジェミーが切り出すと、オーエンス夫人は顔をしかめて答えた。

「それは無理ですね。マーガレットさんはアメリカに向かって発ちましたから」

ジェミーはみぞおちにドスンと一発くらった感じだった。

「そんなバカな！　いつ出発したんですか？」

「あの人は赤ちゃんを連れて、午後の馬車でウースターへ向かいましたけど」

ウースター駅に停車中の列車は、座席も通路もケープタウンへ向かう乗客でいっぱいだった。乗客たちのしゃべり声がやかましかった。商人たちとその連れのかみさんたち、セールスマンに、採掘者たちに、インド人、任務に戻る途中の兵士や水兵たち。乗客のほとんどが汽車に乗るのは初めてだったので、車内にはお祭り気分がみなぎっていた。マーガレットは幸い窓際の席が取れていた。ここなら赤ちゃんが混雑につぶされないで済むだろう。彼女は赤ん坊をしっかり抱き、周囲のことは気にせず、これから始まる自由の国での新生活に思いをはせていた。アメリカに行ったからといって、楽に暮らせるわけではないだろう。どんな世界へ行っても、彼女は社会の規範に背いた未婚の母なのである。でもなんとかして、息子には人並みのチャンスを与えてやりたい。車掌の号令が聞こえてきた。

「全員乗車！」

マーガレットが顔を上げると、目の前にジェミーが立っていた。

「荷物をまとめろ」

彼は命令口調で言った。

「汽車から降りるんだ」

〈この人はまだわたしを買えると思っているんだわ〉

マーガレットは皮肉たっぷりに応じた。

「今度はいくら用意してくれたの？」

ジェミーは、マーガレットの腕の中ですやすや眠るわが子を見下ろした。

「結婚を申し込みたい」

# 第九章

二人は三日後に内輪だけの簡素な結婚式をあげた。同席したのはデビッド・ブラックウェル少年ただひとりだった。ジェミーは内心忸怩《じくじ》たる思いで式に臨んでいた。他人を支配し操ることで事業に成功してきた自分なのに、今回だけは完全に操られる羽目になってしまった。ジェミーは隣に立つマーガレットをちらりと見た。美人だと言えなくもない。出会ったころの彼女との絡みが脳裏をよぎる。が、それは単なる記憶であって、情熱も感情もよみがえらない。彼は確かにマーガレットを復讐の道具として使ったわけだが、事態は思わぬ方向に展開した。彼の後継ぎが生まれたのだ。

牧師が語っていた。

「あなたがたお二人を夫婦であると宣言いたします。では、花婿は花嫁にキスを」

ジェミーは少しかがんでマーガレットのほほに唇を当てた。

「さあ、家へ帰ろう」

ジェミーは花嫁を急かした。家で待っている息子を早く抱きたかった。

屋敷に着くとジェミーはマーガレットを左翼棟にある寝室に案内した。彼の寝室は右翼棟にあった。

「これがきみの寝室だ」

「わかりました」

「ターレイ夫人はおれの世話で手いっぱいだから、きみには誰か別の人を雇うことにする。何か欲しいものがあったらデビッド・ブラックウェルに頼みなさい」

彼の他人行儀な態度にマーガレットは一発殴られたような気分だった。

〈この人はわたしを召使のように扱っている。でも、いいの。息子がマクレガーを名乗れるなら。わたしにはそれで充分〉

その夜、ジェミーは夕食の時間になっても戻ってこなかった。待ちきれなくなってマーガレットはひとりで夕食をとった。ベッドに入ってからも、家の中でする物音に耳を傾けて寝つけなかった。午前四時になってようやくうとうとしだした。

〈あの人はマダム・アグネスの館のどの女の子を選んだのかしら?〉

悩みもいらいらも、眠りに落ちると同時に消えてなくなった。

マーガレットとジェミーの冷たい関係は結婚後も変わらなかった。が、彼女と町の人たちとの関係は昆虫の変態ほどに奇跡的な変化をとげていた。彼女は一夜にして地域社会ののけ者からクリップドリフトの社交界の花形に祭り上げられていた。町民の大多数は直接にせよ間接的にせよ生活の糧をジェミーとクルーガー・ブレント社に頼っていた。だから、ジェミー・マクレガーがマーガレット・ヴァンダミヤを受け入れたのなら、町の人たちも彼女を受け入れるのが自然の成り行きだった。今では、マーガレットがちっちゃなジェミーを散歩に連れ出すと、どの道を歩いても笑顔と褒め言葉が待っていた。招待状も舞い込むようになった。お茶会に、チャリティーの昼食会に、夕食会。委員会の議長職を打診されたこともあった。彼女が髪型を変えると、それを真似する女たちが何人も現れた。彼女が黄色いドレスを買ったときは、黄色い服が流行りだした。このようなへつらいを、マーガレットは、敵意を向けられていた当時と同じ態度、〝無言の威厳〟でしりぞけていた。

ジェミーが家に戻ってくるのは、もっぱら息子と時間を過ごすためだった。マーガレットに対する態度は慇懃《いんぎん》で他人行儀だった。彼女は、使用人たちに仮面夫婦だと思われたくなかったから、毎朝朝食のテーブルで、冷たい男を前にして幸せな妻を演じなければならなかった。だが、ジェミーがいなくなると逃げるように自室に閉じこもり、冷や汗でびっしょり濡れている自分を嫌悪する。

〈わたしのプライドはどこへ行ってしまったの?〉

このような屈辱に耐えられるのも彼をまだ愛していればこそだと、マーガレットは自分に言い聞かせた。

〈神さま、どうか、わたしをお助けください〉

クルーガー・ブレント社の拡大はつづき、それにつれてジェミーも出張が多くなっていた。カナダでは製紙工場を買収し、オーストラリアでは造船所を買収した。家にいるときのジェミーは、日増しに自分に似てくる息子と共に過ごすことが多かった。息子はジェミーにとってかけがえのない誇りだった。長期間出張するときは息子を連れて行きたかったが、マーガレットがそれを許さなかった。

「旅行するにはまだ小さすぎるわ。もっと大きくなってからにしてください。そんなにあの子と一緒にいたいなら、できるだけうちにいるようにすれば——」

ジェミーがそのことを忘れているあいだに息子は最初の誕生日を迎え、やがて二度目の誕生日を迎えていた。まさに光陰矢のごとしだった。時は一八八七年になっていた。マーガレットにとっては長い二年間だった。週に一度ジェミーは客を夕食会に招待する。そのたびにマーガレットは優雅なもてなし役を演じなければならなかった。機知に富んでいて頭のいいマーガレットは話も上手だったから、彼女に魅せられる男たちもいたが、ちょっかいを出すような者はいなかった。なにしろ彼女は偉大なジェミー・マクレガーの正妻なのだから。

招待客が帰ってしまうと、マーガレットは判で押したように夫に尋ねる。

「こんなもんでよかったかしら?」

ジェミーの答えもいつも決まっていた。

「まあまあだ。じゃあ、おやすみ」

そう言って彼は息子のところへ行ってしまう。数分後には玄関の閉まる音が聞こえてくる。彼がマダム・アグネスの館へ出かけた合図である。

来る夜も来る夜もマーガレットはベッドにひとり寝しながら自分の境遇について考える。町の女性たちからうらやましがられる立場にいるのがかえって悔しかった。実生活のなかでうらやましがられるようなことは何ひとつなかったからだ。自分を見知らぬ他人以下に扱う夫との共同生活は耐えるのがやっとだった。夫がこちらを向いてくれさえすれば、彼女の気持ちもどれほど和らいだろう。

〈あいつがスコットランドから取り寄せているオートミールのボウルを朝食の席であのバカ面にぶっかけてやったらどれだけすっきりするでしょう〉

そのときのジェミーの表情を思い浮かべて彼女は笑い出した。だが、笑いはやがてすすり泣きに変わった。

〈あの人を愛するなんてもういや！　こんな生活は早くやめなくちゃ！　わたしがぼろぼろになる前に〉

一八九〇年、クリップドリフトの発展はジェミーの予想のはるか上を行っていた。彼がここに住んで七年になるが、そのあいだに世界中から採掘者たちが流れ込んできて、町は時流に乗った活気あふれる都会に成長していた。だが、この町の伝説は今もくり返されている。採掘者たちは乗合馬車や貸し切り馬車でやって来る。徒歩で来る者もいる。ほとんどの者は着ているボロ以外に何も持っていない。だから、食糧や装備や宿泊所や当座のカネがすぐ必要になる。それらを供給してやるのがジェミーのおいしい商売だった。こうして得たダイヤモンド鉱床や金鉱の権利は十指に余った。彼の名声は高まる一方だった。ある朝、キンバリーの巨大なダイヤモンド鉱床を支配する企業集団、デビアス社の代理人の訪問を受けた。

「どんなご用件ですか？」

ジェミーの質問に代理人は答えた。

「デビアス社はおたくの会社を買収したいと思っています。わたしはその件で派遣されて来ました。いくらならお売りになるのか、そちらの希望額を聞かせてください」

会社を売るつもりなどさらさらないジェミーだったが、悪い気はしなかった。デビアス社が彼の会社にどんな値段をつけるのか、聞いてみたかった。

「まず、おたくの希望額から聞きましょう」


デビッド・ブラックウェルはますます重要な人材になっていた。この若いアメリカ人のなかにジェミーは若い日の自分を見いだしていた。少年は正直で、頭がよくて、しかも忠実だった。ジェミーは彼を秘書にとりたて、やがて自分の助手に昇格させ、少年が二十一歳になると会社の総支配人の地位につけた。

デビッドにとってジェミー・マクレガーは父親代わりだった。デビッドの実父が心臓発作で倒れたとき、病院を手配してくれ、治療代を払ってくれたのはジェミーだった。そして父親が死んだとき、葬儀の手配をしてくれたのもジェミーだった。クルーガー・ブレント社で五年間働いているうちにデビッドは世界中の誰よりもジェミーを崇拝するようになっていた。ジェミーとマーガレットのあいだがぎくしゃくしていることは知っていたが、そのことは残念と言うしかなかった。デビッドは二人とも大好きだった。だから自分にはこう言い聞かせていた。〈ぼくには関係のないことだ。ぼくの仕事は社長のお役に立つことだから〉

ジェミーが息子と過ごす時間はますます長くなっていた。少年が五歳になったとき、初めて鉱床に連れて行った。よっぽど印象深かったのか、少年はそのときの話を一週間もくり返していた。

父子はときどき大自然のなかでキャンプを張り、星空の下で眠った。スコットランドの夜空の星座に詳しかったジェミーは南アフリカの空を見上げてすっかり面喰らってしまった。一月にカノープスが頭上で輝いていたかと思うと、五月には南十字星が天頂に来ている。六月の南アフリカは冬なのにさそり座が燦然《さんぜん》と輝いている。南アフリカの夜空は紛らわしかったが、暖かい地面に横になり、息子と並んで悠久の空を見上げ、自分たちも同じ永遠の一部であると感じるのは格別の感慨だった。

二人は夜明けに起きて食料を確保するための猟に出かけた。獲物はうずら、ほろほろ鳥、小型のアンテロープだった。息子のジェミーは自分の仔馬を持っていた。父子は二頭並んで、オオアリクイが掘った穴に落ちないように気をつけながら草原を進んだ。オオアリクイが掘った穴の深さは二メートル近くもあり、人馬ともにのみ込むだけの大きさがあった。

草原は危険でいっぱいだった。ある旅行でジェミーは息子とともに川辺でキャンプを張ったことがあった。そのときは移動するアンテロープの大群にあやうく踏み殺されるところだった。最初に見えた危険の兆候は、地平線に上がったかすかな砂煙だった。飛び出してきた野うさぎやジャッカルやミーアキャットが目の前を死にもの狂いで走り去って行った。大きなへびも藪から這い出してきて隠れ場所を探していた。ジェミーはもう一度地平線に目をやった。砂煙はどんどんこちらに近づいていた。

「逃げよう」

「でもぼくたちのテントが――」

「ほっとけ！」

二人は大あわてで馬にまたがり、土手のてっぺんに駆け上がった。蹄《ひづめ》の音が近くから聞こえ、アンテロープの最初の列が見えてきた。集団の長さは五キロもあった。五十万頭はいそうな集団はあらゆるものをなぎ倒して進んだ。樹木は倒され、低木は踏み散らされた。大気は砂煙に包まれ、雷鳴のような地響きに揺すられ、集団が遠ざかって行くまでに三時間以上もかかった。情け容赦のない潮が引いたあとには、あらゆる小動物の死骸が転がっていた。

ジェミー少年が六歳の誕生日を迎えたとき、父親が言った。

「来週おまえをケープタウンへ連れて行って、本物の都会がどんなところか見せてやる」

「お母さんも一緒に行っていい？　お母さんは狩りは嫌いだけど街を見るのは大好きだから」

父親は少年の髪の毛をくしゃくしゃ撫でて言った。

「母さんは家で忙しいから、男二人だけで出かけよう、どうだ?」

父親と母親の仲が悪いことに少年は心を痛めていた。だが、事情を理解するにはまだ小さすぎた。


父子はジェミーの専用列車で出かけた。一八九一年、鉄道は輸送手段の花形だった。安価なうえに、速くて、かつ手軽だった。ジェミーが自分用に特注した専用列車は二十一メートルの長さがあり、四つの部屋に仕切られていて十二人を乗せることができた。オフィスとして使えるサロンと、食堂と、完全装備のキッチンがあった。

「ほかの乗客はみんなどこにいるの?」

ジェミー少年に尋ねられて父親は笑った。

「乗客はおれたち二人だけさ。これはおまえ専用の列車なんだ」

車中のジェミー少年は窓の外の過ぎゆく景色に見とれっぱなしだった。

「ここは神さまが作ってくれた土地なんだ」

ジェミーは息子に語って聞かせた。

「神さまは地面の下に天然資源をいっぱい埋めておいてくれたんだ。今まで見つかった分はほんの始まりで、これからもどんどん見つかるぞ」

ケープタウンに着いて、ジェミー少年は大きなビル群とその下を歩く人の多さにまずびっくりした。父親は息子をマクレガー商船本社に連れて行き、荷物の積み下ろし中の六隻の商船を指さした。

「ほら、見えるだろ？　あそこに浮かんでいる船、あれはみんな父さんとおまえのものだ」


クリップドリフトに戻るや、ジェミー少年は、見てきたことを興奮の面持ちで母親に語った。

「パパは街じゅうを所有しているんだぞ」

少年は声を張り上げて話した。

「ママもきっと気に入るよ。この次は一緒に行こうね」

マーガレットは息子を抱きしめて言った。

「そうしましょうね、ダーリン」

ジェミーは幾晩も家を空けることがあった。彼がマダム・アグネスのところに行っているのはマーガレットも知っていた。女の子のひとりを身受けして家を買ってやったとのうわさも聞いていた。真実かどうか調べるすべはなかったが、女の子が誰にせよ、マーガレットはその女を殺してやりたいと思うだけだった。

自分の精神衛生のため、マーガレットは町の行事に積極的に参加するようにした。新しい教会を建てるための基金を立ち上げたり、困窮した採掘者の家族を救済するための福祉活動を始めたりした。それからジェミーには、お金も希望もなくした採掘者たちを彼の列車のひとつを使って無料でケープタウンに送り届けてほしいと頼みこんだ。

「おまえはおれにカネをドブに捨てろと言うのか?」

ジェミーは吠えた。

「歩いて帰らせればいい。どうせ歩いてきた連中なんだから」

「あの人たちは歩けるような状態じゃないわ」

マーガレットは引き下がらなかった。

「それに、あの人たちを町にとどまらせておけば、被服費も食費も町が負担しなければならないのよ」

「わかったよ」

ジェミーはぶつくさ言いながら折れた。

「でも、こんなことはバカがやることだからな」

「でも、ありがとう、ジェミー」

うれしそうに引き揚げていく妻を見送るジェミーは、自分の発言とは裏腹に、彼女の善行を誇りに思わずにはいられなかった。

〈ほかの男と結婚していたら、さぞかし素晴らしい女房になっただろうに〉


ジェミーが身受けして家を買ってやった女とは、マダム・アグネスの館でマーガレットの隣に座っていたあの可愛らしい金髪の娼婦だった。二人とも名前がマギーだなんて変な皮肉だなとジェミー自身は思っていた。名前以外に二人に共通点はまったくなかった。こちらのマギーは二十一歳の若さで、小生意気な顔にはちきれそうな体をしていた——ベッドでは女豹さながらだった。彼女を身受けしたとき、ジェミーはマダム・アグネスには充分に謝礼し、マギーには月々気前のいい手当てを与えてきた。彼女の家を訪れるときは人に見られないように細心の注意をはらってきた。行くのはたいがい夜遅くだったし、誰にも見られていないという自信はあった。が、実際は何人もの人に目撃されていた。しかし、そのことで騒ぎ立てる者はひとりもいなかった。なにしろ、ここはジェミー・マクレガーの町なのである。

その夜にかぎりジェミーは仕事がうまくいかず不機嫌だった。彼女の家を訪れたのは快楽をむさぼって気分を変えたかったからだ。しかし、なぜかマギーの機嫌も悪かった。大きなベッドにながながと寝そべる彼女はピンクのガウンから乳房をはだけさせ、股間の黄金の三角地帯も丸出しにしていた。

「こんな家に一日中閉じ込められていて、わたし病気になっちゃう」

彼女は口をとがらせて不平を言った。

「これじゃまるで奴隷みたいじゃない。マダム・アグネスのところにいたときはいろんなことがあって楽しかったわ。あなたが出張するときはわたしも連れてってよ」

「そのことは前にも説明したはずだぞ、マギー。そうはいかないんだ――」

彼女はベッドから跳びはねるようにして起き、派手なガウンの前を開けたままジェミーの前に仁王立ちになった。

「そんな説明、もう聞き飽きたわよ。あなたはどこへ出かけるときでも息子は連れて行くくせに、わたしはだめだっていうの？」

「だめだ」

ジェミーの穏やかな声はかえって危険をはらんでいた。

「おまえは連れて行けない」

ジェミーはバーへ行き、四杯目のブランデーを注いだ。いつもよりもはるかに多い量だった。

「わたしなんて何の価値もないということ？」

マギーはケンカ腰だった。

「体だけ利用したいのね」

彼女は顔をしゃくりあげ、軽蔑の表情で笑った。

「お偉い道徳家のスコッチマン」

「〝スコッチマン〟じゃなくて〝スコット〟だ」

「わたしのあげ足を取るのやめてくれる？　ああしろこうしろっていつもうるさいんだから。自分は何さまのつもりなの？　わたしのあの嫌味な親父になったつもり？」

　ジェミーの我慢もそこまでだった。

「おまえは明日マダム・アグネスのところへ戻れ。マダムにはおれから話しておく」

　ジェミーは帽子を取り上げると出口へ向かった。

「わたしをそんなふうに捨てようったって、そうはさせないわよ。このろくでなし！」

　マギーは怒りをたぎらせて出口まで追いすがった。ジェミーはドアのところで立ち止まった。

「おれたちはもう終わりだ」

　そう言い捨てて、彼は暗い外へ出ていった。

　ジェミーは自分の足がふらついているのに気づいて驚いた。足だけでなく、頭もふらついていた。ブランデーを四杯以上飲んだせいだろう、その飲んだ量さえはっきり覚えていなかった。脳裏から消えないのは、さっきベッドに横たわっていた裸のマギーの艶っぽさだった。

〈マギーのやつ、あのやわらかい舌でおれの体を上から下まで舐めまわして、さあ、というときにケンカなんかふっかけやがって〉

ジェミーは欲情をくすぶらせながら歩きつづけた。

家に着くと彼は玄関ホールから自分の部屋へ向かい、途中マーガレットの部屋の前を通り過ぎた。ドアは閉まっていたが、下の隙間から明かりがもれていた。まだ寝入っていないらしかった。急にジェミーは、すけすけのナイトガウンを着たマーガレットの寝姿を思い浮かべた。いいや、素っ裸で寝ているのかもしれない。バオバブの木の下で彼の下になり身もだえしたマーガレットのふくよかな体が思い出された。酔った勢いも手伝って、ジェミーはドアを開け、マーガレットの部屋に入っていった。

彼女は石油ランプを灯して本を読んでいたが、びっくりして顔を上げた。

「ジェミー！ ……何かあったの？」

「自分の女房の部屋に来て悪いことはないだろう？」

ろれつの回らない話し方だった。

彼女は薄いナイトガウンを着ていたので、ふくよかな乳房の盛り上がっているのが布の上からでもはっきり見えた。

〈なかなかいい体してるじゃないか！〉

ジェミーは服を脱ぎはじめた。

マーガレットは目をまん丸にしてベッドから跳び起きた。

「何をするの？」

ジェミーは後ろ足でドアを閉め、マーガレットに近寄った。やおら彼女をベッドに押し倒すと、その上に覆いかぶさった。

「ああ、マギー、おまえが欲しい！」

ジェミーはどっちのマギーを抱いているのかわからなくなっていた。泥酔による錯乱だった。マーガレットは力のかぎり抵抗した。それがかえってジェミーの欲情の火に油を注ぐことになった。彼は笑いながら、もがき暴れるマーガレットの腕や脚を押さえつけた。突然、マーガレットはあらがうのをやめ、体を開いてジェミーを抱きしめた。

「ああ、ジェミー。わたしのジェミー。もう離さないわ！」

そのときジェミーはこう思っていた。

〈意地悪して悪かった。明日の朝になったらすぐ、マダム・アグネスのところに戻らなくていいよ、って言ってやるからな〉

次の日の朝、目を覚ましたマーガレットはベッドの中でひとりだった。それでもまだ自分のなかにジェミーの力強い男性の体を感じることができた。彼は「マギー、おまえが欲しい」と言ってくれた。彼女はそれだけでうれしかった。例えようのない勝利の快感だった。これまで自分がしてきたことは間違いではなかった。あの人はまだわたしを愛してくれていたんだわ。孤独と屈辱と苦悩の長い月日を耐えしのんできた甲斐があった。

その日マーガレットは、一日中有頂天だった。入浴して、髪の毛を洗い、服を着るときはどれが一番ジェミーに気に入ってもらえるかと十回も試着をくり返すありさまだった。ジェミーの好物料理を自分で作ってやろうと思い、コックも休ませた。ダイニングルームのテーブルの上のセットにはとりわけこだわった。キャンドルや花の位置をあっちにしたりこっちにしたり、満足いくまで動かした。彼女としては今夜こそ特別な夜にしたかった。

だがジェミーは夕食の時間になっても帰宅しなかった。のみならず、一晩中帰ってこなかった。マーガレットは書斎で彼を待ちつづけた。三時になっても戻らなかったので、とうとうあきらめてひとりでベッドに入った。

次の日の夜に帰宅したジェミーはマーガレットを見ると、ていねいにうなずいただけで、そのまま息子の部屋へ行ってしまった。マーガレットはあぜんとして彼の後ろ姿を見送った。それから、ゆっくり振り返り、自分の顔を鏡に映してみた。鏡は、今のおまえが一番美しいと語ってくれていた。だが、もっと近づいてみると、目が変だった。自分の目とは思えない表情がそこに映っていた。

# 第十章

「うれしいニュースですよ、マクレガー夫人」

ティーガー医師は目を輝かせて報告した。

「赤ちゃんが生まれます」

マーガレットにはショッキングな知らせだった。笑っていいのか、泣いたらいいのかわからなかった。

〈うれしいニュースですって？　愛のない結婚生活のなかでもう一子もうけるなんてありえないことだわ〉

マーガレットにとってこれ以上の屈辱はなかった。なんとか解決策を見つけなければ、と、そう思ったときだった。急に吐き気がして、全身が汗でびっしょりになった。ティーガー医師は心配そうに尋ねた。

「気分はだいぶ悪いですか？」

「たいしたことありません」

医師は錠剤を彼女に渡した。

「つらいときはこれを飲んでください。だいぶ楽になりますよ。体の状態は申し分ありません、マクレガー夫人。すべて順調です。早く帰って、このうれしい知らせをマクレガーさんに伝えてあげなさい」

「わかりました」

彼女は浮かない声で答えた。

「そうします」


朝食のテーブルで彼女はその知らせを告げた。

「ティーガー先生に診てもらったんだけど、わたしに赤ちゃんが生まれるんですって」

ジェミーは何も言わずにナプキンを床にたたきつけると、椅子から立ち上がり、どかどかと足音もけたたましく部屋を出ていった。その瞬間だった。マーガレットははっきり自覚できた。

この男が憎いと。自分が深く愛した分、よけい憎いと。

つわりがひどく、すぐ疲れるので、マーガレットはベッドで過ごすことが多くなった。横になっているあいだも彼女が考えるのはジェミーと自分の関係についてだった。彼がひざまずいて許しを請い、またあのときみたいに強引に抱きついてくる姿を思い浮かべるとちょっと愉快になる。だが、それはあくまでも希望的空想にすぎず、実際の彼女はとらわれの身だった。出ていこうにも行き場がなく、屋敷を出られたとしても、息子を連れて行くなんてジェミーが許さないに決まっていた。

ジェミーは七歳になり、利口で、ユーモアのセンスのある、ハンサムで活発な少年に成長していた。母親の不幸をそれとなく感じてか、少年はしだいに母親びいきになっていた。学校の工作の時間に母親への贈りものを作り、それを家に持ち帰ると、母親はとても喜んでくれた。マーガレットは息子からのプレゼントを手にして一時的にしろ沈んだ気分から解放され、人生には山も谷もあるのだと自分を納得させることができた。どうしてお父さんは夜ひとりで出かけて、お母さんと一緒に外出しないのか、と息子に聞かれて、マーガレットはいつもこう答える。

「お父さんはとても偉い人なのよ、ジェミー。大切な仕事をしているから、いつも忙しいのよ」

〈この子の父親とわたしのことはあくまでもわたしたち大人二人の問題〉

マーガレットはいつも自分にそう言い聞かせていた。

〈このことでジェミーが父親を憎むようなことがあってはいけない〉

マーガレットのお腹はますます目立ってきた。町を歩くと知り合いが足を止めて話しかけてくる。

「もうそろそろですね、奥さま。ジェミー坊やみたいな元気な男の子だと思いますよ。おたくのご主人も幸せな方ですね」

だがその陰で、みなは言っていた。

「かわいそうにね、あんなにやつれてしまって。夫が囲った愛人の件が耳に入ったのかもね」

マーガレットは息子に心の準備をさせておきたかった。

「あなたに弟か妹ができるのよ。そしたら一緒に遊べるわね。楽しいじゃない？」

ジェミーは母親の胸に顔をうずめて言う。

「そしたらお母さんも寂しくなくなるね」

そんな息子の優しい言葉を聞くたびに、マーガレットはこみあげてくるものを抑えて笑顔をつくる。

陣痛は明け方の四時に始まった。ターレイ夫人が産婆のハンナを呼び、赤ちゃんは正午に生まれた。元気そうな女の子だった。口元は母親似で、あごは父親似。カールした黒い髪がちっちゃな赤い顔の頭部にへばりついていた。マーガレットは赤ん坊をケイトと名付けた。

〈力強くていい名前だわ〉

マーガレットは思った。

〈この子にはきっと力が必要になるときが来る。わたしたちみんなもそう。わたしは子どもたちを連れてここから出ていく。どういうふうに実行するかまだ決めてないけど〉


ジェミーは三日の予定でケープタウンに来ていた。投宿中のロイヤルホテルから出たところで制服姿の黒人御者から声をかけられた。

「馬車はいかがですか、旦那？」

「いらない。歩くから」

「旦那に乗ってもらうとバンダも喜ぶんですがね」

ジェミーの足がぴたりと止まった。彼は御者をまっすぐ見つめた。

「バンダだって？」

「はい、ミスター・マクレガー」

ジェミーは馬車に乗り込んだ。鞭の一振りで馬車は動き出した。ジェミーは座席に反り返り、バンダのことを思った。あの勇気と、困難のなかでつちかった友情。この二年間ジェミーはバンダの行方を捜したが、手掛かりはつかめなかった。だが今、この馬車が親友のもとに連れて行ってくれるという。

馬車は方向を変え、海岸に向けて走り出した。どこへ行こうとしているのかジェミーはすぐにピンときた。十五分後、馬車は廃屋になっている倉庫の前で止まった。ジェミーとバンダがダイヤモンド・ビーチへの冒険旅行を計画した場所だ。

〈なんて向こう見ずな若者だったんだ、おれたちは〉

ジェミーは馬車から飛び降り、倉庫の中へ入っていった。バンダが待ちかねていた。バンダの顔は前とまったく変わらなかった。だが、今日の彼はスーツをおしゃれに着こなし、趣味のいいネクタイを締めていた。二人はにっこりしてしばらくお互いを見つめ合った。それからしっかりと抱き合った。

「景気よさそうじゃないか」

ジェミーの顔から笑みがこぼれていた。バンダはうなずいた。

「ああ、悪くない。前にあんたにも話したとおり農場を買って、嫁さんももらって息子も二人いる。畑では小麦を作っているんだ。ダチョウも飼育しているぞ」

「ダチョウだって?」

「ああ、羽根が高く売れるもんでね」

「おまえの家族にぜひ会いたいな、バンダ」

　ジェミーはスコットランドに残してきた自分の家族のことを思った。どんなに会いたくても、遠く離れているのでそれはかなわない。スコットランドをあとにしてから四年も経つ。

「おまえのことをずっと捜していたんだぞ」

「おれは忙しかったんだよ、ジェミー」

　バンダは一歩ジェミーに近寄った。

「あんたを呼んだのは、どうしても警告しておきたいことがあったからだ。近々、騒ぎが起きるぞ!」

　ジェミーはバンダの様子を観察した。

「なんの騒ぎだい?」

「ダイヤモンド・ビーチにハンス・ジンマーマンという監督がいるだろ。あいつは悪いやつだ。みんなに憎まれている。作業員たちは職場を放棄しようかと話し合っているところだが、実行すれば警備員たちと衝突するだろうから、いずれ暴動になるだろう」

　ジェミーはバンダの顔から視線をそらせなくなった。

「前あんたに話したことがある、ジョン・テンゴ・ジャバブって名前、覚えているかい?」

「ああ、あの社会運動家。最近彼についての記事を読んだばかりだ。派手に活動しているみたいだな」

「おれはその運動の一員なんだ」

　ジェミーはうなずいた。

「なるほど、そういうことか。騒ぎにならないよう、できるだけのことはする」

　ジェミーは約束した。

「そのほうがいい。あんたには権力があるからな、ジェミー。あんたがこんなに出世しておれはうれしいよ」

「ありがとう、バンダ」

「それから、あんたにはハンサムな坊やがいたな、ジェミー?」

　ジェミーは驚きを隠せなかった。

「そんなこと、どうして知っているんだい?」

「友達の様子は気になるもんでね」

　バンダは立ち上がって言った。

「これから会議があるんだ。ダイヤモンド・ビーチの悪条件は改善されるとみんなに伝えておく」

「よろしく。おれが責任を持って実行させる」

　ジェミーは背の高い黒人のあとについて出口まで来た。

「今度またいつ会えるんだい？」

バンダはにっこりした。

「おれはいつでもこのあたりをうろついている。追っぱらおうとしたってそれはできないぜ」

その言葉を最後にバンダはいなくなった。


クリップドリフトに戻るとすぐ、ジェミーはデビッド・ブラックウェルを呼びつけた。

「ダイヤモンド・ビーチで何か問題があったか？」

「いいえ」

デビッドは一瞬ためらってからつづけた。

「でも、騒ぎになるんじゃないかといううわさは聞きましたけど」

「あそこにハンス・ジンマーマンという名の監督がいる。彼が作業員を虐待しているかどうか調査してもらいたい。もし事実なら、それをすぐやめさせろ。きみ自身が行って調べるんだ」

「はい、わかりました。午前中に出発します」


デビッドはダイヤモンド・ビーチに着くと、二時間かけて警備員や作業員から情報を集めた。

ジンマーマンに関する話を聞いただけで虫酸が走った。彼は集めた情報を手にジンマーマンのところに乗り込んだ。

ハンス・ジンマーマンはゴリアテのような大男だった。体重は百二十キロ、身長は二メートル以上ありそうだった。汗ばんだ豚のような顔に、赤く充血した目。こんな醜い男をデビッドは今まで見たことがなかった。だが、同時に彼はクルーガー・ブレント社で最も有能な監督のひとりでもあった。デビッドがオフィスに入っていくと、座っている彼の巨体で部屋が小さく感じられた。

ジンマーマンは立ち上がり、デビッドと握手した。

「会えてうれしいね、ミスター・ブラックウェル。来るなら事前に言ってくれれば――」

彼の来訪のニュースはすでにこの男の耳に届いているはずなのに、とデビッドはまず相手の良識を疑った。

「ウイスキー？」

「いや、けっこう」

ジンマーマンは椅子に反り返り、にやりと笑った。

「なんのご用でしょうか？　ボスはダイヤモンドの発掘量にまだご不満なんですかね？」

ダイヤモンド・ビーチでの生産量が抜群なことは社内のみんなに知れ渡っていた。

「現地人をこれだけこき使えるのはあっし以外にいないでしょう」

ジンマーマンは自分の力量を自慢した。

「ここの労働条件について苦情が来ているんだが」

デビッドが用件を切り出すと、ジンマーマンの顔から笑みが消えた。

「どんな苦情だい？」

「作業員が虐待されているという――」

デビッドが言い終えないうちに、ジンマーマンは勢いよく立ち上がった。大男にしてはびっくりするほどの素早さだった。顔は怒りで真っ赤に染まっていた。

「あいつらは人間じゃねえんだ。黒んぼだ。あんたらはピカピカのオフィスで椅子に座ってケツをあっためてるだけで――」

「わたしの話を聞くんだ」

デビッドは毅然とした態度で言った。

「虐待は――」

「おまえさんこそおれの話を聞け！　会社のなかでダイヤモンドを掘っているのはおれが一番だろ。どうしてだかわかるか？　おれが神の怒りの怖さをあいつらに植えつけているからだ」

「ほかの鉱床では作業員たちに月五十九シリング払っているのに、ここでは五十シリングしか払われていない。おかしいじゃないか？」

「おれがそれだけ会社に貢献しているのに、おまえさんは文句をつけに来たのかい？」

「そういう不公平をマクレガーさんは認めない。作業員の給料をすぐ上げなさい」

ジンマーマンはむっつりして答えた。

「わかったよ。どうせおれのカネじゃねえんだから」

「鞭打ちもずいぶん行われているそうじゃないか」

ジンマーマンは表情を変えずに言った。

「なんてこと言うんだい、おまえさん。見当違いもはなはだしい。第一あいつらの皮膚は分厚くて、鞭で打たれても痛みも感じなければ傷もできねえんだ。鞭打ちは、あいつらを怖がらせるのが目的で――」

「だったら、作業員が三人も死んだのは、鞭打ちが怖くて死んだわけか、ジンマーマン？」

ジンマーマンは肩をすぼめた。

「補充要員はいくらでもいるさ」

〈こいつはケダモノだ。しかも危険なケダモノだ〉

デビッドは大男を見上げた。

「ここでこれ以上何か問題が起きたら、あんたは配置転換になる」

デビッドは立ち上がった。

「作業員を人間として扱うんだ。鞭打ちの罰は今後いっさい禁止する。作業員の宿舎の中も調べてみたが、あれではまるで豚小屋だ。この際、宿舎の清掃も実施すること」

ハンス・ジンマーマンは、爆発しそうになる自分を抑えながらデビッドをにらみつけた。

「ほかに何か?」

大男は怒りに震えて、そう言うのがやっとだった。

「わたしは三か月後にここに戻ってくる。そのときいま命令したことが実行されていない場合は、あんたはどこかよそで就職先を見つけることになる。では、よろしく」

デビッドはくるりと背を向けるとオフィスから出ていった。

ハンス・ジンマーマンは腹わたを煮えくりかえらせながら、その場に立ちつくした。

〈バカ者め!〉

ジンマーマンはこぶしを振って毒づいた。

「よそ者に何がわかる!」

ジンマーマンは南アフリカ生まれの白人、つまりボーア人である。父親もボーア人だった。彼の体にはオランダ人、フランス人、ドイツ人の血が流れる。彼に言わせれば、この南アフリカの大地はボーア人のものなのだ。そのなかに黒人がいるのは神の思し召しで、彼らは白人に仕えるために存在しているのだ。もし神が、彼らが人間として扱われることを望んでいるなら、彼らの皮膚を黒くなどしなかったはずだ。マクレガーなる男はそこのところがわかっていないのだ。所詮、黒人好きの連中に期待できるものなど何もない。ハンス・ジンマーマンは心得ている、これからはちょっぴり気をつけてやればいいのだと。だが、ナミブ砂漠を支配するのは誰なのか、それだけははっきりさせるつもりだった。

デビッド・ブラックウェルがノックもせずにジェミーの部屋に飛び込んできた。ジェミーはびっくりして顔を上げた。

「どうしたんだ?」

「暴動が起きています、ナミブで!」

ジェミーは立ち上がった。

「なんだって? 何が起きたって?」

「黒人の少年がダイヤモンドを盗もうとして捕まったんです。脇の下に穴をあけて、そこに石をひとつ隠して帰ろうとしたらしいんです。ジンマーマンが見せしめに鞭打ちの罰を与えたところ、やりすぎて少年を殺してしまいました。少年はまだ十二歳でしたし——」

ジェミーの顔が怒りで赤く染まった。

「なんてことをしてくれるんだ! 鞭打ち禁止の命令を出したはずだぞ!」

「わたしもジンマーマンに警告しましたが」

「やつをクビにしろ!」

「あの男の姿が見当たらないんです」

「どうしてだ？」

「黒人たちに拉致されました。今はもう手の施しようのない状況です」

ジェミーはフックから帽子を引ったくるなり言った。

「ここにいておれが帰るまで指揮をとっていてくれ」

「社長が行かれたら危険です。ジンマーマンが殺したのはバロロング族の少年なんです。恨みは決して許さないし忘れもしないのがバロロング族ですから。わたしが――」

デビッドが言い終わらないうちに、ジェミーはいなくなっていた。


ダイヤモンド・ビーチの十五キロ手前から、反乱の煙が見えた。あたりの小屋のほとんどが燃えていた。

〈バカ者ども！〉

ジェミーはうなった。

〈あいつらは自分たちの住まいを燃やしている！〉

ジェミーの馬車は現場に近づいた。生々しい銃声や悲鳴が聞こえてきた。大混乱のなかで、制服姿の警察官たちが逃げまどう黒人や混血たちを手当たりしだいに撃ちまくっていた。黒人十人に対して白人ひとりしかいない南アフリカの社会だが、白人には武器というものがあった。

警察署長のバーナード・ソースィーが、ジェミーの姿に気づいて駆け寄ってきた。

「心配いりませんよ、ミスター・マクレガー。あいつらをひとり残らず片付けますから」

「バカを言うな！」

ジェミーは怒鳴った。

「ただちに銃撃をやめさせろ！　今すぐにだ！」

「なんですって？　もしここで――」

「言うとおりにしろ！」

黒人の女性が弾に当たって倒れるのを見て、ジェミーは怒りのあまり気分が悪くなった。

「部下を引き揚げさせろ！」

「わかりました」

署長は副官に銃撃中止を命じた。三分後に銃撃はやんだ。

あたり一帯に死体や動けなくなった者たちが転がっていた。

「わたしの意見を言わせてもらえば、この場合は――」

「おまえの意見など聞きたくない。それよりも、やつらのリーダーを連れてこい！」

二人の警察官が若い黒人をジェミーの立っている前に連れてきた。黒人青年は手錠をはめられ、全身血まみれだった。だが、彼のそぶりにおびえているようなところはまったくなかった。背筋をぴんと伸ばして立ち、燃えるような目でジェミーをにらみつけていた。ジェミーは、いつかバンダが言っていたバンツー族の誇り〝イシコ〟を思い出した。

「わたしはジェミー・マクレガーだ」

ジェミーがまず自分の名を名乗ると、黒人青年は地面にペッとつばを吐いた。

「ここであったことはわたしの本意ではない。わたしとしては、きみたちに償って、ことを丸くおさめたい」

「その言葉はここで殺された男たちの未亡人に言え！」

黒人青年は言葉少なに応じた。

ジェミーは署長のほうを振り向いて言った。

「ハンス・ジンマーマンはどこにいるんだ？」

「捜しているんですが、まだ見つかりません」

黒人青年の目が光った。それを見てジェミーは悟った。ジンマーマンはもう見つからないだろうと。

ジェミーは青年に向かって言った。

「ダイヤモンド・ビーチを三日間閉鎖する。きみの部族の人たちに伝えてほしい。そのあいだにすべての不満をリストにしてわたしに見せてくれ。公正に処理することを約束する。間違ったことはすべて正す」

黒人青年はジェミーの姿をじろじろと見た。青年の顔には白人不信の表情がありありと浮かんでいた。

「監督を入れ替えて、労働条件も改善する。だから、きみたちには三日たったら仕事に戻ってもらいたい」

署長が信じられないといった顔で口を出した。

「こいつを自由にするんですか？　わたしの部下を何人か殺しているんですよ」

「すべては調査のうえで――」

馬の駆ける音が近づいてきた。ジェミーが振り返って見ると、馬の背に乗っていたのはデビッド・ブラックウェルだった。予期せぬ光景に、ジェミーは胸騒ぎをおぼえた。デビッドは馬から飛び降りた。

「社長！　息子さんが行方不明です！」

世界はその場で凍りついた。


クリップドリフトの住民の半数が捜索隊に加わった。町の周辺の森も川辺も谷もくまなく捜索したが、少年の痕跡はどこにもなかった。

ジェミーは取り憑かれた人間のようになっていた。

〈あの子はどこかで道に迷っているだけなんだ。そのうち必ず戻ってくる〉

ジェミーは家に戻ると、マーガレットの寝室へ直行した。彼女はベッドに横になり、赤ん坊に乳を飲ませていた。

「何かわかった?」

マーガレットはすがるように尋ねた。

「まだ何もない、でも必ず見つかる」

ジェミーはそれ以上何も言わず、赤ん坊をちらりと見ただけで部屋から出ていってしまった。

ターレイ夫人がエプロンの下で両手をもみながら部屋に入ってきた。

「心配なさらないで、奥さま。お坊ちゃまはもう年齢が行ってますから、間違った行動はとりませんよ」

マーガレットの目は涙でくもった。

〈あの幼いジェミーに危害を加える人なんているはずないわ〉

ターレイ夫人はかがんで、マーガレットの腕から赤ん坊を抱き上げた。

「少しお休みください、奥さま」

家政婦は赤ん坊を育児室へ連れて行き、ベビーベッドに寝かせた。ケイトは家政婦を見上げて、笑いかけた。

「あなたも少し寝ておきなさい、これから忙しくなりそうだから」

ターレイ夫人はドアを閉め、育児室から出ていった。

夜中に、育児室の窓が音もなく開き、男が部屋に侵入してきた。男はベビーベッドに近寄ると、赤ん坊の顔に毛布をかぶせ、そのまま抱き上げた。

バンダは、侵入してきたときと同じ素早さで窓から出ていった。

ケイトがいなくなっているのに気づいたのは、ターレイ夫人だった。マクレガーさんが夜中に戻ってきて赤ちゃんをどこかへ連れて行ったのかな、と彼女は最初そう考えた。だから、すぐマーガレットの部屋へ行き、こう尋ねた。

「赤ちゃんはどこですの?」

マーガレットの表情を見た瞬間、家政婦は起きたことの重大さを悟った。

息子の行方がわからないまま、さらに一日が経過した。ジェミーは倒れる瀬戸際にいた。デビッドのところへ行って、彼は言った。

「何か悪いことが起きたとは、おまえも思っていないだろう?」

ジェミーの声は裏返っていた。デビッドは確信ありげをよそおった。

「そんなことありえませんよ、社長」

だが、デビッドは逆のことを確信していた。ジェミーには警告したはずだ。恨みを許しも忘れもしないのがバロロング族だと。デビッドはさらに悪いことを確信していた。もし小さなジェミーがバロロングに拉致されたのなら、恐ろしい目に遭わされてから殺されたはずだと。なぜなら、彼らは、目には目をの復讐法に従って生きているのだから。

ジェミーは夜明けに帰宅した。疲労困憊していた。息子がいそうなところを、採掘者や巡査を交えた町の住民を率いて徹夜で捜し回ったが、なんの成果も得られなかった。

デビッドは社長が戻ってくるのを書斎で待機していた。ジェミーの姿を見るなり彼は立ち上がった。

「社長、お嬢さんが誘拐されました」

ジェミーの疲れきった顔がさらに青ざめた。彼は無言でデビッドを見つめていたが、やがてくるりと背を向けると、自分の寝室へ消えていった。

四十八時間寝ていなかったジェミーは、ベッドに倒れこむと、即、眠りに落ちた。

彼はバオバブの大木の下にいた。視界をさえぎるもののない草原の彼方にライオンが一匹現れ、こちらに向かって近づいてくる。息子のジェミーが彼をゆり起こした。

〈〝起きてよ、パパ！　ライオンが来るよ！〟〉

ライオンは速足になっていた。息子は父親をさらに強く揺さぶった。

〈〝起きてよ！〟〉

ジェミーははっとして目を開けた。バンダが目の前に立ち、彼を見下ろしていた。ジェミーが話し出そうとすると、バンダはその手でジェミーの口をふさいだ。

「静かに!」

ジェミーが体を起こすのを、バンダは黙って見ていた。

「息子はどこなんだ?」

「あんたの息子は死んだ」

ジェミーのまわりで部屋がぐるぐると回りだした。

「残念だけど、おれの止めるのが遅すぎた。あんたのところの人間がバンツーの血を流した。だからこちらも同じ仕返しをしたわけだ」

ジェミーは顔を両手にうずめた。

「なんていうことだ! 連中はうちの息子に何をしたんだ?」

バンダの声には底知れぬ悲しみがあった。

「無人の草原に置き去りにされていた。おれが見つけて、埋葬してきた」

「そんな……お願いだ、やめてくれ!」

「おれはあの子を救おうとしたんだ、ジェミー」

ジェミーはバンダの言葉を素直に受け止めて、ゆっくりとうなずいた。それから、沈痛な面持ちで尋ねた。

「娘のほうはどうなんだ?」

「誘拐される前におれが連れ出しておいた。今はもう、自分の部屋に戻ってすやすや眠っているよ。あんたが約束を果たすかぎり、あの子は大丈夫だ」

バンダを見上げるジェミーの顔は、憎しみの仮面になっていた。

「おれは、約束は守る。その代わり、息子を殺した犯人を渡してほしい。そいつらに代償を払わせるんだ」

バンダは静かに答えた。

「そうなると、あんたはおれの部族を皆殺ししなきゃならなくなる」

その言葉を最後に、バンダはいなくなった。


〈これは単なる夢なんだわ〉

そう思うことにしてマーガレットは両目をしっかり閉じたまま開かなかった。もし開いたら、夢は現実になってしまい、子どもたちが死んでしまうことになる。マーガレットは頭の中でゲームをつづけた。このまま目を閉じていれば、そのうち息子のジェミーの手が彼女の手を握り、息子の声が聞こえてくるはずだ。

〈〝ママ、もう大丈夫だよ、みんな戻ってきたから。これで安心だね〟〉

マーガレットは三日間寝たきりで、そのあいだ誰にも会おうとしなかった。ティーガー医師が来て診察していったが、彼女はそのことも覚えていなかった。その日の夜中、マーガレットは目を閉じたまま横になっていた。息子の部屋からガシャンと物の割れる音が聞こえてきた。彼女は目を開いて耳をすました。音はもう一度聞こえた。

〈息子のジェミーが戻ってきたんだわ！〉

マーガレットは急いでベッドから出ると、廊下を走り、息子の部屋の前に立った。閉じられたドアの内側から奇妙な音が聞こえていた。動物のうめき声のようだった。彼女は心臓がドキドキと鳴り、今にも胸が張り裂けそうだった。それから、力をこめてドアを開けた。

夫が床に転げ、のたうちまわっていた。顔も体もゆがんでいた。片目は閉じたままで、開いたほうの目は不気味な光を放ちながら彼女をにらみつけていた。夫は何か言おうとしていたが、口から出るのはよだれと、動物さながらのうめき声だった。

マーガレットは夫に近づいてささやいた。

「ああ、ジェミー……ジェミー」

ティーガー医師は、診察の結果をマーガレットに伝えた。

「悪い知らせになってしまいますが、ご主人はかなりひどい脳出血を患われました。生存の可能性は五分五分です。生きられたとしても、意識は戻らないでしょう。動けなくなった人を世話する私立の療養所がありますから、わたしのほうで手配しましょうか――」

「いいえ、けっこうです」

医師は驚いてマーガレットの顔を見た。

「けっこうですとは、どういうこと――」

「療養所などには入れません。わたしがここで夫の世話をします」

医師はしばらく考えてから言った。

「いいでしょう。でも看護婦がいないと困りますから、わたしのほうで――」

「看護婦もいりません。わたしが自分でジェミーの世話をします」

ティーガー医師は首を横に振った。

「それは無理ですよ、マクレガー夫人。あなたはまだ実態をご存じないからそんなことが言えるんです。ご主人はもはや人間としての機能を失っているんです。全身麻痺なんです。治る可能性もありません」

マーガレットは譲らなかった。

「わたしが夫の世話をします」

ジェミーはとうとう、本当の意味でマーガレットのものになった。

# 第十一章

ジェミー・マクレガーは脳出血で倒れてからちょうど一年間生きながらえた。マーガレットにとっては生涯で一番幸せな一年間になった。ジェミーは完全に無力だった。しゃべることも、動くこともできなかった。マーガレットは、夫が求めそうなことは何でもしてやった。昼も夜もつきっきりで看病に専念した。昼間は夫を車椅子に乗せ、一緒に裁縫室で過ごす。そこでセーターや夫のガウンを編んだりする。そのあいだ絶えず夫に話しかけ、以前は絶対に聞いてもらえなかった家事の相談をもちかけたり、元気なケイトの様子を報告する。夜になると、ジェミーのやせ細った体を抱き上げ、ベッドに優しく寝かせてやり、その横で添い寝する。そのあとは、夫を抱きしめながら自分が眠りに落ちるまで一方通行の会話をつづける。

クルーガー・ブレント社の経営はデビッド・ブラックウェルが引き継いでいた。書類にマーガレットのサインが必要なときは、デビッドが彼女の屋敷を訪問して決裁のサインをもらう。そんなとき、完全に無力状態になった恩人を見るのはデビッドにはとてもつらいことだった。

〈今の自分があるのはこの人のおかげなんだ〉

そう思うたびにデビッドは人生の無常を感じずにはいられなかった。

「あなたの人選は正しかったわよ、ジェミー」

マーガレットはデビッドについて夫に話しかける。

「デビッドは素晴らしい人」

彼女は編み物の手を休めて夫にほほえむ。

「あなたの若いときにちょっと似ているわよ。もちろん、あなたみたいに賢い人はこの世に二人といないわ、ジェミー。これからも出ないでしょう。あなたはものを見る目がとてもフェアで、他人に優しくて、意志の強い人。それに、あなたには夢を追う勇気があったわ。そして、今はあなたの夢が全部実現しているじゃないの」

彼女はふたたび編み物の手を動かして言う。

「ケイトが話しはじめたのよ。今朝も言ったわ、〝ママ〟って。確かにそう聞こえたけど」

ジェミーは車椅子に首をだらんと横にして座り、片目だけ開けて前を見ている。

「あの娘の、目も口もあなた似よ。きっと美人になるわ……」

次の朝、マーガレットが目を覚ますと、隣でジェミーが死んでいた。彼女は夫を強く抱きしめ、しばらくその手を放さなかった。

「安らかにお休みなさい、マイ・ダーリン。わたしはずっとあなたを愛してきたわ、ジェミー。わかってくれたでしょうね。さようなら、愛しい人」

息子と夫に先だたれて、マーガレットは独りぼっちになってしまった。自分と娘だけが取り残された。彼女は育児室に行き、ベビーベッドの中で寝ているケイトを見下ろした。

〈キャサリン、ケイト〉

この名前は〝純粋〟〝透明〟を意味するギリシャ語からきている。聖女や修道女や女王につけられる名前だ。マーガレットは声に出して言った。

「あなたはそのどれになるんでしょうね？」

南アフリカが急発展を遂げている時代だった。同時に、紛争の時代でもあった。ボーア人と英国のあいだでトランスバールの統治権をめぐる紛争が長くつづいていた。それがついに頂点に達した一八九九年十月十二日木曜日、ケイトの誕生日に、英国はボーア人に対して宣戦を布告した。そのわずか三日後にボーア人の『オレンジ自由国』が攻撃された。デビッドはケイトを連れて南アフリカを離れるようマーガレットに説得したが、マーガレットはそれを拒んだ。

「夫がここに眠っているのよ」

デビッドの説得はまったく力を持たなかった。

「ぼくはボーア人部隊に参加して戦います」

デビッドは彼女に決意を伝えた。

「でも、お二人のことが心配なんです」

「大丈夫よ。会社のほうはわたしがなんとかやっていくから」

翌日、デビッドは志願してボーア人部隊に馳せ参じた。


英国は簡単に片付く戦いと踏んでいた。彼らにとっては掃討作戦にすぎず、ほとんどピクニック気分で戦闘の火ぶたを切った。

しかし、イギリス人は驚かされることになった。ボーア人にとっては自分たちの縄張りの中での戦いであり、命を賭ける価値のある戦争だった。彼らは不屈の精神で勇敢に戦った。最初の戦闘はマフェキングという村とも言えないような寂しい場所で始まったが、このとき初めてイギリス人たちは相手の実力を思い知ることになった。英国からただちに援軍が送られた。イギリス軍はキンバリーを包囲したが、ようやくその地を陥落できたのは血みどろの激戦の末だった。ボーア軍の大砲はイギリス軍の大砲よりも射程が長かった。仕方なく軍艦の大砲をはずして使うことにしたイギリス軍は、重い大砲を何百キロも離れた内陸へ水兵たちの人力で運ばなければならなかった。

　クリップドリフトではマーガレットをはじめ住民たちが戦争のニュースに一喜一憂していた。ある朝、従業員のひとりがマーガレットのオフィスに駆け込んできた。

「大変です！　イギリス軍がクリップドリフトに向かってくるそうです！　やつらはわれわれ住民を皆殺しにするつもりです」

「そんなバカな！　非戦闘員には手出しはしないはずよ」

　五時間後、マーガレット・マクレガーは捕虜のひとりになっていた。マーガレットとケイトはパールデベルグの収容所に連れていかれた。同じような収容所がいまや南アフリカ中に数百か所もできていた。捕虜たちは、有刺鉄線で囲われ武装兵が見張る広大な空き地にぶち込まれた。収容所の設備はお粗末このうえなかった。

　マーガレットはケイトを抱き寄せて言った。

「心配しなくてもいいのよ、ダーリン。変なことにはなりませんからね」

　だが、言っている本人も娘のほうもそうは思っていなかった。毎日が日替わりの悪夢だった。周囲では収容者が十人、百人単位で死んでいった。収容所内で熱病が流行ると、死者は千人単位に達した。それでも収容所内には医師もいなければ医薬品もなく、食料も乏しかった。この悪夢は途切れることなく三年に及んだ。そのあいだ一番つらいのは絶望感に陥ることだった。

収容所内の生殺与奪はイギリス軍のお情けしだいだった。食べるものも雨風をよける住まいも、ときとして命さえも敵の手に握られていた。幼いケイトは恐怖におびえながら生きつづけた。周りの友達が何人も死んでいくのを見て、次はわたしの番かと、彼女の恐れは終わることがなかった。

〈わたしに力がないから、お母さんを守ってあげられないし、自分のことも守れないんだ〉

幼い日のケイトが捕虜生活で学んだ、生涯忘れぬ教訓だった。

〈人間に必要なのは〝力〟よ〉

力さえあれば食べ物も薬も買えるし、自由にもなれる。病気になり薬がないため死んでいった子どもたちを彼女は何人も見てきた。彼女が〝力〟と〝命〟を同一視するようになったのはそのためである。ケイトは決意を固めた。

〈いつか必ず権力を握ってやる。わたしにこんなひどいことを誰にもさせないために〉

熾烈な戦いはなおもつづいた。ベルモント、グラスパン、ストームベルグ、スピーエンコプ——しかしながら、ついに勇敢なボーア人たちが大英帝国の力の前に屈するときがやってきた。一九〇二年、血みどろの戦いが三年に及んだのち、ボーア軍は降伏した。五万五千人のボーア人が兵士として戦い、犠牲は、戦闘に巻き込まれて死んだ女性や子どもを含めて三万四千人に及んだ。生き残った者をさらに悲しませたのは、二万八千人ものボーア人がイギリス軍の収容所内で死んだという事実だった。

収容所の門が開放されたその日、マーガレットはケイトを連れてクリップドリフトに戻った。その数週間後、静かな日曜日の夜にデビッド・ブラックウェルが帰還した。出征しているあいだに彼はすっかり大人らしくなっていた。だが、以前の誠実で信頼に足るデビッドであることに変わりはなかった。デビッドは地獄の三年間を戦いに明け暮れながらもマーガレット母子のことが心配でならなかった。だから、二人が無事に家に戻っていることを知って大喜びした。

「お二人を守ってあげられれば一番よかったんですが」

そう言って謝るデビッドをマーガレットは慰めた。

「もう過ぎたことはいいのよ、デビッド。これからは未来のことだけを考えましょう」

マーガレットが言う未来とはクルーガー・ブレント社そのものだった。

世界にとって、一九〇〇年という年は、平和と限りない希望を約束する新時代の幕開けであり、記念すべき年だった。新年とともに新時代が始まった。人類の生活を一変させるような驚嘆すべき発明が相次いだ。蒸気機関は古くなり、代わりにガソリンやディーゼルエンジンが普及した。潜水艦も航空機も登場した。世界の総人口は爆発をつづけ、十五億に達した。成長と拡大の時代だった。

次の六年間、マーガレットとデビッドはこの潮流に乗って会社の拡大を図った。

そのあいだケイトはほとんど放ったらかしにされて育った。母親は会社の経営で忙しくて子どもに構っているゆとりはなかった。ケイトは自己主張の強い、強情で鼻もちならない子どもになっていた。ある日の午後、マーガレットが会社から帰ってみると、十四歳の娘は泥だらけになり、二人の少年相手に殴り合いのケンカをしていた。マーガレットは信じられない思いでその様子を見つめた。

「なんていうこと！」

マーガレットは息をのんでつぶやいた。

「やがてクルーガー・ブレント社の後継者になるというのに、あの娘ったら！　神さま、どうぞ、わたしたちをお守りください」

# BOOK TWO

## *kate and David*

*1906 -1914*

主な登場人物

**ケイト**……………………………ジェミーとマーガレットの娘
**デビッド**…………………………米国出身の青年、ジェミーの会社の経営に携わる
**ジョセフィン・オニール**……サンフランシスコから来た美女
**バンダ**……………………………美男の黒人青年
**スミット**…………………………バーテンダー

# 第十二章

一九一四年のある夏の暑い夜、ケイト・マクレガーは、ヨハネスブルグにできたクルーガー・ブレント社の新しいオフィスにひとり残って仕事をしていた。パトロールカーのサイレンの音が聞こえてきた。取り組んでいた書類を机の上に置き、彼女は窓辺に寄って外をのぞいた。パトカーが二台と囚人護送車が一台、社屋の前で止まった。ケイトが顔をしかめて眺めていると、制服姿の警察官が五、六人パトカーから降り、二か所ある社屋の出入り口に散っていった。夜も遅く、通りに通行人はいなかった。ケイトは窓に映って揺れる自分の姿に目をやった。彼女は、父親から灰色の目、母親からは均整のとれた体形を受け継いで、美しい女性に成長していた。

部屋をノックする音が聞こえた。ケイトはそれに応えた。

「どうぞ」

ドアが開き、二人の警察官が入ってきた。ひとりは警視の徽章《きしょう》をつけていた。

「いったい何ごとですの?」

ケイトは怒った口調で尋ねた。

「遅い時間にお邪魔して申し訳ありません。わたしは警視のコミンスキーです」

「何が問題なんですか、警視さん? わたしはこの社の責任者のミス・マクレガーです」

「存じあげています。実は、脱獄した殺人犯が少し前にこのビルに入るのを見たという報告がありまして」

ケイトの顔にショックの表情が広がった。

「このビルに入ったんですか?」

「ええ、そうです。犯人は銃を持っていてとても危険です」

ケイトは不安げに言った。

「だったらぜひお願いします、警視さん。早くその犯人を見つけてこのビルから連れ出してください」

「まさにそうしようと思っているところです、ミス・マクレガー。あなたは何か不審なものを見たり聞いたりしませんでした?」

「いいえ。でも、ここにいるのはわたしひとりですから。人間ひとりが隠れる場所はいくらでもあります。ぜひ、あなたの部下を総動員してこのビル内を徹底的に調べてください」

「ただちに捜索を開始させていただきます、マーム」

警視は後ろを振り向き、廊下に控えていた部下たちに命令した。

「全員散開して地下から屋上まで一階ずつ捜索を始めろ！」

警視はケイトに向きなおった。

「ビル内の部屋は施錠されているんでしょうか？」

「してないと思いますよ」

ケイトは即答した。

「もし鍵がかかっていたら、わたしが行って開けて差し上げます」

相手が不安がっているのが警視にもよくわかった。無理もないと思った。しかも、いま捜索中の脱走犯が何をしでかすかわからない凶悪犯だと知ったら、彼女の不安はどれほど大きくなるだろう。

「必ず見つけます」

警視はケイトに約束した。

ケイトは仕事中の報告書に意識を戻そうとしたが、気が散って集中できなかった。警察官たちがあっちの部屋からこっちの部屋へ移動する物音がたえず聞こえていた。

〈本当に見つかるかしら？〉

ケイトはぶるっと身震いした。

警察官たちは地下室から始まり、屋上まで、人が隠れそうなところはくまなく捜索した。

四十五分後にコミンスキー警視がケイトのところに戻ってきた。ケイトは警視の顔を見るなり言った。

「見つからなかったんですね？」

「ええ、見つかりませんでした、マーム。でも、心配はいりません――」

「そう言われても、わたしは心配ですよ、警視さん。もし脱走犯が本当にこのビルの中にいるのなら、もっと徹底的に捜してください」

「そうするつもりです、ミス・マクレガー。そのために警察犬を呼びました」

廊下から犬の吠える声が聞こえてきたかと思うと、作業服を着た警察官がひとり、二匹の大きなシェパードを引き連れて部屋に入ってきた。

「犬による捜索は一応済んだんですが、この部屋だけはまだなんです」

警視はケイトに向きなおって言った。

「この一、二時間のあいだに部屋を離れませんでした？」

「ええ、記録を見にファイル室へ行きましたけど。もしかして犯人はこの部屋へ――」

ケイトは身震いしてからさらに言った。

「どうぞ、ここもきちんと調べてください。お願いします」

警視は犬を引いている警察官に合図を送った。警察官は綱を解いて犬を放った。

「捜せ！」

犬は、閉まっているドアの前に突進すると、狂ったように吠え出した。

「まあ、なんていうこと！」

ケイトは叫びとも悲鳴ともつかない声をあげた。

「その中にいたのね！」

警視は銃を引きぬいて部下に命令した。

「そのドアを開けろ！」

二人の警察官が銃を構えながらドアを引き開けた。ドアの内側はクローゼットになっていて、中はからっぽだった。別の一匹がほかのドアを激しく引っかきはじめた。

「そのドアの向こうには何があるんですか？」

警視に聞かれてケイトは答えた。

「お手洗いですけど」

二人の警察官がドアの両脇をかため、ひとりがドアを勢いよく開けた。ここも中はからっぽだった。犬を引いている警察官が首をかしげた。

「犬がこんな動きをするのは初めてだな」

部屋の中をぐるぐる回りつづける二匹を見て、警察官は言った。

「こいつらはにおいを嗅いだんですよ。だけど、いないのは不思議だな」

二匹は、今度はケイトの机のところへ来て、ウーッとうなりはじめた。

「これがあなたたちの捜索の結論なのね」

ケイトは犬に向かって笑った。

「引き出しの中に人間が入れるわけないでしょ」

コミンスキー警視は困惑していた。

「ご迷惑をおかけしました、ミス・マクレガー」

警視は振り向いて係の警察官に命令した。

「この犬を早く部屋から出しなさい」

「みなさん、もう帰っちゃうんですか？」

不安そうなケイトの声だった。

「ミス・マクレガー、あなたの安全をわたしが保証します。ビル内は完全に調べあげました。おそらくガセネタだったんでしょう。どうもすみませんでした」

ケイトは生つばをのみ込んでから言った。

「女の夜を楽しませるすべをよくご存じなんですね」

ケイトは窓から、最後のパトカーが去っていくのを眺めていた。パトカーが視界から消えるのを確認すると、彼女は引き出しを開け、血のついた布靴を取り出した。それを持って、階下の〝関係者以外立入禁止〟と書かれている部屋へ入っていった。部屋はがらんどうで、奥に人間が出入りできる大きな金庫が備えつけられているだけだった。出荷前のダイヤモンドを保存しておくための金庫だ。ケイトは手早くダイヤル番号を合わせ、重いドアを力をこめて引き開けた。ダイヤモンドがぎっしり詰まっている金属製の箱が、金庫の両側に積まれている。その金庫の床に男がひとり、半ば意識を失って倒れていた。

ケイトは膝をついてささやいた。

「みんなもう帰ったわよ、バンダ」

バンダはゆっくり目を開けると、弱々しく作り笑いを浮かべた。

「おれがここから出られる方法がわかったら、億万長者になれたのにな」

ケイトはバンダを支えて立ち上がらせた。バンダは痛みをこらえて顔をしかめた。ケイトが何時間か前に巻いてやった包帯は鮮血で真っ赤に染まっていた。

「靴は履ける？」

捜索を攪乱《かくらん》させるのに使った靴だ。彼女は警察官たちが来る前にその靴で部屋中を歩き、引き出しにしまって、まんまと犬の嗅覚をあざむくことに成功したのだった。

ケイトはバンダを急かした。

「さあ、ここから出るのよ！　わたしについて来て」

バンダは首を横に振った。

「おれは自分で消えるから、心配しないでくれ。おれを匿《かくま》ったのがわかったら、あんたは大変なトラブルを抱えることになる」

「わたしのことは心配しないで」

バンダは最後にもう一度、金庫内を見回した。それを見てケイトは言った。

「少し持っていく？　好きなのを取っていいわよ」

彼女が冗談で言っているのでないことが、その表情でわかった。バンダが言った。

「あんたの親父さんも同じことを言ってたっけ。ずいぶん前の話だけどな」

ケイトは苦笑いした。

「知ってるわ」

「カネはいらない。少しのあいだ街から離れていたいんだ」

「ヨハネスブルグからどうやって出るつもりなの？」

「まだ考えていないけど、なんとかなるさ」

「わたしの話をよく聞いてちょうだい。道路はすでに封鎖されているはずよ。街の出口はすべて見張られているわ。あなたひとりじゃとても無理よ」

バンダは頑固だった。

「あんたには充分すぎるくらい世話になった」

バンダは顔をゆがめながら、なんとか靴を履いた。破れたシャツと血のこびりついたジャケットを着たままのっそり立ち上がったバンダには哀愁が漂っていた。切り傷の残っている顔。すっかり灰色に変わった髪の毛。それでもケイトは、子どものときに初めて会ったハンサムなバンダの姿をその上に重ねていた。

「捕まったら殺されるわよ、バンダ」

ケイトの声は落ち着いていた。

「わたしと一緒に来てちょうだい」

道路は間違いなく封鎖されているだろう。ヨハネスブルグの出口はすべて固められているはずだ。

警察にとってバンダの逮捕は最優先課題であり、必要なら射殺してもいいという許可が当局から出ていた。

「あんたの親父さんも脱出方法を考えてくれたけど、それよりもましな方法を考えてくれているんだろうね?」

そう言うバンダの声は弱々しかった。ケイトは彼の出血量が心配だった。

「話さないほうがいいわ。力を温存するのよ。あとはわたしに任せなさい」

自信に満ちた口調だったが、実は彼女にもそれほど自信があるわけではなかった。バンダの命は自分の手に握られている。もし失敗したら、その負い目に耐えられないだろう。ああ、デビッドがそばにいてくれたら、と彼女は百回も思った。しかし、こうなったら自分ひとりの手でやるしかない。彼女は手はずをバンダに指示した。

「車を裏通りに回しておくから、十分したら出てきてちょうだい。トランクルームも開けておくわ。あなたはそこに乗り込んで、床に身を伏せるのよ。毛布があるから、それをかぶってね」

「あのなあ、ケイト。街から出る自動車はすべて止められて――」

「自動車でなんか出ないわ。朝八時発のケープタウン行きの列車があるんだけど、それにわたしの専用列車を接続するように指示しておいたの」

「おれをあんたの専用列車で脱出させるつもりなのかい?」

「そのとおりよ」

バンダは苦しそうに笑った。

「マクレガー一族は、危ない橋を渡るのが好きなんだね」


三十分後、ケイトは車を鉄道の敷地内に入れようとしていた。トランクルームには、バンダが毛布にくるまって隠れている。路上の検問所は、彼女の顔で難なくやり過ごすことができた。しかし、ケイトが駅の敷地に入るためにハンドルを切ったところでスポットライトが点灯し、ケイトの車は光のなかに捕らえられた。警察官たちの姿が見えた。そのうちのひとりがケイトの車に近づいてきた。見覚えのある姿だった。

「コミンスキー警視さんじゃないですか！」

警視は驚いた顔でケイトを見つめた。

「ミス・マクレガー！　こんなところで何をやっているんですか？」

ケイトはあわてて訳ありげな笑みをつくった。

「弱虫だと思われそうですが、正直申しますと、事務所であんなことがあって怖くて仕方ないんです。だから、殺人犯が捕まるまで街を出ようかと思いまして。それとも、もう捕まえたんですか？」

「いや、まだです、マーム。でも必ず捕まえますよ。これはわたしの勘なんですがね、やつは鉄道で逃げるとにらんでるんです。まあ、どこへ逃げたとしても必ずひっ捕らえます」

「そう願っていますわ」

「これからどちらへ？」

「わたしの専用車があそこに置いてありますから、それに乗ってケープタウンに向かいます」

「わたしの部下にエスコートさせましょう」

「ありがとうございます、警視さん。でもその必要はありません。あなたと部下の人たちがここにいてくれるだけで、安心して先へ進めます」

五分後、一寸先も見えない暗闇のなかで、ケイトとバンダは無事専用車に乗ることができた。

「暗くてごめんなさいね、この際、明かりは禁物だから」

　ケイトはバンダを支えてベッドに寝かせてやった。

「朝までここで楽にしていてちょうだい。発車したらトイレに隠れてね」

　バンダはうなずいた。

「ありがとう」

　ケイトはブラインドを下ろした。

「わたしたちがケープタウンに着いたら、診てくれる医者のあてはあるの？」

　バンダはケイトの目を見上げた。

「わたしたちって？」

「わたしがあなたをひとりで行かせると思っているの？　せっかくの冒険が楽しめなくなるじゃない」

　バンダはベッドに反り返って笑った。

〈この娘は間違いなくジェミーの子だわい〉

　夜明けとともに蒸気機関車の音が響いてきた。機関車は前進後退をくり返して、ケイトの専用車をケープタウン行きの列車の最後尾に連結させた。

八時きっかりに列車は駅を発った。乗務員たちには〝ドント・ディスターブ〟の指示がケイトから出ていた。バンダの傷からふたたび出血が始まった。ケイトは包帯を巻き直して、その手当てをした。実は、前の晩バンダが彼女のオフィスに転がり込んできて以来、彼女はほとんど何も聞いていなかった。今ようやくそのチャンスが来た。

「何があったのか詳しく教えてちょうだい、バンダ」

バンダはケイトの顔を見てため息をついた。

〈話をどこから始めたらこの娘に理解してもらえるんだ?〉

この娘も所詮は白人である。バンツー族を先祖伝来の土地から追い出した白人に、おれたちのやりきれなさをわからせる方法などあるだろうか。話はその点から始めるべきだろうか？それとも、あの大男、トランスバール共和国の大統領オーム・ポール・クリューガーが議会に向けた演説のなかで口にした言葉――「われわれは黒人を召使の人種として扱い、黒人に対して優位に立っていなければならない」――そこから始めるべきだろうか。はたまた、「白人のためのアフリカ」が口癖だったイギリス帝国の偉大な植民地開拓者セシル・ローズのことから話したらいいんだろうか。複雑な歴史を簡単な言葉でまとめることなどできない。考えた末に、バンダは身近なところから話すことにした。

「警察はおれの息子を殺しやがった」

バンダの口から話が堰《せき》をきったように飛び出してきた。長男のヌトンベントルは、政治集会に参加していた。集会を解散させるために警察隊がやって来た。銃が発砲されると、それが引き金となって暴動が起きた。ヌトンベントルは逮捕され、翌日独房内で首を吊っているのが発見された。

「警察は自殺だなんて言っているけど、おれは息子のことをよく知っている、あれは殺人だ」

「まあ、なんていうこと！　まだ若いのに」

ケイトは胸が詰まった。ヌトンベントルとは幼なじみだった。一緒に遊んだり笑い転げたりしたことが思い出される。とてもハンサムな少年だった。

「お気の毒だわ、バンダ。本当に。でも、どうしてあなたが警察に追われているの？」

「息子が殺されてから、おれは黒人たちを集めて政治活動をするようになった。おれだって反撃はするさ、ケイト。ただ黙って座っているなんてごめんだ。それで警察はおれに〝国家の敵〟の烙印を押しやがった。おれはやってもいない強盗罪で二十年の刑を宣告されたんだ。四人組のしわざで、警備員がひとり殺されたということで、おれが犯人にされてしまった。生まれてこのかた銃など持ったことのないこのおれがだ」

「わたしはあなたを信じるわ。今はあなたを安全な場所に届けるのが先決よ」

「こんなことにあんたを巻き込んで申し訳ない」

「わたしは何にも巻き込まれてなんていないわ。あなたはわたしの友達ですもの」

バンダはにっこりした。

「おれのことを友達だって言ってくれた最初の白人は誰だか知ってるかい？　あんたの親父さんだ」

バンダはため息をついてからつづけた。

「ケープタウンに着いたら、どうやっておれのことを降ろしてくれるんだい？」

「ケープタウンへなんか行かないわよ」

「でも、さっきあんたは――」

「わたしは女よ、だから気を変えても許されるわよね？」

夜中に列車がウースター駅で停車したとき、ケイトは専用車を引き離して側路に入れてくれるように頼んだ。そして、夜が明けてから、バンダが寝ているところへ行った。ベッドの中はからっぽだった。バンダの姿は消えていた。彼としてはこれ以上ケイトに迷惑をかけたくなかったのだ。ケイトは悔やんだが、あの人ならなんとか逃げおおせるだろうと踏んだ。南アフリカ中、どこへ行っても仲間がいる彼なのだから。

〈こんなことをするわたしを、デビッドはきっと誇りに思ってくれるわ〉

「なんてバカなことをしてくれるんだ！」

ヨハネスブルグに戻ったケイトから話を聞いて、デビッドは吠えた。

「きみは自分を危険にさらしただけでなく、会社を危うくつぶすところだったんだぞ！　もしバンダが会社内に隠れているところを警察に見つかったら、どんなことになっていたと思う？」

ケイトは反抗的な口調で言い返した。

「バンダは殺されたでしょうよ」

デビッドはいらいらを募らせて額をかきむしった。

「きみは何もわかっちゃいないんだ！」

「おっしゃるとおり、わたしがわかっているのは、あんたが冷たくて感情がないということだけ」

彼女の目は怒りで燃えていた。

「きみはまだガキなんだよ」

ケイトは手を上げ、デビッドに殴りかかろうとした。デビッドはその手を押さえた。

「ケイト、癇癪《かんしゃく》を起こすのはよしなさい」

同じ言葉がケイトの耳の中でこだました。

〈〝ケイト、癇癪を起こすのはよしなさい〟〉

話は昔にさかのぼる。当時四歳だったケイトは、彼女をからかった男の子と殴り合いのケンカをしていた。そこにデビッドが現れると、男の子は逃げていった。追いかけようとする彼女をデビッドがつかまえて言った。

「やめなさい、ケイト。癇癪を起こすのはよしなさい。女の子は殴り合いのケンカなどしないものです」

「あたいは女の子じゃないもん」

ケイトは言い返した。

「離してよ！」

デビッドが手を離してケイトの様子を見ると、彼女が着ていたピンクのワンピースは引きちぎられ、泥まみれになっていた。ほほには痣《あざ》までできていた。

「お母さんに見られる前に、洗ってきれいにしておいたほうがいいと思うよ」

デビッドの忠告を無視して、ケイトは悔しがった。

「放っといてくれたら、あんなやつ、やっつけてやったのに！」

デビッドはこの負けん気の強い女の子の小さな顔をのぞいて笑った。

「まあ、それはそのとおりだろうけど」

なだめられ、ケイトはデビッドに抱きかかえられて家に戻された。彼女はデビッドに抱き上げられるのが好きだった。のみならず、デビッドのすべてが好きだった。彼はケイトを理解してくれるただひとりの大人だった。

クリップドリフトにいるときのデビッドは、なるべく彼女と一緒にいるようにしていた。昔は、ジェミーがバンダとの冒険譚《たん》をデビッド少年に語って聞かせたものだが、今は、デビッドがその話をケイトに聞かせている。ケイトはどれだけ聞いても聞き足りなかった。

「二人で作った筏の話、もう一度して」

デビッドは請われるままにエピソードを話す。

「サメに襲われたときのこと……海霧のなかでのこと……それからあの日……」

ケイトは母親とすれ違うことが多かった。マーガレットはクルーガー・ブレント社の経営に首をつっこんだまま抜け出せなくなっていた。もちろんそれはジェミーのためでもあった。

マーガレットは、ジェミーが他界する前にやっていたように、毎晩彼に語りかける。

「デビッドは本当に頼りになるわ、ジェミー。ケイトが会社を継ぐようになってからも彼がそばにいてくれるといいんだけど。あなたには心配させたくないんだけど、あの子にはほとほと困っています……」

ケイトは頑固で、自己主張が強くて、手に負えない子どもになっていた。母親の言うことも家政婦の言うことも聞こうとしなかった。この服を着るように言われると、ケイトは必ずあの服がいいと言い張った。食事も偏っていた。自分の好きなときに好きなものしか食べなかった。

なだめてもすかしてもだめだった。誰かの誕生パーティーに行かせると、必ずぶち壊して帰ってきた。女の子の友達はいなかった。ダンス教室へ通うのを嫌がり、その代わりに十代の男の子に交じってラグビーに興じる始末だった。学校に行きはじめるとすぐに、悪ふざけで注意される回数の新記録をうち立てた。マーガレットは月に一度は学校に呼び出され、そのたびにケイトを学校に残してくれるよう懇願しなければならなかった。

「わたしもあの子のことがよくわからないんですよ、マクレガー夫人」

女校長はため息をついた。

「あの子は群を抜いて優秀なんですけど、とにかく何にでも反発するんです。どう扱っていいのか、わたしどもはお手上げなんです」

マーガレットにもお手上げだった。

ケイトを手なずけられるのはデビッドだけだった。

「今日の午後、誕生パーティーに招待されているんだって？」

デビッドが言うと、ケイトは口をとがらせて答えた。

「誕生パーティーなんて大っ嫌い」

デビッドは少女と同じ目の高さにまで腰を下ろして言った。

「きみが誕生パーティーを嫌いなのはよく知ってるけどね、ケイト。でも、今日パーティーを開く女の子のお父さんがぼくの友達なんだよ。だから、きみが出席しなかったり、レディーらしく振る舞ってくれないと、ぼくの立場が悪くなるんだ」

ケイトはデビッドをじっと見つめて言った。

「その人はあなたの親友なの？」

「そうだよ」

「だったら、わたし行く」

その日の彼女のマナーはこれ以上はないほど完璧だった。

「あの娘をどういうふうに説得したの？」

マーガレットは不思議がった。

「まるで魔法だわ」

「あの娘は癇が強いだけですよ」

デビッドは笑った。

「成長すればそのうち消えますよ。むしろ彼女の気概をつぶさないようにしてやることのほうが大切だと思うんです」

「わたしの本音を言うとね」

マーガレットは不満顔で言った。

「あの子の首をへし折ってやりたいと思うことがよくあるの」

ケイトは十歳になったとき、デビッドに言った。

「バンダに会いたいな」

デビッドは驚いて彼女を見た。

「それは無理だよ、ケイト。バンダの農場はここからとても遠いんだ」

「じゃあ、わたしをそこまで連れて行ってくれる？　それとも、わたしひとりで行かせたい？」

翌週、デビッドは重い腰を上げてケイトをバンダの農場に連れて行った。バンダの農場は二モルゲンの広さで、農場としてはかなりの大きさだった。バンダはそこで小麦を栽培し、羊とダチョウを飼育していた。住居は泥で塗り固められた円形の小屋で、支柱が茅《かや》ぶき屋根を支えていたから、まるでトウモロコシのような形をしていた。バンダはその小屋の前に立ち、二人が馬車から降りてくるのを眺めていた。そして、二人が目の前まで来ると、デビッドの隣に立つ背のひょろっとした神妙な顔つきの少女に話しかけた。

「あんたのことは前から知ってるよ。ジェミー・マクレガーの娘さんだね」

「わたしもあなたのことは知ってるわ。バンダでしょ？」

ケイトは大真面目であいさつした。

「お父さんの命を救ってくれたお礼を言いに来ました」

バンダは、ははは と声をあげて笑った。

「誰かがそんなホラを言いふらしているんだな。さあ、中に入っておれの家族と会ってくれ」

バンダの妻はヌタメという名で、バンツー族の綺麗な女性だった。息子が二人いた。長男のヌトンベントルはケイトよりも七歳年上で、次男のメゲナは六歳年上だった。ヌトンベントルは父親にそっくりで、ハンサムで、凛々しくて、とても利口そうだった。

その日は夜になるまでケイトは二人の少年と遊び転げた。夕食はバンダの家族と一緒に農場の小さなキッチンの中でとった。しかしデビッドは黒人一家と食事をするのがどうしてもしっくりこなかった。バンダのことを尊敬はしていたが、白人と黒人が交わらないのが南アフリカ社会のしきたりだった。それに加えて、バンダの政治活動がデビッドの心配の種だった。バンダは、世直しを求める戦闘的社会運動家のジョン・テンゴ・ジャバブの弟子だとの報道がなされていた。当時、鉱山経営者たちは充分な数の黒人労働者を確保できなかったため、政府を動かして鉱床で働かない現地人に対して十シリングの税金を課す法律を成立させた。このとんでもない新税に反発して南アフリカ中で暴動騒ぎが頻発していた。

夕食を終えるとデビッドはケイトをうながして言った。

「そろそろおいとましたほうがよさそうだ。帰りの道は長いからね」

「まだだめよ」

ケイトはバンダに顔を向けて父親との冒険譚を求めた。

「サメに襲われたときの話を聞かせて」

このとき以来、デビッドは、暇さえあればケイトにせがまれてバンダの農場へ連れていかされる羽目になった。


ケイトの癇が強いのも成長すれば消えますよ、と請け合っていたデビッドだが、ケイトにその兆候は見えなかった。むしろ、我の強さは日増しに強くなっていった。同じ年代の女の子が参加するどんな行事にも参加を拒み、デビッドと一緒に鉱床見学や、釣りや、狩猟や、キャンプに行きたがった。ケイトはそんな自然のなかでの活動が大好きだった。ある日、デビッドとバール川で釣りをしていたとき、ケイトは大はしゃぎしながらマスを釣り上げた。デビッドが見たこともないような大型のマスだった。

「きみは男の子に生まれたらよかったのに」

そう言われてケイトはデビッドを振り返った。

「バカなこと言わないで。男の子に生まれたら、あなたと結婚できなくなっちゃうじゃない」

デビッドは笑っただけで何も答えなかった。

「わたしたち、結婚するんでしょ?」

「そりゃあないんじゃないかな、ケイト。ぼくはきみより二十二歳も年上なんだよ、きみのお父さんでもおかしくない年齢だ。きみはいつか素敵な男の子と出会って——」

「素敵な男の子なんていらない」

ケイトは意地悪そうな顔で言った。

「わたしはあなたと結婚したいの」

「もしきみが本気でそう言っているなら、男の心をつかむ秘策を教えてやろう」

「なんなの？　教えて」

ケイトは本気でせがんだ。

「男の心をつかむには、胃袋を満たせって言われているんだ。さっそくそのマスをさばいて昼食にしようか」


ケイトの意識のなかに、デビッド・ブラックウェルと結婚することに一点の疑念もなかった。彼女の世界のなかで彼こそがただひとりの男性だった。

週に一度、マーガレットは屋敷での夕食にデビッドを招待していた。ケイトは使用人たちと一緒にキッチンで食事をするほうが好きだった。そのほうがマナーを気にしなくて済むからだ。だが、デビッドがやってくる金曜日の夜だけは、自らすすんでダイニングルームの席につく。デビッドはたいがいひとりでやって来るが、たまには女性を同伴してくる。そんなとき、ケイトはデビッドの同伴者をわけもなく憎む。

デビッドがひとりになる瞬間を逃さずに、ケイトは彼の耳元で無邪気にささやく。

「あんなくすんだ金髪、見たことないわ」とか「あの人の服の趣味、ちょっと変じゃない?」とか「あの人、前にマダム・アグネスのところで働いていた人じゃない?」とか。

ケイトが十四歳になったとき、マーガレットは校長先生から呼び出しを受けた。

「わたしは校風の維持に気をつけているんですけどね、マクレガー夫人。おたくのお子さんが及ぼす悪影響は、もはや無視できません」

マーガレットがため息をついた。

「あの子が今度は何をしでかしたんですか?」

「ほかの子どもたちに、聞いたこともないような悪い言葉を教えているんです」

女校長はむっつり顔でつづけた。

「わたしでも聞いたことがないような言葉ですよ。どこからあんな言葉を覚えるんでしょうね？」

どこから覚えたのか、マーガレットには見当がついていた。街ですれ違う採掘者たちから教わったに違いなかった。

〈もうこんなことは終わりにしなくては〉

校長の説教はつづいていた。

「帰ったらあの子によく言い聞かせてやってください。学校としてはなんとかもう一度だけチャンスを――」

「いいえ、それには及びません。もっといい考えがあります。あの子をどこか遠くにあるしつけの厳しい全寮制の学校に入れようと思うんです」


その考えをデビッドに打ち明けると、彼はにやっとした。

「ケイトは嫌がるでしょうけど」

「でも、仕方ないわ。校長先生がケイトの言葉遣いに不満を漏らしているんですから。あの子はそんな言葉を採掘者とやりあいながら覚えたんでしょう。最近のケイトはまるで採掘者みたいな口をきくし、においまで採掘者に似てきたわ。はっきり言ってね、デビッド、あの子のことが本当にわからないの。可愛らしくて頭がいいのに、どうしてあんな態度が――」

「きっと頭がよすぎるんですよ」

「頭がよくても悪くても、あの子を全寮制の学校に入れます」

ケイトが家に戻ってくるのを待って、マーガレットはその考えを彼女に告げた。ケイトは怒りまくった。

「わたしを追い出したいのね！」

「そういうことじゃないのよ、ダーリン。あなたがもっとましな――」

「わたしはここで充分にましよ。友達もみんなここにいるし。お母さんはわたしを友達から離したいの？」

「あなたが言う友達っていうのは、街をうろついているクズ連中のことでしょ？」

「あの人たちはクズなんかじゃないわ。みんなと同じ普通の人間よ」

「あのね、ケイト。あなたと言い合うつもりはないのよ。あなたは、女性としてのマナーを教えてくれる全寮制の学校へ行くしかないの。もう決まったことよ」

「自殺してやる！」

ケイトは脅しにかかった。

「いいわよ、死にたいなら死になさい。二階にはカミソリの刃もあるし、家じゅうを探せばいろんな毒が見つかるわ」

ケイトはわっと泣き出した。

「お願い、わたしにそんな仕打ちはしないで、お母さん」

　マーガレットは娘を抱き寄せて言った。

「みんなあなたのためなのよ、ケイト。全寮制の学校に入れば、女性としてのマナーをきちんと身につけられるわ。そしたら、結婚もできるでしょ。今みたいな話し方をして、今みたいな態度をとっていたら、誰とも結婚できなくなっちゃうわよ」

「そんなことないもん」

　ケイトは鼻をすすりながら抗議した。

「デビッドはぜんぜん気にしてないもん」

「ここでどうしてデビッドが出てくるの?」

「デビッドとわたしは結婚するんだもん」

　マーガレットはため息をついた。

「では、ターレイ夫人に荷造りをさせなくちゃね」


　若い女性のしつけによさそうな全寮制の学校がイギリスに五、六校あった。そのなかでグロスターシャーにある『チェルテナム女学校』がケイトに一番向いていそうだった。しつけに厳しいことで有名な私立学校である。高い塀で囲われた広大な敷地の中にあり、学校の憲章によると、貴族階級や裕福な家庭の令嬢を教育するために設立されたとある。たまたまデビッドが女校長の夫と商取引があった関係で、ケイトを難なく受け入れてもらうことができた。

どこへ行かされるのか聞いたとき、ケイトはまたまた爆発した。

「その学校のことは聞いたことあるわ。ひどいところなんだって。そんなところに入れられたら、〝英国人形〟みたいに血も涙もなくなって出てくるんだわ。わたしをそんなふうにしたいの、お母さん?」

「あなたにはもう少しきちんとしたマナーを覚えてもらいたいだけよ」

「マナーなんかどうでもいいじゃない! わたしは頭がいいんだから」

「男の人が女性に求めるのは、頭のよさよりもマナーのよさですよ」

マーガレットは取り合わなかった。

「これからあなたはちゃんとした女性になるんです」

「女性なんかになりたくない!」

ケイトはわめきちらした。

「チキショー! どうしてこうなるんだ! あたいのことは放っといてよ!」

「そういう言葉をつかってもらいたくないからよ」

そうこう言っているうちに、いよいよケイトの出発する日がやってきた。たまたまデビッドがロンドンに出張する予定だったので、マーガレットは彼に同行してもらうことにした。

「あの子がちゃんと学校に着けるように付き添ってやってちょうだい。ひとりで行かせたらどうなることやら、神のみぞ知るですからね」

「喜んで行ってきます」

母親の頼みを引き受けたデビッドを、ケイトはなじった。

「あなたなんて大嫌い！　お母さんと同じぐらい悪人だわ。わたしのことを早く追い出したいんでしょ」

デビッドはにっこりして答えた。

「それは誤解だよ。きみが帰ってくるのをぼくは心待ちにしているからね」


二人は専用列車でクリップドリフトからケープタウンへ行き、そこからは船で英国のサザンプトンへ向かった。四週間の旅だった。ケイトのプライドがそれを認めさせなかったが、デビッドと一緒の旅は、期待で胸がふくらむ夢のような毎日だった。

〈ハネムーンの気分だわ。結婚はまだだけどね。そのうち必ず――〉

船上でのデビッドは特別室内にこもって仕事に打ち込んでいた。ケイトはソファに寝そべり、黙ってデビッドを眺めていた。彼のそばにいるだけで満足だった。

一度彼女はこんなことを尋ねたことがあった。

「そんな数字とにらめっこしていて飽きないの、デビッド?」

デビッドはペンを置いて彼女を見上げた。

「これは単なる数字じゃないんだ。これをよく調べていると、いろんな話が読めるんだ」

「たとえばどんな話?」

「会社についての話さ。どの会社をいくらで買うとか、どの事業をいくらで売るとかね、そんな話さ。世界中で何千人もの人が、きみのお父さんが作ったこの会社を頼りにして働いているんだ」

「わたし、お父さんに似ているところある?」

「うん、いっぱいあるね。きみのお父さんは頑固で独立心の強い人だった」

「わたしも頑固で独立心が強いと思う?」

「きみは甘えん坊のわからず屋さ。きみと結婚する男はさぞ苦労するだろうね」

ケイトは夢見るような目でにっこりした。

〈かわいそうなデビッド。苦労するその男とはあなた自身なのよ〉


船旅の最後の日、食事をしながらデビッドはあえて尋ねた。

「きみはどうしてそんなに難しいんだい、ケイト?」

「わたしって難しい？」

「知ってるくせに。お母さんをあんなに困らせて。かわいそうに」

　ケイトは自分の手を彼の手に重ねて言った。

「わたし、あなたのことも困らせた？」

　デビッドは顔を赤らめた。

「やめなさい、そんな態度に出るのは。ぼくにはさっぱりわからない」

「わかってるくせに」

「どうしてきみはほかの女の子みたいにできないんだい？」

「だったら死んだほうがましだわ。ほかの女の子みたいにはなりたくない！」

「きみがほかの女の子みたいにならないのは、神さまが保証してくれるよ」

「わたしが結婚できる年齢になるまで誰とも結婚しないわよね、デビッド？　わたし、できるだけ早く大人になるから。約束して、誰のことも好きにならないって。お願い」

　デビッドはケイトの一途さに胸を打たれた。今度は自分から彼女の手を取って言った。

「あのね、ケイト。もしぼくが結婚して娘が生まれたら、きみみたいな女の子だといいなと思っているよ」

　ケイトはいきなり立ち上がると、食堂中に響くような大声で言った。

「あんたなんか地獄へ行けばいいんだわ、デビッド・ブラックウェル！」

食堂中の視線を浴びながら、ケイトはそこから大股で出ていった。

二人は三日間ロンドンに滞在することができた。ケイトは一分一秒を惜しんで彼との時間を楽しんだ。

「きみにおごってやろうと思うんだ」

デビッドが言った。

「『キャベツ畑のウィッグ夫人』の入場券が二枚手に入ったんだ」

「ありがとう、デビッド。でも、芝居を観るなら『ゲイエティ』のほうがいいな」

「それは無理だな。あれは下品なレビューで、きみにはまだ早い」

「見てみなきゃわからないじゃない。そうでしょ?」

彼女は譲らなかった。結局二人は『ゲイエティ』に出かけることになった。

ケイトはロンドンの街がひと目で好きになった。馬車のあいだを走る自動車。レースやチュールやサテンのドレスで着飾り、輝く宝石を身につけた婦人たち。純白のシャツにディナージャケットを着た紳士たち。これらが混然一体となって動いているのがロンドンだった。二人は

《リッツ》で早めの夕食を済ませ、《サボイ》で夜食をとった。いよいよロンドンを発つとき、ケイトは心のなかで誓った。

〈またここに来よう、デビッドと一緒に必ず来よう〉


チェルテナム女学校に着いた二人は、校長のキートン夫人のオフィスへ案内された。

「ケイトの入学を許可していただきありがとうございます」

デビッドが礼を言うと、校長が答えた。

「この学校に入ってもらって、わたしたちも喜んでいますよ。主人のお友達のたっての頼みだとうかがいましたので、わたしが独断で決めました。主人もあなたによろしくと——」

校長の話を耳にした瞬間、ケイトはだまされていたことを悟った。彼女を屋敷から追い出し、こんな遠くの学校に入学させる手配をしたのはデビッドその人だったのだ。ケイトは心の底から怒り、かつ深く傷ついた。デビッドが学校をあとにするとき、彼女はさよならも言わなかった。

# 第十二章

チェルテナム女学校は居心地悪いことこの上なかった。すべてのことに規則や罰則があった。女学生たちは制服だけでなく下着にいたるまで同じものを着せられた。授業時間は毎日十時間にもおよび、時間割は分刻みで決められていた。キートン女校長は、鉄の規律で生徒と職員たちを支配していた。女学生たちはここでマナーやエチケットや品性の大切さを学び、将来、夫として望ましい男性を魅了できるようにするわけである。ケイトは母親に手紙を書いた。

〝ここはクソ牢獄。生徒たちも最低。話すことったら、流行の服とか男の子たちのことばかり。クソ教師たちはどれも怪獣。わたしをこんなところに閉じ込めておくなんて無理。そのうち必ず脱走してやる〟

ケイトは三回、学校の敷地から脱走することに成功したものの、毎回すぐに捕まり学校に連れ戻された。彼女に反省の色はまったく見られなかった。

週に一度の職員会議でケイトの名前が持ち上がったとき、ひとりの教師などは強硬に主張した。

「あの子は手に負えません。南アフリカへ送り帰すべきだと思います」

それに対して校長は答えた。

「あなたの意見に賛成したいところですが、この子の教育をテストケースとして受け止めたらどうでしょう。もしケイト・マクレガーをしつけることができたら、どんな子が入ってきてもしつけることができるでしょう」

結局ケイトは学校に残ることになった。

ケイトは学校が保有する農場に興味を示して教師たちを驚かせた。農場には野菜畑のほかに、にわとりや豚や馬などの飼育場があった。ケイトは暇さえあればこの農場で時間を過ごしていた。この事実を知って、校長先生はいたく喜んだ。

「ほら、ごらんなさい」

職員たちを前に、校長は誇らしげに語った。

「結局は忍耐の問題でしかありませんでした。ケイト・マクレガーはとうとう自分の興味を見いだしてくれました。あの子はいつか大農場主と結婚して、夫の素晴らしい片腕となることでしょう」

次の日の朝、農場の管理人をしているオスカー・デンカーが校長に面会を求めてきた。

「生徒のひとりがですね……」

管理人は言いづらそうに話し出した。

「できたら、あの子を農場に来させないでもらいたいんですが」

「どういうことでしょうか?」

校長が腑《ふ》に落ちない顔で尋ねた。

「あの子が農場に興味を持っていると知って、わたしは喜んでいるんですけど」

「ええ、確かに興味を持っています。でも、農場の何に興味を持っているかご存じですか? あの子がいつも見ているのは、かけ合わせの現場なんです。雄と雌のね。品のない言葉ですみません」

「なんですって?」

「いま言ったとおりです。あの子は一日じゅう動物がやるのを見て回っています」

校長は思わずつぶやいた。

「クソガキが!」

デビッドが自分を追放したことをケイトはまだ許していなかった。が、死ぬほど彼が懐かしかった。

〈憎い男を愛するなんて。これがわたしの宿命なんだわ〉

四人が釈放までの日数を数えるように、ケイトはデビッドと別れてからの日数を数えた。デビッドがバカなことをしでかすのでは、とケイトは日々そのことばかりが心配だった。自分がクソ女学校に閉じ込められているあいだに、デビッドが誰かほかの女と結婚しやしまいか。〈もしデビッドが誰かと結婚したら、二人とも殺してやる。いや、殺すのは女のほうだけにしよう。わたしは逮捕されて吊るし首になる。そして死刑台に昇ったとき、デビッドは初めてわたしを愛していることに気づくんだわ。でももう遅すぎて、彼はわたしに許しを請う。そのときわたしはこう言って彼を諭すんだ。「いいわよ、デビッド、マイ・ダーリン。あなたを許してやるわ。あなたは愚かにも自分の手の中に大きな愛があることに気づかなかったのね。あなたはその愛を、小鳥が飛んでいくように逃がしてしまったんだわ。その小鳥がいま首を吊られるのよ。さようなら、デビッド」。すると、最後の最後にわたしは許されて、デビッドの腕の中に飛び込んでいく。そしたら二人は、どこかエキゾチックな外国へ行っておいしいものをたくさん食べるんだ。このクソ学校なんかで食べさせられるクソまずい食事よりもうんとましな

もの食べるんだ〉

ケイトのところに連絡文が届いた。デビッドからだった。ロンドンに来るので彼女を訪問すると書いてあった。ケイトの想像はふくらんだ。連絡文を何度も読み返して、そこに秘められている言外の意味を読み取ろうとした。

〈あの人はどうしていま英国に来るんだろう？　わたしの近くにいたいからだわ、もちろん。どうしてわたしを訪問するんだろう？　ようやく愛に気づいて、もうわたしと離れていられないからだ。あの人はわたしを抱き上げて、このクソ学校から救出してくれるに違いない〉

ケイトはうれしくて、人に話さずにはいられなかった。そればかりか、空想と現実を混同してしまい、デビッドが着く日、ケイトはクラスメイトたちに「さよなら」を言って回る始末だった。

「わたしの恋人が、わたしをここから連れ出しに来てくれるのよ」

クラスメイトたちはウソだと思いながらも、黙って彼女の話を聞いていた。ただひとり、ジョージナ・クリスティだけはバカにして笑った。

「あんた、またウソついているのね、ケイト・マクレガー」

「じゃあ待ってなさいよ、来ればわかるから。彼は背が高くて、ハンサムで、わたしに夢中なのよ」

チェルテナム校に着いたデビッドは、女学生たちにじろじろ見られているのに気づいて閉口した。女の子たちは彼を見てささやき合っては、くすくす笑い合っていた。デビッドと視線が合うと、顔を赤らめてそっぽを向く子もいた。

「あの子たちは男性を初めて見るような態度だったけど」

デビッドはそう言って、疑わしそうな目をケイトに向けた。

「さては、ぼくのことを言いふらしたな?」

「そんなことするわけないでしょ」

ケイトは高飛車に出た。

「わたしがどうしてそんなことしなきゃいけないの?」

二人は学校の食堂で昼食をとった。食べながらデビッドは、家の様子や南アフリカの近況を報告した。

「お母さんがよろしくって言っていたよ。今度の夏休みの休暇にきみが帰ってくるのを楽しみにしているって」

「お母さんの様子はどう?」

「元気だよ。仕事に没頭している」

「会社の調子はどう、デビッド?」

ケイトが会社の話を持ち出したことに、デビッドは少なからず驚いた。

「とてもうまくいっているけど、何か?」

〈いつか会社はわたしが受け継いで、あなたとわたしで経営するからよ〉

ケイトはそう思いながら、こう言った。

「ただ聞いてみただけ」

ケイトが食事に手をつけないのを見て、デビッドは言った。

「ぜんぜん食べないじゃないか」

ケイトは食事などどうでもよかった。デビッドの口から魔法の言葉が飛び出すのを今か今かと待っていた。

〈〝ぼくと一緒にここから出よう、ケイト。きみは一人前の女性に成長したね。ぼくはきみが欲しい。すぐ結婚しよう〟〉

デザートが出され、下げられた。コーヒーが出され、下げられた。それでもまだデビッドの口から魔法の言葉は出てこなかった。ついに、時計に目を落とす時刻になってしまった。

「そろそろ、おいとましたほうがよさそうだ。列車に乗り遅れては困るから」

その言葉を聞いて、ケイトは落胆しながらも事態を認識した。デビッドは彼女を連れ出しに来たわけではなかったのだ。

〈このろくでなしは、わたしをここに置いて朽ち果てさせるつもりなんだ〉

デビッドは久しぶりにケイトと話ができて楽しかった。頭がよくておもしろい子だ。強情さも薄れている。デビッドは彼女の手をぽんぽんとたたいて尋ねた。

「帰る前に、何かぼくにできることはあるかい？」

「ええ、あるわよ、デビッド。やってくれたらとてもうれしいわ」

彼女はひと呼吸おいてから、声を張り上げて言った。

「わたしの前から早く消えてよ！」

そう言い捨てると、ケイトはつんとすまし、背すじをぴんと伸ばして、食堂から悠然と出ていった。デビッドは口をあんぐり開けたまま、彼女の後ろ姿を見送った。


マーガレットはケイトがいないのが寂しかった。へそ曲がりで手に負えない娘だが、母親にとってはたったひとりの愛する身内である。

〈あの娘はきっと大物になるわ〉

マーガレットは決して悲観はしていなかった。

〈ただ、女性としてのマナーを身につけさせなくてはね〉

ケイトは夏休みに戻ってきた。

「寮生活はどう？　うまくいってる？」

マーガレットが尋ねると、ケイトは待ってましたとばかりにまくしたてた。

「大嫌い。口うるさい百人の老婆に囲まれているようなものよ……」

マーガレットは娘の様子を観察した。

「ほかの女の子たちも同じように感じているのかしら、ケイト？」

「みんなわかっちゃいないのよ」

ケイトは軽蔑したような口調でつづけた。

「学校に来て生徒たちを見てみればわかるわ。みんな過保護で育てられて、人生のなんたるかもわかっていないんだから」

「まあ、そうなの。だったら、あなたもつらいわね」

「笑わないでよ？　南アフリカに来たことがある子なんてひとりもいないんだから。あの子たちが知っている動物は、動物園にいる動物だけ。それに、誰もダイヤモンド鉱床や金鉱を見たこともないんだ」

「それはお気の毒にね」

ケイトは調子に乗ってさらに言った。

「だからね、わたしがみんなと同じような子になったらお母さんも悲しいでしょ？」

「みんなと同じようになると思っているの？」

ケイトはにやりとした。

「なるわけないでしょ！　お母さんも頭がおかしくなったの？」

帰郷してから一時間もしないうちに、ケイトは使用人の子どもたちを集めてラグビーに興じていた。マーガレットは窓からその様子を眺めて思った。

〈時間とお金の無駄だったわ。あの娘は何も変わってない〉

その夜の夕食の席で、ケイトはさりげなさを装って尋ねた。

「デビッドは出張しているの？」

「ええ、オーストラリアへ行っているわ。でも明日帰ってくるはずよ」

「じゃあ、金曜日の夕食には来るの？」

「たぶんね」

マーガレットは娘の様子を観察した。

「あなたはデビッドのことが好きなんでしょう？」

ケイトは肩をすぼめた。

「別に。でもいい人だとは思うわ」

「へえ、そうなの」

マーガレットは、子ども時代のケイトがデビッドと結婚するんだと言い張ったのを思い出してひとりでにんまりした。

「あの人のこと嫌いじゃないわよ、お母さん。人間としては好きだわ。でも、男性としては耐えられない」


金曜日の夜、デビッドが夕食会にやって来ると、ケイトは飛んでいって彼を迎えた。そして、デビッドに抱きつき、彼の耳元でささやいた。

「許してやるわ、デビッド。会いたかったわ。あなたもわたしに会いたかった?」

デビッドは反射的に「うん」とうなずいた。それから、彼女に会いたかった自分に気づいて我ながら驚いた。こんな女の子はめったにいない。デビッドは彼女が成長するのを見守ってきた。そして、こうして久しぶりに会うたびに彼女は新しい側面を見せてくれる。もうじき十六歳になる彼女は、体のあちこちがふっくらとしてきた。黒髪を長く伸ばし、それが肩にふんわりかかり、体つきが大人っぽくなった。お色気さえ感じられる。美人で、頭の回転が速くて、意志の強い女の子だ。

〈でもこの娘は、結婚した相手を手こずらせるだろう〉

食事中にデビッドは尋ねた。

「学校はうまくいっているかい、ケイト?」

「ええ、とっても」

彼女はうれしそうに話した。

「ずいぶん勉強になるわ。先生もみな優秀だし、友達もいっぱいできたわ」

マーガレットはびっくりして何も言えなかった。

「ねえ、デビッド。どこか採掘場に連れてってくれる?」

「せっかくの休みをそんなことに費やしていいのかい?」

「いいのよ、お願い」

採掘場見学には丸一日かかる。それはとりもなおさず、デビッドと一日じゅう一緒にいられることを意味する。

「お母さんの許可が得られるなら、ぼくはいいけど」

「お母さん、お願い!」

「いいわよ、ダーリン。デビッドと一緒なら、わたしも安心していられるから」

マーガレットはむしろ、デビッドの身が心配だった。

クルーガー・ブレント社がブルームフォンテイン近くで稼働しているダイヤモンド採掘場は、数百人の従業員が掘削に、洗浄に、仕分け作業に従事している一大事業現場である。

「ここは会社で一番利益を上げている鉱床なんだ」

デビッドはケイトに説明した。二人は地上にある監督室で地下の作業場に案内されるのを待っていた。壁にかかっているショーケースには、色や形の違うさまざまなダイヤモンドが展示されている。

「ダイヤモンドはひとつひとつが個性を持っていてね」

デビッドは説明した。

「バール川から採取されたダイヤモンド原石は沖積世のもので、長いあいだの摩擦で側面がすり減っている」

熱心に説明するデビッドを見ながらケイトは思った。

〈やっぱりこの人は素敵だわ。今までで一番ハンサムに見える。特に眉毛が好き〉

「ここに陳列されているダイヤモンドはみな違った場所で採取されたものだけど、その形をよく見ると原産地がわかるんだ。ほら、これを見てごらん。この大きさと黄色い光からパーズパンのものだということがわかる。デビアス産出のダイヤモンドは表面が油っぽく、十二面体をしているからね」

〈この人は頭がよくて、なんでも知っている〉

「これは八面体だからキンバリー産だということがわかる。キンバリー産のダイヤモンドは薄く煙がかったものから純白のものまでいろいろある」

〈ここの監督さんはデビッドがわたしの恋人なのを知っているかしら？　知っていてもらったほうが好都合なんだけど〉

「ダイヤモンドは色で価値が変わるんだ。そして、色は一度から十度までの数字で表示される。青白いのが最高の品質とされ、一番評価の低いのは茶色」

〈この人の香りが好き。男性の香りだわ。腕とか肩の形も素敵。ああ、わたしは――〉

「ケイト！」

　ケイトははっとした。

「はい、デビッド、なあに？」

「ぼくの話を聞いているのかな？」

「もちろん、聞いているわ」

　彼女は憤慨して言った。

「一言ももらさずに聞いていたわ」

　その後二時間、二人は採掘場内ですごし、そこで一緒にランチを食べた。すべてはこの日を輝かすためのケイトのアイデアだった。


　その日の夜、ケイトが家に帰ると母親が迎えた。

「どう、楽しかった?」

「うん。掘削の仕事って本当におもしろそう」

三十分後、マーガレットが窓の外に目をやると、ケイトは泥だらけになって庭師の息子とレスリングの真っ最中だった。

次の年、学校から送られてきたケイトの手紙は妙に明るかった。ホッケーとラクロスチームのキャプテンを務め、学校の成績はずっとクラスのトップを保っている、とあった。総体的に学校は決して悪い場所ではない、と彼女は書き、自分に親切にしてくれるクラスメイトも何人かいる、とも記していた。最後に彼女は、夏休みに友達を数人連れて帰っていいかと許可を求めていた。マーガレットはうれしかった。これでまた家の中は若い娘たちの笑い声で活気づくだろう。母親は娘の帰省が待ち遠しくてたまらなかった。今の彼女はすべての夢をケイトに託すようになっていた。

〈ジェミーとわたしはもう過去の人間。ケイトは未来そのものだわ。それに、なんと輝かしい未来が彼女を待っているんでしょう〉

休暇中のケイトはクリップドリフトじゅうの適齢期の青年に囲まれ、デートの申し込みがあとを絶たなかった。が、ケイトは誰にも興味を示さなかった。デビッドはアメリカに出張中で、ケイトは辛抱強く彼の帰りを待った。デビッドが帰国して金曜日の夕食会に訪れたとき、ケイトは玄関先まで行って彼を出迎えた。そのときの彼女は純白のドレスに黒いベルベットのベルトを締めて胸のふくらみを大きく見せていた。彼女を抱いたデビッドはぬくもりのなかの反応の強さに驚いた。思わず身を引いて彼女を見ると、前とは違った何かがそこにあった。彼女の目にはなんとも形容しがたい表情が浮かんでいた。デビッドはすっかりうろたえてしまった。

ケイトの休暇中、デビッドは彼女にほんの数回しか会う機会がなかった。そのたびに青年たちに囲まれているケイトを見て彼は思った。あのなかの誰が果報者になるんだろう、と。オーストラリアへ出張することになった彼がクリップドリフトに戻ってみると、ケイトは英国へ発ったあとだった。

ケイトが卒業する年のある日の夜、デビッドが突然学校に現れた。いつもなら手紙か電話で事前に連絡してくるはずなのに、今回はなんの知らせもなかった。

「デビッド！　びっくりするじゃないの！」

ケイトは彼に飛びついた。

「前もって言ってくれたら、わたし——」

「あのね、ケイト。きみを連れに来たんだよ」

ケイトは後ずさりして彼を見上げた。

「何か悪いこと？」

「うん、残念ながらそうなんだ。お母さまの体調が悪くてね」

ケイトはその場に凍りついた。

「わたし、すぐ支度する」


母親の変わりようにケイトはショックを受けた。つい数か月前に別れたときは、あんなに元気だったのに。今の母親は血色も悪く、ほほはこけ、いつもの目の輝きも消えていた。母親の体内に巣くった癌は、彼女の肉体ばかりでなく、精神をも食いつくしてしまったかのようだった。

ケイトはベッドの横に座り、母親の手をしっかり握った。

「ああ、お母さん。わたしはいつも悪い子だったわ。ごめんなさい」

マーガレットは娘の手を握り返した。

「わたしはもう、いつでも逝けるわ。あなたのお父さんが死んでからずっとそう思っていたのよ」

マーガレットは弱々しい声でつづけた。

「バカなことを聞いてくれる？　今まで誰にも言ったことないんだけど」

彼女はしばらくためらってから先をつづけた。

「天国にはあなたのお父さんの世話をする人がいないのではと、それがずっと気がかりだったの。これでわたしが面倒を見てやれるわね」


マーガレットは三日後に埋葬された。母親の死はケイトを激しく揺さぶった。すでに父親と兄を亡くしていた彼女だが、父親も兄も自分の知らない存在で過去の話の一断片にすぎない。ところが、母親の死は現実であり深い悲しみと痛みを伴う。十八歳のケイトはたったひとりで世界に放り出されるのだ。そのことを考えて彼女は身震いした。

墓穴のへりに立ち、泣くまいと懸命にこらえるケイトの姿があった。その様子を見てデビッドは胸をしめつけられた。みなの前で気丈にふるまっていたケイトだったが、屋敷に戻るや泣き崩れた。しゃくりあげが止まらなかった。

「お、お母さんは、いつもあんなに優しかったのに、わ、わたしったら心配ばかりかけていて」

デビッドは慰めようとした。

「いや、きみは素晴らしい娘さんだったよ、ケイト」

「わたしは、ず、ずっと、悪い子だった。お母さんには何もしてあげられなかった。ああ、どうして死んじゃったの、お母さん？　神さまはどうしてこんな意地悪をするの、デビッド？」

デビッドはケイトに泣きたいだけ泣かせてやった。彼女が静かになったところでこう言った。

「今こう言っても信じられないだろうけど、でも、この痛みはいつか消えるんだ。その代わりに何が残ると思う、ケイト？　幸せな思い出さ。お母さんと分かち合った楽しい時間だけが記憶に残るんだよ」

「そうかもしれないけど、今はとてもつらいわ」

次の日の午前中、二人はケイトのこれからについて話し合った。

「きみにはスコットランドに家族がいるはずだよね」

「違うわ」

ケイトの答えははっきりしていた。

「あの人たちは家族なんかじゃなくて、単なる親戚よ」

彼女の声には棘《とげ》があった。

「お父さんが南アフリカに来ようとしたとき、みんなは笑ったそうじゃない。しかも、祖母以外はなんの援助もしてくれなかったそうよ。その祖母も死んでしまった今、あの人たちとはもう関係がなくなったわ」

デビッドは考えながら対話をつづけた。

「学校は卒業まで頑張るつもり？」

ケイトが答えられずにいるのを見て、デビッドはつづけた。

「お母さんはきみがそうすることをお望みだと思う」

「だったらわたし、そうする」

ケイトは床に目を落としていたが、実際は何も見ていなかった。

「クソ学校だけど」

彼女がつぶやくのを受けて、デビッドは優しく言った。

「わかってるよ」


無事学業を修めたケイトは卒業生総代に選ばれた。デビッドは保護者代行として卒業式に出席した。


ヨハネスブルグからクリップドリフトに向かう専用車の中でデビッドはケイトに話して聞かせた。

「二、三年するとすべてがきみのものになるんだ。この専用車も、鉱床も、会社も。きみはこの国有数の女性資産家になる。それをみんな売り払って莫大な金を手にすることもできるし

――」

デビッドは彼女の目をのぞいてその先を言った。

「売らずに自分で経営することもできる。どちらにするか、考えなくてはね」

「もう考えてあるわ」

ケイトはデビッドを見上げてにっこりした。

「お父さんは海賊みたいな人だったわ、デビッド。昔気質《むかしかたぎ》の素敵な海賊。直接会ったことがないのがとても悔しいの。わたし、この会社は売らないわ。どうしてだかわかる？ 海賊は、自分を殺そうとした見張りの名前を取ってこの会社を命名したのよ。ちょっと素敵な話じゃない？ 夜眠れないときなど、お父さんとバンダが海霧のなかを這いずり回りながら聞いていた見張りの名前がわたしの耳にもこだまするの。クルーガー……ブレント……」

彼女はデビッドの目を見上げて決意を述べた。

「お父さんの会社は絶対に売らないわ。でもそれは、あなたが辞めないでいてくれるのが条件よ」

答えるデビッドの声は落ち着いていた。

「きみに望まれるかぎり、ぼくは辞めない」

「わたし、ビジネススクールに進学することに決めたわ」

「ビジネススクールだって？」

彼の声には驚きの響きがあった。

〈あそこは男子だけが行くところ！〉

「いまはもう一九一〇年よ」

ケイトは念を押すように言った。

「ヨハネスブルグには女性も受け入れるビジネススクールがあるそうよ」

「でも――」

「あなたはいま言ったじゃないの。遺産をわたしがどう使うか考えろって」

ケイトはデビッドの目を見つめて言った。

「わたしはその遺産を増やしたいの」

# 第十四章

ビジネススクールは胸躍る新しい冒険だった。チェルテナム女学校にいたときは、つまらない授業や日課を義務としてこなしているだけで、彼女にとっては必要悪でしかなかった。ところが、ビジネススクールはまったく違っていた。あらゆる授業が何かに役立つことを教えてくれる。彼女が会社を経営することになったときに役立つ専門知識や技術である。全コースを修了すると、経理の実務や、経営学や、国際貿易や、ビジネス管理などについて学んだことになる。彼女の様子を知るために週に一度デビッドが電話をかけてくる。彼の声を聞いて、ケイトは胸を弾ませる。

「この学校、わたし大好き。とても楽しいわ、デビッド」

いつかそう遠くない日に、ケイトとデビッドは机を並べて働き、夜遅くまで残業することもあるだろう。二人きりになって。

〈そんなある夜、デビッドはわたしの顔をまじまじと見て言うんだわ。「ケイト、ダーリン、ぼくはバカだから今まで自分の目をふさいできた。結婚してくれるかい？」わたしは間髪を入れず、彼の腕の中に飛び込む……〉

しかし今は辛抱のときだ。今夜も宿題がたくさん残っている。ケイトは決意も新たに机に向かう。

二年間のビジネスコースを修了すると、ケイトはすぐクリップドリフトに戻った。二十歳の誕生日を家で祝いたかったからだ。デビッドが駅まで迎えにきてくれた。ケイトは感情を抑えきれずに、デビッドの腕の中に飛び込み、彼をしっかり抱きしめた。

「ああ、デビッド、あなたに会えてとてもうれしいわ」

デビッドは身を引くと、決まり悪そうにしながら言った。

「また会えてうれしいね、ケイト」

彼の態度はいつもと違ってどこかぎこちなかった。

「どうかしたの？」

「いや、別に、なんでもないんだけど――でも、若い女の子は公衆の面前でやたらに男性に抱きついたりするもんじゃないよ」

ケイトは出鼻をくじかれた思いでデビッドを見つめた。

「わかったわ。もうあなたに抱きついたりしないって約束する」


家に向かう馬車の中で、デビッドはそれとなくケイトの様子を観察した。無邪気で、傷つきやすくて、まるで名画の中から飛び出してきたような美少女に成長している。デビッドは胸に誓った。自分の立場を利用して彼女をもてあそぶようなことだけはすまい、と。


月曜日の朝、ケイトは、クルーガー・ブレント社内につくった自分専用の部屋に引っ越した。それはまるで、なんの用意もなく、言葉も習慣も違う不思議な世界に飛び込むようなものだった。その世界は謎の迷路で満ちている。子会社群を扱う道、各地に散らばる支社を扱う道、特許を扱う道、海外取引を扱う道、などなど。会社が生産したり所有したりする製品はほとんど無限に見える。製鉄工場に、牛の牧場、鉄道、海運業。もちろん会社の富の基礎となるダイヤモンドや金や亜鉛や白金やマグネシウムの事業もある。時計の長針が一回転するたびに、生産が上がり、富が金庫に流れこんでくる。

〈パワー、権力〉

会社を運営するときに発動しなければならない権力は強大すぎて、ケイトはすぐにはなじめなかった。彼女はデビッドのオフィスに座り、彼がくだす決定に耳を傾けていた。世界中の支社長たちからさまざまな企画が提案される。デビッドはそのほとんどを却下していた。ケイトは不思議に思って尋ねた。

「どうして却下しちゃうの？　支社長たちの提案がそんなにまぬけなの？」

「いや、そういうわけじゃないんだけど、みなポイントが少しずれているんだ」

デビッドは説明した。

「支社長たちは自分の部門こそ世界の中心だと思いがちでね、それはそれでけっこうなんだが、最終的な判断は大所高所に立った者でなければ会社のためにならない。ところで、きみに会ってもらいたい人物がいるんだ。今日一緒にランチを食べるから、さあ、行こうか」

会社には社長専用の大きなダイニングルームがあった。デビッドはそこにケイトを案内した。若い男がひとり、先に来て待っていた。やせてひょろりとした男で、細い顔と好奇心の強そうな茶色の目が印象的だった。

「こちらはブラッド・ロジャース」

デビッドは紹介した。

「ブラッド、きみの新しいボスを紹介しよう。ケイト・マクレガーさんだ」

ブラッド・ロジャースは握手の手を差し出した。

「お会いできてうれしいです、ミス・マクレガー」

「ブラッドはうちの秘密兵器なんだ」

デビッドの紹介はつづいていた。

「クルーガー・ブレント社の事業についてはぼく以上に精通していてね。もしぼくが社を去ることがあっても、心配はいらない。この男がいるから」

〈もしぼくが去ることがあっても？〉

思ってもみなかった言葉を聞いて、ケイトの背すじに寒気が走った。

〈もちろんデビッドが社を去るなんて、あるはずないわ〉

ケイトは昼食のあいだ中そのことが気になって、何も考えられなかった。食事が終わったあとも、自分が何を食べたのか思い出せなかった。


食事のあとで、三人は最近の南アフリカについて話し合った。

「やっかいなことになりそうだ」

デビッドが心配そうに言った。

「政府はついに人頭税を課すことに決めてしまった」

「それは結局どういうことなの？」

ケイトの質問にデビッドはわかりやすく答えた。

「黒人や混血やインド人に課す新しい税法で、これによって彼らは家族ひとりあたま二ポンド払わなくてはならなくなる。二ポンドといえば彼らの一か月分の収入を上回る額だから、相当な負担になる」

ケイトは即、バンダ一家のことを思い出し、新税の重さを理解した。話題はほかのことに移った。

ケイトは仕事中心の生活を心からエンジョイしていた。どんな決定にも数百万ポンドのギャンブルが付きまとう。ビッグビジネスとは、機知と、賭けをする勇気と、のるかそるかのタイミングを見計らいながら本能を使ってする真剣勝負なのだ。

そのへんのことをデビッドはケイトに教え込んだ。

「ビジネスにはゲームみたいなところがある。途方もない額の賭け金を取り合うゲーム。相手は百戦錬磨のつわものぞろいだから、もしゲームの勝利者になりたかったら、〝ゲームの達人〟になる勉強をしなくては、勝ち目はない」

ケイトはわが意を得たりと決意を新たにした。今は学ぶときである。

ケイトは大邸宅にひとりで住んでいた。ほかにいるのは使用人たちだけだった。デビッドがやって来る金曜日の夕食会はつづいていた。が、ケイトがほかの日の夕食会に招待しても、デビッドはなんのかのと理由をつけて来ないことが多かった。仕事中はいつも二人一緒なのに、デビッドはなぜか自分の周りに塀を巡らしているように思えてならなかった。ケイトにとってはどうしても越えられない高い塀だった。

二十一歳の誕生日にクルーガー・ブレント社の全株がケイトの手に渡った。これで彼女は正式に会社の経営権を握ったことになる。

「今夜食事でもしてお祝いしない？」

ケイトはデビッドを誘った。

「ごめん。遅れている仕事を片付けてしまいたいんだ」

その夜ケイトはひとりで食事をとりながら、なぜなんだろうと考えてしまった。

〈わたしにいけないところがあるのかしら、それとも彼がおかしいのかしら？〉

彼女のこれほどの想いが伝わらないなんて、彼は本当のバカか、よっぽど鈍いとしか思えなかった。こうなったら彼女は自分のほうから仕掛けるしかないのでは。

会社は米国の商船会社を買収する交渉にのぞんでいた。

「ブラッドを連れてニューヨークへ乗り込んでいったらどう？」

デビッドの提案だった。

「経験のためにもそれがいいんじゃないかな」

彼女としてはデビッドに同行してもらいたかった。だが、それを自分から言い出すのはプライドが許さなかった。こうなったら自分ひとりでやるしかなかった。米国へは今まで行ったことがなかったが、彼女はおっかなびっくりデビッドが強調する〝経験〟とやらを積むことにした。


商船会社の買収交渉は順調に進み、めでたく成約にこぎつけた。

「アメリカにいるあいだに、あちこちを見ておいたらいいんじゃないかな?」

出発前にデビッドからそう提案されていた。

ケイトとブラッドは買収した商船会社の子会社があるデトロイトと、シカゴと、ピッツバーグと、ニューヨークを見て回った。どこへ行っても、米国の巨大さと、そのエネルギーの力強さにケイトは感銘を受けた。

メイン州のペノブスコット湾にアイルズボロという名の美しい小島があることを教えられたケイトは、旅のついでにその島を訪れた。そこが今回の旅のハイライトになった。地元の画家チャールズ・ダナ・ギブソンの招待を受けての訪問だった。夕食会には十二人の客が集まっていたが、ケイト以外は全員が島の住人だった。

「ここにはおもしろい歴史があるんですよ」

画家はケイトに語った。

「昔はこの島へ来るのにボストンから出る小さな連絡船に乗るしかなかったんです。島に着くと、波止場で待機している馬車に乗り換えて家まで送ってもらったものです」

「島の人口はどのくらいですか?」

「だいたい五十家族くらいです。それ以上はいません。船着き場にある灯台をご覧になりましたか?」

「ええ、見ました」

「あの灯台を守っているのはひとりの灯台守と、その飼い犬です。船がやって来ると、まず犬が出てベルを鳴らすんです」

ケイトは笑った。

「冗談なんでしょ?」

「いえいえ、冗談なんかじゃありません。もっとおかしいのは、その犬は完全に耳が聞こえないんです。だからベルを鳴らすときは耳をベルにあててその振動で音を確認しているんです」

「そういうのんびりしたところ、わたし大好きです」

「一泊されてあちこち見学されるといいですよ。その価値はあります」

ケイトは衝動的に答えた。

「そうしようかしら」

その夜は島にひとつしかないホテル《アイルズボロ・イン》に泊まった。朝になると、地元の人が御者をつとめる馬車を借り切って出かけた。島で一番にぎわう場所、ダーク・ハーバーの中心には雑貨屋と、工具屋と、小さなレストランが一軒あるだけだった。そこを過ぎて数分行くと美しい森に入った。入り組んだどの道にも表示はなく、またどの家のメールボックスにも名前がないのにケイトは気づいた。そのことを御者に尋ねてみた。

「道路標識や表札がなくて不便じゃないですか?」

「いや、ぜんぜん。島の住民はみんなお互いのことを知っていますから」

ケイトは横目で御者をにらんだ。

「なあるほど。大きなお世話っていうことね」


島の最南端に来ると墓地があった。

「ちょっとここで止まってくれる?」

彼女は馬車から降りると、古い墓地に踏みこみ、墓石に書かれている碑文を読んでまわった。

(ジョブ・ペンドルトン。一七九四年一月二十五日没。享年四十七。この石の下、われはキリストが祝福されしベッドにこうべを横たえ安らかに眠る)。その横の墓石にはこう刻まれていた。(ジェーン、トーマス・ペンドルトンの妻。一八〇二年二月二十五日没。享年四十七)

ここには別の時代、別の世紀の精神が残っている。(ウィリアム・ハッチ船長、一八六六年十月、ロングアイランド沖で水死。享年三十)。この船長の墓石にはこう記されている。(荒天をものともせず人生の海を渡りぬ)

ケイトはしばらく墓地内にとどまり、静寂を楽しんだ。やがて馬車に戻り先へ進んだ。

「ここの冬はどんな具合ですか?」

尋ねられて御者は答えた。

「とても寒いです。昔は湾全体が凍結しましてね、本土と島のあいだを橇《そり》で往復したもんです。もちろん今はフェリーで行き来していますけどね」

道を大きく曲がると、水ぎわに建つきれいな家が見えてきた。木造二階建てで、家全体が白く塗られていた。庭には野生のバラやヒナゲシの花が咲き乱れていた。家の前面に八つある窓のシャッターは緑色に塗られ、二つある入り口の横には白いベンチと赤いゼラニウムが咲く鉢が六つ置いてあった。まるでおとぎ話から出てきたような家だった。

「どなたがこの家を所有しているんですか?」

「ドレーベンばあさんの家ですよ。ばあさんは数か月前に亡くなりました」

「今はどなたがお住まいなんですか?」

「わたしが知るかぎり誰も住んでいません」

「売り物かしらね？」

御者はケイトに顔を向けて言った。

「もし売りに出されていたら、この島に住んでいるドレーベンばあさんの親戚の息子が買ったはずです。島の住民はよそ者が入ってくるのを嫌うんですよ」

ケイトにはちょっと不愉快な話だった。

それから一時間もしないうちに、ケイトは地元の不動産を扱う弁護士と話し合っていた。

「ドレーベン夫人の家についてなんですが、あれは売りに出されているんでしょうか？」

弁護士は言葉をにごした。

「そうですね、出されているとも言えるし、出されてないとも言えます」

「それはどういうことでしょうか？」

「売りには出されているんですが、すでに何人かが購入する意思を示されていましてね」

〈例の夫人の親戚の息子さんね〉

「金額はもう提示されているんですか？」

「いや、まだです。しかし――」

「ではわたしが買い値を申し上げます」

ケイトが指値《さしね》を言おうとすると、弁護士は横柄な口調でそれを制した。

「いや、無駄でしょう。あそこはべらぼうに高い物件ですからね」

「では、そちらの言い値を聞かせてください」

「五万ドルです」

「わかりました。では家の中を拝見します」


家の内部はケイトが期待した以上に魅力でいっぱいだった。広々とした美しい玄関ホールはガラスの壁一枚をはさんで海に面している。ホールの片側には大きな宴会用の部屋が、その反対側には名木で内装されたリビングルームがある。リビングルームの暖炉はめったに見ない大きさだ。四面に張られた板は年代を重ねてほどよい色に染まっている。図書室があるのもうれしい。大型のキッチンには鉄製のオーブンと松材で作った調理台が備わっていて、キッチンの隣には配膳室と洗濯室がある。階下には使用人用の寝室が六つもあり、階上には主寝室を含めて寝室が五つある。ケイトが思っていた以上に大きな家だ。

〈でもデビッドと結婚したら子どもがたくさんできるから、これだけの部屋数は必要になるわ〉

家の敷地は湾までつづいていて、水辺には個人専用の船着き場が造られている。

ケイトは弁護士に顔を向けた。

「買います」

のちにその屋敷はケイト自身によって（シーダー・ヒル・ハウス）と命名された。

このニュースを早くデビッドに知らせたくて、ケイトはクリップドリフトに戻れる日が待ち遠しかった。

南アフリカへの帰路、ケイトはずっと興奮のしっぱなしだった。ダーク・ハーバーで屋敷を購入したことは単なる偶然ではなく、デビッドとの結婚を念頭においたものだった。屋敷は二人の未来のシンボルである。デビッドも気に入ってくれるだろう。


ケイトとブラッドがクリップドリフトに帰った日の午後、彼女はデビッドのオフィスへ急いだ。デビッドは机に向かって何か仕事をしていた。彼の姿を見ただけでケイトの胸は高鳴った。今まで彼のそばにいられなくて、どれほど寂しかったことか。

デビッドは立ち上がった。

「やあ、ケイト、お帰り！」

彼女が何か言う前に彼はつづけた。

「最初にケイトに知らせておこうと思って。実はぼく、結婚することになりました」

# 第十五章（一）

それは六週間前のささいなことから始まった。デビッドは仕事に追われ、クソ忙しいさなかに一通のメッセージを受け取った。アメリカの有力なダイヤモンド商の友人と称するティム・オニールなる人物からで、いまクリップドリフトに来ているが、もしよかったら一緒に夕食でもどうか、という内容だった。デビッドは旅行者を相手に時間をつぶしている暇などなかったが、かといってお得意さんの機嫌を損なうのもまずい。こういう場合はケイトに頼むのが一番いいのだが、彼女はいまブラッド・ロジャースと一緒に北米の工場を視察中だ。

〈面倒くさいけど、ぼくが行くしかないか〉

デビッドは、オニールが滞在しているホテルに電話を入れて、その日の夕食の約束を取りつけた。

「娘も一緒なんですよ」

　相手の明るい声が返ってきた。

「ご一緒させてもらっていいですか？」

　デビッドは、子どもをあやしながらの夕食会などに付き合う気分ではなかった。

「どうぞ、どうぞ」

　調子よく答えたものの、夕食会はできるだけ早く切り上げるつもりだった。

　三人はグランドホテルのダイニングルームで落ちあった。デビッドが到着したとき、オニール父娘はすでに席に着いていた。オニールは灰色の髪の毛をきちんと分けた五十代半ばのアイルランド系アメリカ人で、とてもハンサムだった。娘のジョセフィンは、デビッドが生まれて初めて見るような美女だった。三十代になったばかりとおぼしき彼女は、スタイルも抜群で、やわらかいブロンドの髪に、透きとおった青い目をしていた。彼女を一目見た瞬間、デビッドは息をのんだ。

「お、遅れて、す、すみませんでした」

　デビッドがどもるなんて、めったにないことだった。彼は言い訳した。

「会社を出ようとしたときに、急な仕事が舞い込んできまして」

　ジョセフィンは、自分を目にしたデビッドのリアクションをおもしろがった。

「急に舞い込んできた仕事って、いい話のことがよくあるんですよね」

ジョセフィンはどうやら気さくな女性と見受けられた。

「ブラックウェルさんって重要人物なんですってね。父が言っていましたよ」

「そんなことありません――それから、ぼくのことはデビッドと呼んでください」

ジョセフィンはうなずいた。

「デビッド・ブラックウェル。いい名前ですね。音の響きがとても力強いわ」

食事が終わる前に、デビッドはジョセフィンについていろいろなことを知った。彼女は単なる美女ではなかった。頭がよくて、ユーモアのセンスがあって、人をリラックスさせる雰囲気があった。彼女がデビッドに純粋に興味をもっているらしいことも、彼自身、感じ取ることができて悪い気がしなかった。デビッドについていろいろな質問が彼女の口から発せられたが、今までそんな質問をした女性はいなかった。夕食会が終わるころまでに、デビッドは半ば恋に落ちていた。

「ご自宅はどちらなんですか?」

デビッドがティム・オニールに尋ねた。

「サンフランシスコです」

「すぐ戻られるんですか?」

さりげなさを装った質問だった。

「来週帰国します」

ジョセフィンはデビッドにほほえみかけた。

「もしクリップドリフトが評判どおりおもしろいところでしたら、父にねだってもう少し長くいてもいいんですけど」

「では、ぼくができる限りおもしろいところにして差し上げましょう」

デビッドは自信ありげな口調で言った。

「地中に下りて、ダイヤモンドを掘る現場を見てみませんか？」

「まあ、素敵！」

ジョセフィンの反応は早かった。

「ぜひ、お願いしたいわ」

若造のときは、要人の訪問者があるたびに地中の掘削現場に案内していたデビッドだったが、今は、そのレベルの仕事は下っ端に任せてある。その彼が半ばあきれながら自分の口から出る言葉を聞いていた。恋する男の弱さである。

「明日の午前中はいかがですか？」

明日の午前中だけでも五、六件の約束がある。しかし、そのどれもどうでもいい約束に思えてきた。

デビッドはオニール父娘を伴い、立て坑を三百六十メートル下りていった。立て坑の断面は、横一・八メートル、縦六メートルの長方形で、四つに仕切られている。うちひとつは空気を送りこむための通風孔で、ふたつはダイヤモンドを含んだ土を引き上げるもの。残りのひとつの孔の中を、二階建ての小屋が昇り降りして労働者たちを運ぶ。

「ぜひ、詳しい人に聞きたかったことがあるの」

ジョセフィンから質問が発せられた。

「どうしてダイヤモンドにはカラットの単位が使われるのかしら?」

デビッドは待ってましたとばかりに説明を始めた。

「カラットとはイナゴ豆の種のことです。イナゴ豆の種の重さはみな同じで、いつも変わらず、一カラットは二百ミリグラム、すなわち、百四十二分の一オンスに相当します」

「おもしろいわ。わたしそういう話って大好きなの、デビッド」

デビッドは、ダイヤモンドの話にかこつけて自分のことを言われているような気がして気分がよかった。彼女のそばにいると、デビッドは胸をときめかせていた。ジョセフィンを見るたびに、デビッドは胸をときめかせていた。そのワクワク気分が中毒になりそうだった。

「この地方の田園地帯もぜひ見ておくべきですね」

デビッドは後先が考えられなくなっていた。

「もしよかったら、明日ぼくが喜んで案内します」

父親が何か言う前に、ジョセフィンが答えていた。

「楽しみにしているわ」


そのとき以来、デビッドは毎日のようにオニール父娘と会っていた。そして、会うたびに彼の恋心は真剣度を増していった。


ある夜、オニール父娘を迎えにいくと、父親が言った。

「わたしはちょっと疲れているんだ、デビッド。娘をひとりで行かせるけど、いいかね？」

デビッドは喜びを顔に出さないようにして答えた。

「ぼくはかまいません」

ジョセフィンはいたずらっぽい笑みを浮かべて言った。

「では、あなたを退屈させないよう、わたしが精一杯がんばります」

デビッドは、オープンしたばかりのホテルのレストランへ彼女を連れて行った。店は満席状態だったが、客がデビッドだとわかるとすぐにテーブルが用意された。店内のステージでは三人組のミュージシャンがアメリカの曲を演奏していた。デビッドの口から言葉が自然に出た。

「踊りますか?」

「ええ、わたし大好き」

ジョセフィンはデビッドの腕に抱かれてフロアを滑り出した。魔法の時間だった。デビッドが腕に力をこめると、彼女の体がそれに反応してきた。

「ジョセフィン、ぼくはきみのことが好きだ」

ジョセフィンは指をあてて彼の口をふさいだ。

「お願い、デビッド……言わないで……」

「どうして?」

「だって、あなたとは結婚できないからよ」

「ぼくのこと嫌いかい?」

ジョセフィンは彼を見上げてにっこりした。彼女の青い目が輝いていた。

「わたしだってあなたに夢中よ、マイ・ダーリン。わからないの?」

「だったら、なぜ?」

「だって、わたし、クリップドリフトには住めないもの。ずっとここにいたら頭がおかしくなりそう」

「でも住んでみなきゃわからないじゃないか」

「デビッド、わたしもそうしようかとずいぶん考えたわ。でもね、それでどうなるか、わたしには結果が見えるの。もし結婚してここに住んだら、わたしはガミガミ屋のクソババアになると思うの。それで、お互い憎み合って別れることになるわ。だったら、このままさよならしたほうがいいんじゃないかと思って」

「さよならなんて言いたくない」

ジョセフィンは彼の顔を見上げた。デビッドは二人の体が溶け合うのを感じていた。

「デビッド、あなたがサンフランシスコに住む可能性はない?」

ありえない考えだった。

「サンフランシスコでぼくは何をすればいいんだい?」

「明日の朝、朝食を一緒にしません? 父を交えて話し合いましょ」

ティム・オニールが口を開いた。

「昨晩のきみたちの会話について、ジョセフィンから聞いたんだけどね。きみたちは問題を抱えているらしいが、わたしにはいい解決策がある。もしきみに興味があるならの話だけどね、デビッド」

「ええ、興味あります」

オニールは茶色い革のブリーフケースを開け、中から青写真の束を取り出した。

「冷凍食品についてよくご存じかな?」

「すみません、あまりよく知りません」

「米国で食品の冷凍が始まったのは一八六五年で、問題は、食品を腐らせずに遠隔地に運べるかどうかだった。冷凍列車は前からあったけど、冷凍トラックを思いついた者はいなかった」

そこでオニールは青写真の束をぽんぽんとたたいた。

「今までは、だ。ところが、これにかかわる特許権の許諾通知をつい最近受け取ったばかりなんだ。この青写真が食品業界全体に革命をもたらすことになるんだぞ、デビッド」

デビッドは青写真をちらりと見た。

「その紙にどんな価値があるのか、ぼくにはよくわかりませんけど、ミスター・オニール」

「わからなくてもいいんだ、きみは技術者ではないんだからな。技術者ならわたしの周りにいくらでもいる。わたしがいま求めているのは、金融に詳しくて商売のできる人間だ。これは決して夢物語やまやかしものではない。すでに食品業界のトップと相談してお墨付きをもらっている。これは大事業になるぞ。きみの想像をはるかに超える大事業にね。だからこそわたしはきみのような人材が欲しいんだ」

ジョセフィンが父親の言葉を継いだ。

「会社の事業本部はサンフランシスコに置かれることになるわ」

デビッドは黙り込んで、言われたことの意味を頭の中で整理した。

「特許権を得たっておっしゃいましたね？」

「そのとおり。あとは行動あるのみだ」

「その青写真をちょっとお借りして、専門家に見せてもいいですか？」

「ぜんぜんかまわない」


デビッドが最初にしたことは、ティム・オニールなる人物についての調査だった。その結果、オニールはサンフランシスコで確たる名声を得ていることがわかった。バークレーで大学の自然科学部の学部長を務め、地元では尊敬されているらしかった。冷凍食品についての知識がまったくないデビッドは、専門家に相談してこの新技術の可能性を確かめたかった。

「五日したら戻ってくるからね、ダーリン。それまでお父さんと一緒にぼくのことを待っていてほしい」

「五日でも六日でもわたしは待つわ。でも、あなたがいなくて寂しい」

「ぼくだって寂しいよ」

デビッドの言葉は、ジョセフィンが思っている以上に真剣だった。

デビッドは列車でヨハネスブルグへ行き、南アフリカ最大の精肉業者であるエドワード・ブロデリックと会う約束を取りつけた。

「これを見てください。あなたの意見をうかがいたいんです」

デビッドはそう言って青写真を差し出した。

「ぼくが知りたいのは、この仕組みが本当に稼働するかどうかです」

精肉業者はざっくばらんな男だった。

「おれも冷凍食品のことはさっぱりわからねえ。けど、わかる人間を知っているから、午後出直してくれたら専門家をここに呼んでおくよ」


デビッドは午後四時に精肉業者のところへ戻った。どういう結論が出るのやら不安が募って彼はかなりピリピリしていた。二週間前だったら、会社を辞めないかと誰かに誘われたら笑い飛ばすところだった。大クルーガー・ブレント社は彼の一部であり、これからサンフランシスコの小さな食品会社を経営するのだと言われたら、もっと大声で笑い飛ばしていただろう。そんな提案は狂気に等しかった。ジョセフィン・オニールという存在を除けば。

精肉業者のオフィスには、二人の専門家が来ていた。

「こちらはクロフォード博士とカウフマンさん。こちらはデビッド・ブラックウェル」

あいさつを交わしてから、デビッドは切り出した。

「みなさん、青写真の中身はご覧になっていただけましたか？」

答えたのはクロフォード博士だった。

「ええ、見ましたよ。全体を詳しく調べました」

デビッドは息をのんだ。

「それで？」

「米国の特許庁はこの技術に特許権を与えたんですね？」

「ええ、そう聞いています」

「だとすると、ミスター・ブラックウェル、この特許を得た人は大金持ちになりますよ」

デビッドはゆっくりうなずいた。しかし胸中は複雑だった。博士はさらに言った。

「偉大な発明というのはだいたいこんなものなんです。簡単すぎて、どうして誰も考えつかなかったのかと思うもんですよ。この装置は間違いなく稼働します」

デビッドはどう出たらいいのかわからなくなっていた。本音を明かすと、成り行きしだいで自分の身のふり方を決めようと思っていた。もしティム・オニールの発明が役に立たないとわかったら、ジョセフィンを南アフリカに住まわせるチャンスがあっただろうに、発明がオニールの言うとおり稼働するとなると、デビッドは自分でどうするか決めなくてはならない。

　クリップドリフトへの帰路、デビッドの頭の中はそのことでいっぱいだった。もしティム・オニールの提案を受け入れるならば、それはとりもなおさずクルーガー・ブレント社を去ることを意味する。そして、今まで誰もやったことのないビジネスを立ち上げることになる。デビッドも国籍はアメリカだが、アメリカは彼にとって外国同然だ。今の彼は世界有数の企業のなかで重要な地位にある。今の仕事を愛しているし、先代のジェミーやマーガレットにはずいぶん世話になった。そこにケイトが登場して、デビッドは彼女の面倒を赤ん坊のときから見てきた。我の強い泥だらけのおてんば娘が、魅力あふれる女性に成長している。彼女の人生の一コマ一コマが、デビッドの頭の中でフォトアルバムのように整理されている。アルバムのページをめくると、四歳のケイトが、八歳の、十四歳の、二十一歳の――感受性の強い、無鉄砲な……。

　列車がクリップドリフトに到着するまでに、デビッドの決意は固まっていた。やはりクルーガー・ブレント社を去るわけにはいかない、と。

　そのことを伝えるため、デビッドは駅から直接グランドホテルへ向かい、オニール父娘が滞在しているスイートのドアをノックした。ドアを開けたのはジョセフィンだった。

「デビッド！」

デビッドは彼女を抱きしめ、むさぼるようにキスした。ジョセフィンのあたたかい体がぴったりとくっついてきた。

「ああ、デビッド、あなたがいなくて寂しかったわ。こんな離れ離れになっているのはもういや」

「離れ離れになんてしないさ」

デビッドは心も揺れていれば、頭も揺れていた。

「ぼくはサンフランシスコへ行くことにした」


デビッドはケイトが米国から戻ってくるのが待ち遠しかった。クルーガー・ブレント社を去ると決心した以上、新しい人生を一刻も早くスタートさせたかった。何よりもジョセフィンとの結婚が待ち遠しくて仕方なかった。

そのケイトがやっと帰国して、デビッドの前に立ったとき、彼の口から出てきた言葉が「ぼく、結婚することになりました」だった。

ケイトはその言葉を耳鳴りのなかで聞いた。気を失いそうで、思わず机の端をつかんだ。

〈ああ、死んでしまいたい。神さま、わたしを死なせてください〉

体の奥底に残る意志の力を借りて、彼女はなんとか笑みをつくった。

「お相手の女性はどんな人なの、デビッド?」

　自分の声の落ち着いているのがケイトのせめてものプライドだった。

「どなたなの?」

「彼女の名前はジョセフィン・オニール。父親と一緒にこの町に来ていたんだ。会ってもらえばわかるけど、とてもいい女性だよ」

「あなたが好きになるくらいだから、そうなんでしょうね、デビッド」

　デビッドはちょっとためらってから言った。

「もうひとつ言わなければならないことがあるんだ、ケイト。ぼくは会社を辞めることになる」

　世界が崩れ出し、ケイトの上に落っこちてきた。

「結婚するから辞めるの?　そんな必要はないでしょ?」

「そういうわけじゃないんだ。ジョセフィンの父親がサンフランシスコで新しい事業を始めるのに際してぼくが――」

「すると、あなたはサンフランシスコに住むわけ?」

「そうなんだ。ブラッド・ロジャースならぼくの代わりが務まるし、彼を補佐するためにマネジメントチームを組織するから心配はいらない。ぼくも断腸の思いでこの決断を――」

「それほどその人を愛しているのね、デビッド。それで、わたしにはいつ会わせてくれるの?」

　デビッドはにっこりした。このうれしくもつらいニュースを、ケイトが快く受け止めてくれたのがうれしかった。

「もしケイトの時間の都合がつくようなら、今夜でも」

「わたしは大丈夫よ」

ケイトは涙を流すまいとこらえた。デビッドのいる前では絶対に。


四人はマクレガーの屋敷で夕食をとった。ジョセフィンを見た瞬間、ケイトは青ざめた。

〈クソ！　なんて美人なの。デビッドが惚れるのも無理ないわ〉

恋敵はまばゆいばかりの美しさだった。彼女のそばにいるだけでケイトは自分が醜くてぶざまなのがわかった。もっと悪いことに、ジョセフィンはマナーも優雅で話も上手だった。さらにさらに、デビッドを愛しているらしい雰囲気がありありだった。

〈勝手にしやがれ！〉

食事をしながらティム・オニールは、これから立ち上げる会社についてケイトに説明した。

「なかなかおもしろそうですね」

ケイトはそつなく応じた。

「まあ、おたくの会社とは比べものになりませんけどね、ミス・マクレガー。最初は小規模なところから始めますが、デビッドに経営してもらえばうまくいくでしょう」

「デビッドが経営すれば、それは間違いありませんよ」

ケイトの言葉はお世辞ではなかった。

気まずい夕食会になった。激変の瞬間でもあった。ケイトは愛する男と、クルーガー・ブレント社にとってなくてはならない重要人物を同時に失うのだ。なんとか会話に入り、その夜をやりすごすことができたが、あとになって思い出しても、食事中に自分が何を言い、何をしたか、ぜんぜん思い出せなかった。ただ記憶しているのは、デビッドとジョセフィンが目を合わせたり手を触れ合ったりするたびに、死にたいと思ったことだった。

デビッドに送られてホテルへ向かう途中で、ジョセフィンが言った。

「あの人、あなたに恋しているわよ、デビッド」

デビッドはにっこりした。

「ケイトがかい？　そんなことないさ。ぼくたちは単なる友達だから。彼女が赤ん坊のときからそういう関係さ。ケイトはきみのことを気に入っているよ」

ジョセフィンはにっこりしただけで、何も答えなかった。

〈男の人って何もわかっちゃいないのね〉


次の日の朝、デビッドは自分のオフィスでティム・オニールと向かい合って座っていた。

「今の仕事を片付けて後任に引き継ぐのに二か月はかかります」

デビッドは事情を説明した。

「当初必要な資金について考えていたんですけど、もし大会社に資金援助を仰いだりすると結局のみ込まれてしまい、こちらの会社ではなくなってしまいます。われわれ独自で資金を調達すべきです。それで計算したんですが、事業の開始にあたって八万ドルほど必要になります。わたしの個人預金が四万ドル相当分ありますから、それを使ったとして、あと四万ドルほど必要です」

「わたしは一万ドル出せる」

ティム・オニールは応じた。

「それに弟が五千ドルは貸してくれるはずだ」

「ということは、あと二万五千ドルあればいいわけか」

デビッドはつぶやくように言った。

「そのくらいなら銀行にあたってみるか」

「われわれは、これからサンフランシスコに戻るけど」

オニールは自分たちの予定をデビッドに伝えた。

「きみが来たらすぐ始められるよう、いろいろ準備しておくからね」

オニール父娘は二日後に発つことになった。

「ケープタウンまでうちの専用車で送ってやりなさいよ、デビッド」

ケイトのオファーにデビッドは感謝した。

「ありがとう、ケイト。あの父娘も喜んでくれると思う」

ジョセフィンが米国に向けて発った朝、デビッドはまるで自分の命の半分が奪われてしまったようなしょげ方だった。彼女のあとを追って、一分一秒でも早くサンフランシスコへ飛んで行きたかった。


それからの数週間は、ブラッド・ロジャースを補佐するための経営チームの人選で費やされた。候補者たちが絞られ、そのリストを前にケイトとデビッドとブラッドが意見を交わした。

「……タイラーは技術者としては優秀だが、経営能力はどうだろう?」

「シモンズはどうですか?」

「彼も見込みはあるけど、まだ早いんじゃないですか」

と、ブラッドが自分の意見を言った。

「あと五年くらいは様子を見たほうがいいと思うんです」

「バブコックはどう?」

「悪くないと思います。彼を呼んで話し合ってみましょう」

「ピーターソンはどうですか?」

「会社の人間としては不足だな。自分勝手なところがあるからな」

デビッドはそう言ったとたん、自分の身勝手さに思い当たって良心が痛んだ。自分こそ勝手な都合で会社を去ろうとしているではないか。

経営チームの人選は進み、月末までには四名に絞られた。しかしその四名とも海外に駐在していたので、面接のため呼び戻されることになった。最初の二人の面接は順調に進んだ。

「わたしはいいと思うわ、二人とも」

ケイトはデビッドとブラッドに告げた。

三人目の面接が予定されていた日の朝、デビッドが真っ青な顔でケイトのオフィスに飛び込んできた。

「ぼくの椅子はまだ空いているかな?」

ケイトはデビッドの顔色を見て思わず立ち上がった。

「いったいどうしたの、デビッド?」

「ぼ、ぼくは――」

デビッドは手近な椅子に座り込んだ。

「おかしなことになっちゃって――」

ケイトは自分の席を立って彼の横に座った。

「どういうことなの？　話してみて」


（下巻へつづく）

MASTER OF THE GAME
Copyright © 1982 by the Sheldon Literary Trust
All rights reserved including the rights
of reproduction in whole or in part in any form.

新超訳
ゲームの達人（上）
二〇一〇年　九月十日　第一刷発行
著　者　シドニィ・シェルダン
訳　者　天　馬　龍　行
発行者　益子邦夫
発行所　㈱アカデミー出版
東京都渋谷区鉢山町15－5
郵便番号　一五〇－〇〇三五
電　話　〇三(三四六四)一〇一〇
ＦＡＸ　〇三(三七八〇)六三八五
http://www.ea-go.com
印刷所　図書印刷株式会社
©2010 Academy Shuppan, Inc.
ISBN978-4-86036-045-0